Une précieuse alliance

*

Le prix d'un scandale

DANI COLLINS

Une précieuse alliance

Traduction française de
LOUISE LAMBERSON

HARLEQUIN

Titre original :
A VIRGIN TO REDEEM THE BILLIONAIRE

Ce roman a déjà été publié en 2020

HARPERCOLLINS FRANCE
83-85, boulevard Vincent-Auriol, 75646 PARIS CEDEX 13
Service Clients — www.harlequin.fr
ISBN 978-2-2805-0283-2

Édité par HarperCollins France.
Composition et mise en pages Nord Compo.
Imprimé en février 2024 par CPI Black Print (Barcelone)
en utilisant 100% d'électricité renouvelable.
Dépôt légal : mars 2024.

FSC
www.fsc.org
MIXTE
Papier issu de sources responsables
FSC® C159065

Pour limiter l'empreinte environnementale de ses livres, HarperCollins France s'engage à n'utiliser que du papier fabriqué à partir de bois provenant de forêts gérées durablement et de manière responsable.

Prologue

— Mesdames et messieurs, nous avons reçu une offre de dernière minute de M. Kaine Michaels et, la famille Garrison ayant accepté la somme qu'il a proposée pour la maison et son contenu, nous ne procéderons pas à la vente de lots individuels. Je vous remercie d'être venus, mais la vente est terminée.

— *Quoi ?*

La voix de Gisella Drummond se perdit parmi les exclamations de mécontentement. Autour d'elle, tout le monde avait l'air stupéfait et dépité.

D'instinct, elle tourna les yeux vers l'inconnu de haute taille apparu quelques instants plus tôt. Il avait attiré son attention au moment où, aussitôt entré, il était allé s'entretenir avec le commissaire-priseur. Vêtu d'une veste en daim patiné, élégante et décontractée à la fois, d'un jean noir et d'une chemise blanche à col boutonné, il était incroyablement sexy.

Sa présence avait quelque chose de déplacé dans le manoir de style Renaissance français regorgeant de meubles anciens, placés judicieusement sur des tapis de soie aux teintes passées, sous les lustres en cristal. Des colonnes de marbre soutenaient les plafonds bas, les lourds rideaux de velours empêchant de profiter de la vue sur Central Park.

Cet homme paraissait presque... sauvage, comparé au charme un peu désuet de cet intérieur raffiné. Avait-il vraiment acheté la maison ? Avec tout son contenu ?

Assis à sa gauche, M. Walters laissa échapper un juron

étouffé. Partenaire en affaires de son oncle depuis longtemps, il avait demandé des nouvelles de la famille et confié à Gisella son intention d'acheter le manoir Garrison.

De son côté, elle n'était venue à cette vente que pour une boucle d'oreille, mais n'en ressentait pas moins elle aussi une immense déception, bien que de nature différente.

— Vous le connaissez ? demanda Gisella.

— C'est le P-DG de Riesgo Ventures, répondit son voisin avec une moue dédaigneuse. Une multinationale dont le siège est à San Francisco et qui conçoit et commercialise des produits électroniques. S'il croit être bien accueilli ici, après une pareille entrée en matière...

Alors qu'elle allait de nouveau interroger M. Walters sur Kaine Michaels, Gisella se rendit compte que celui-ci s'apprêtait à partir, manifestement pressé de tourner le dos au remue-ménage suscité par l'annonce du commissaire-priseur.

Après s'être excusée rapidement auprès de M. Walters, elle se faufila parmi la foule qui continuait de s'agiter à grand bruit.

L'espace d'un instant, elle crut avoir perdu de vue Kaine Michaels, avant de l'apercevoir à l'autre extrémité de la vaste pièce qu'il avait traversée en un clin d'œil. Il se dirigeait maintenant vers l'escalier, suivi de l'un des responsables de la maison de vente aux enchères.

Elle leur emboîta le pas, jusqu'à ce que les deux hommes s'arrêtent devant la double porte du grand hall, tandis que le responsable s'adressait aux agents de sécurité chargés de la surveillance des lieux.

— C'est M. Michaels, expliqua-t-il. Il vient d'acheter la maison et l'ensemble des biens. Vous pouvez le laisser emporter ce qu'il voudra.

— Un seul objet m'intéresse, déclara le nouveau propriétaire en désignant un lot sur la liste que le responsable tenait à la main. Le reste ne bouge pas pour l'instant...

Si elle voulait récupérer la boucle d'oreille, c'était maintenant ou jamais...

— Monsieur Michaels…

Il se retourna vers elle, puis vers les agents de sécurité.

— Vous pouvez faire évacuer les lieux.

Comprenant qu'elle allait être éjectée avec tout le monde, Gisella leva la main, refusant de s'avouer vaincue.

— S'il vous plaît ! J'en ai seulement pour une minute.

Kaine fit un petit signe de tête au chef de la sécurité, qui s'éloigna aussitôt avec son équipe. Puis il se tourna vers le responsable de la maison de vente aux enchères, lequel acquiesça et disparut dans un petit salon, rempli de tableaux, de statuettes et de lots divers portant des numéros.

La boucle d'oreille devait se trouver là, tout près…

— La minute sera bientôt écoulée, dit Kaine Michaels.

Fascinée, elle le contempla en retenant son souffle. Il avait les cheveux châtain foncé, épais et coupés court, des sourcils fournis au-dessus d'yeux bruns aux reflets mordorés. Quant à ses lèvres, elles étaient d'une sensualité indicible.

D'ordinaire, les hommes laissaient Gisella insensible. Même les plus somptueux d'entre eux. Or, à proximité de Kaine Michaels, elle se sentait envahie par un trouble étrange et une sensation inconnue frémissait en elle.

— Gisella Drummond, dit-elle en lui tendant la main.

Toute nonchalance disparut. Une expression presque hostile passa sur les traits virils en même temps qu'il la dévisageait lentement de la tête aux pieds, avant de refaire le parcours en sens inverse.

Quand leurs regards se croisèrent à nouveau, elle eut l'impression de se heurter à un mur invisible et de recevoir une décharge électrique.

Puis une lueur incrédule traversa les yeux bruns, achevant de la déstabiliser. D'habitude, les hommes ne lui témoignaient aucune hostilité. Au contraire. Ayant la chance d'avoir un corps mince mais bien proportionné et aux courbes toutes féminines, elle était plus accoutumée aux regards appréciateurs et aux compliments, ainsi qu'aux propositions plus ou moins ouvertes.

Sa beauté naturelle représentait tantôt une entrave tantôt une force, dont Gisella ne se servait pas souvent pour atteindre un objectif. Mais il s'agissait d'un cas particulier, d'une urgence. Si elle n'agissait pas, l'objet recherché depuis tant d'années allait lui filer sous le nez.

— Je sais qui vous êtes, mademoiselle Barsi, répliqua Kaine Michaels en contemplant sa main sans la prendre.

Elle la laissa retomber, cessa de sourire. Son cœur sombra dans sa poitrine... Non, elle n'allait pas renoncer aussi facilement !

— Je ne voulais pas dissimuler mon identité. Drummond est mon patronyme.

Peu importait, de toute façon. Elle faisait partie d'une famille compliquée, mais elle était une Barsi dans l'âme, tout en n'ayant aucun lien de sang avec eux.

— Voici, monsieur, dit le responsable en revenant vers Kaine, un petit écrin de velours dans la main. Vous ne désirez vraiment rien d'autre pour l'instant ?

— Non, merci.

Sans plus se soucier de Gisella, Kaine Michaels se dirigea vers une pièce située sur la droite, suivi du responsable.

Elle s'avança derrière eux en se reprochant de ne pas avoir pu arriver à temps pour la visite guidée. Ses parents avaient de l'argent, mais dans sa famille personne n'aurait pu s'offrir une demeure comme celle-là. De son côté, Kaine paraissait ne lui trouver aucun charme. Alors, pourquoi l'avait-il achetée ?

Le responsable tendit l'écrin au nouveau propriétaire.

— Je vais faire préparer les documents afin que vous puissiez les signer avant de partir. Accepteriez-vous de recevoir des offres concernant certains lots ?

Kaine Michaels glissa l'écrin dans une poche de sa veste sans même l'ouvrir.

— Oui. Vous pouvez vous en occuper pour moi ?

— Bien sûr, monsieur, déclara le responsable avant de tourner les talons et de disparaître dans le grand hall.

Ce n'était pas possible ! Kaine Michaels ne pouvait pas avoir acheté une maison pareille pour un seul objet...

Paniquée, Gisella se rapprocha d'une coiffeuse et d'une

commode sur lesquelles étaient présentés des écrins ouverts, tous numérotés. Elle chercha des yeux la boucle d'oreille, vue uniquement dans le catalogue dressé pour la vente. Elle repéra plusieurs spécimens, mais tous présentés par paires.

Traversée par un frisson glacé, elle passa en revue tous les écrins. Après être arrivée aussi près du but, elle n'allait tout de même pas repartir bredouille...

— C'est une boucle d'oreille, l'objet qui vous intéressait ? demanda-t-elle en faisant volte-face.

Kaine Michaels lui adressa un sourire d'une telle indolence qu'elle frissonna, gagnée par un soupçon atroce.

— Vous n'avez pas acheté le manoir uniquement pour mettre la main sur *une* boucle d'oreille !

— Il n'était pas question que je prenne le risque qu'un autre amateur l'achète.

Gisella le dévisagea en silence, suffoquée. Il avait bien acheté la maison à cause de la boucle d'oreille. Pourquoi ce bijou ayant appartenu à sa grand-mère l'avait-il conduit à pareille folie ? C'était absurde. D'autant plus qu'il n'y avait qu'une seule boucle.

— Je ne sais pas ce qu'on vous a dit, mais elle n'a pas tant de valeur. Pas la valeur d'une maison, en tout cas. Surtout une maison pareille. Pourquoi n'avez-vous pas simplement tenté de l'obtenir en faisant monter les enchères ?

— L'achat de cette maison me convient pour d'autres raisons. Et j'ai mieux à faire que de passer la journée ici, mademoiselle Barsi. Si vous voulez bien me suivre...

— Non !

Pourtant habituée à gérer toutes sortes de situations, elle se sentait complètement désarçonnée. Cela faisait si longtemps qu'elle recherchait cette boucle d'oreille. Et elle avait été si certaine de la rapporter à la maison aujourd'hui...

— J'aimerais vous faire une offre.

— Pourquoi cet intérêt pour un objet qui, vous l'avez dit vous-même, n'a pas tant de valeur ? demanda-t-il en plissant les yeux.

Le cœur de Gisella fit un bond. Une chaleur inconnue se

déploya dans son corps. Des étincelles semblèrent crépiter dans l'espace qui la séparait de Kaine.

— Elle a une valeur sentimentale pour ma grand-mère.

Et celle-ci ne rajeunissait pas. Aussi Gisella souhaitait-elle lui restituer la boucle d'oreille avant qu'un nouveau problème de santé ne vienne alarmer toute la famille.

— Vous paraissez très attachée à votre aïeule.

— En effet. C'est une femme très singulière.

— Et vous tenez d'elle, n'est-ce pas ?

Il ne s'agissait pas d'un compliment. Kaine Michaels se moquait d'elle, mais d'une voix suave qui la fit néanmoins rougir. Sans rien faire de particulier, il attisait l'attirance qui vibrait entre eux. Gisella en était intensément consciente, mais sans savoir pourquoi elle réagissait ainsi à la proximité de cet homme. Elle ne savait même pas si elle le trouvait sympathique. Cette arrogance affichée, frisant la cruauté, lui déplaisait.

D'un autre côté, il la... fascinait. C'était plus fort qu'elle.

Peut-être que si elle avait déjà eu des amants, si elle avait exploré sa propre sensualité, elle serait restée insensible au charme indéniable de Kaine Michaels. Mais Gisella avait fait un pacte stupide avec Rozalia, sa cousine, pacte qui consistait à attendre le grand amour, le vrai, pour se donner à un homme.

En réalité, elle avait accepté pour faire plaisir à Rozi. Elles avaient treize ans, à l'époque, et le sexe représentait alors quelque chose de si nébuleux, de si absurde, que ce serment ne lui avait rien coûté. Et, jusqu'à présent, elle n'avait rencontré aucun homme qui lui ait donné envie de le rompre.

Mais maintenant...

— Combien en demanderiez-vous ?

— Elle n'est pas à vendre.

Il avait l'air si sûr de lui, si *suffisant* !

— Un aussi joli visage ne devrait pas être enlaidi par un froncement de sourcils courroucé, poursuivit-il en lui effleurant la joue du revers de la main. J'aimerais m'en aller – vous êtes prête ?

Pas question de s'appesantir sur les frissons provoqués par la légère caresse, ni sur le tressaillement qui parcourait ses lèvres. Fille unique, Gisella était habituée à obtenir *tout* ce qu'elle désirait.

— Comment pourrais-je vous persuader de changer d'avis ?

— Impossible.

Un sourire moqueur se dessina sur la belle bouche sensuelle.

— Mais j'ai bien envie de vous laisser tenter votre chance.

— Je ne me sers jamais du sexe pour obtenir quoi que ce soit, répliqua-t-elle froidement.

Quand un homme lui plaisait, elle allait parfois jusqu'au baiser et quelques caresses, mais dans le cas contraire, ou lorsqu'un type se comportait comme un mufle, elle réagissait en conséquence.

— Vraiment... ? murmura Kaine Michaels, songeur.

Les doigts longs descendirent sur son cou, sa gorge, sans que Gisella fasse rien pour l'arrêter.

Que lui arrivait-il ? C'était de la folie. Elle ne connaissait pas cet homme. Des bruits de voix lui parvenaient de la pièce voisine...

Mais elle *désirait* qu'il l'embrasse. Cela n'avait rien à voir avec la boucle d'oreille. Kaine ne ressemblait à aucun des hommes qu'elle avait pu rencontrer. Il l'attirait malgré elle.

Gisella contempla les profondeurs mordorées, s'y perdit. La main chaude revint effleurer sa joue.

Alors, Kaine prit possession de sa bouche avec une simplicité désarmante. Comme s'ils s'embrassaient ainsi tous les soirs, depuis toujours. Et il s'y prenait avec un art divin.

C'était ce qu'elle avait attendu durant toutes ces années. Un homme doté d'une personnalité encore plus forte que la sienne. Un être capable de la faire capituler d'un simple baiser. De provoquer en elle une passion dévastatrice qui la dévore tout entière, tout en lui donnant l'assurance qu'elle était en sécurité dans ses bras puissants.

Quand il referma la main sur ses reins, Gisella fondit contre lui, savourant la sensation de complétude qui l'envahissait. Elle lui entoura la taille, appuya les paumes sur le dos musclé et ferma les yeux.

Jamais aucun homme ne l'avait embrassée ainsi. Le baiser

était aussi charnel que possessif, ardent et langoureux à la fois. De sa main libre, Kaine la tenait par les cheveux pour mieux dévorer sa bouche.

Elle gémit contre ses lèvres. La chaleur infernale se répandit inexorablement en elle.

Lorsque Kaine écarta soudain le visage du sien, Gisella fut gagnée par un affreux sentiment de perte. Une petite plainte resta coincée dans sa gorge. Elle sentit le souffle chaud et aussi irrégulier que le sien lui effleurer les lèvres, mais refusa d'ouvrir les yeux, pour ne pas montrer à Kaine qu'elle s'était abandonnée à lui corps et âme.

Même s'il le savait déjà.

La voix rauque lui caressa la bouche.

— Je prendrai tout ce que tu m'offres, mais tu n'auras pas la boucle d'oreille.

— Pardon ?

Clignant les yeux, elle redescendit sur terre, regarda la frise courant autour du plafond, le lustre en cristal...

— Mais j'ai beaucoup apprécié ta tentative de persuasion, ajouta-t-il, le regard fouillant le sien.

Gisella recula. Aussitôt, la chaleur de Kaine lui manqua. Elle aurait aimé effacer la petite trace de rouge à lèvres au coin de la bouche qui savait si bien embrasser. Elle brûlait de le toucher à nouveau. Partout. De se livrer tout entière aux mains expertes.

— Ce n'était pas..., commença-t-elle, interloquée.

Avait-il vraiment cru qu'elle tentait de le manipuler ?

— Tu fronces à nouveau les sourcils. Je ne m'attendais pas à ce que tu prennes la chose si... à cœur, fit-il avec un petit sourire moqueur. Cela accroît encore le plaisir, notamment celui de te refuser ce que tu veux.

— Parce que ton but est de te venger ? Mais *de quoi* ?

— Mon but est d'attirer l'attention de ton cousin, répliqua-t-il d'une voix dure, glaciale. Dis-lui que j'attends son appel.

1

Une semaine plus tard

— Tu n'as pas vu mon SMS ? Je t'avais demandé de nous prendre des cappuccinos au passage...

— Je n'ai pas regardé mes messages, répondit Rozalia en suspendant son imperméable au portemanteau. Mais j'ai une drôle de nouvelle !

Leurs mères, demi-sœurs, avaient dix ans d'écart. Rozalia était née quelques mois après Gisella, mais elles avaient grandi dans des milieux totalement différents. Alisz, la mère de Gisella, brillante universitaire, n'avait eu qu'elle, et tard. Tandis qu'Agotha, celle de Rozalia, s'était mariée jeune, et ne vivait que pour son mari et ses quatre enfants. Aux yeux de celle-ci, les *choses*, les biens matériels, n'avaient pas d'importance. Seuls les *gens* comptaient, raison pour laquelle Gisella avait toujours envié Rozi et regretté en secret qu'elles ne soient pas sœurs jumelles au lieu de simples cousines.

— Quelqu'un voulait nous proposer une bague de fiançailles, reprit Rozi d'un ton mystérieux.

Il n'y avait vraiment rien d'extraordinaire à cela, on leur faisait ce genre de proposition tous les jours, mais inutile de le faire remarquer à Rozi. Mieux valait la laisser faire son petit show jusqu'au bout.

— De qui s'agit-il ? demanda Gisella, feignant la curiosité.

— Un agent. Pour le compte d'une maison de vente aux enchères.

Rozi leva les yeux vers le plafond, l'air songeur.

— Une société qui pourrait bien s'être occupée de la vente Garrison, la semaine dernière.

Le cœur de Gisella s'emballa. Elle eut du mal à dissimuler les frissons tour à tour brûlants et glacés qui la parcouraient. Elle s'en voulait tellement de s'être laissé embrasser par Kaine. De façon absurde, elle l'y avait *invité*, égarée dans une zone étrange, entre flirt et tentation.

Si elle avait pu soupçonner qu'il nourrissait de la rancune envers sa famille, elle ne se serait jamais jetée à la tête d'un type qui se moquait d'elle ! Pire, qui se *servait* d'elle.

« Mon but est d'attirer l'attention de ton cousin. »

Mon Dieu, le ton avec lequel il avait prononcé ces paroles...

Faisant tourner son tabouret, elle se concentra sur le pendentif en platine maintenu par l'étau.

— Nous savons qui a tout emporté, lors de cette vente.

Et qui avait *perdu*. Elle. En plus de la boucle d'oreille tant convoitée, elle avait perdu sa dignité, son amour-propre.

— Oh ! oublie Kaine Michaels. Ou, plutôt, tu te souviens de ce qu'il a dit concernant une autre personne intéressée ? Eh bien, j'ai reçu un appel, de Hongrie.

Gisella reposa la pince, prit sa loupe et fit de nouveau pivoter son haut tabouret vers Rozi.

— Et ?

— Il s'agissait d'un intermédiaire, qui appelait de la part d'un certain Viktor Rohan. D'après lui, son client est *très* intéressé par la boucle d'oreille, dont sa mère possède la réplique parfaite.

— Ça alors..., murmura Gisella, abasourdie.

— Comme tu dis...

Une soixantaine d'années plus tôt, les boucles d'oreilles avaient été vendues à quelques mois d'intervalle et sur des continents différents. Retrouver celle d'Amérique avait nécessité des années de recherches fastidieuses. Aussi Gisella et Rozi avaient-elles renoncé depuis longtemps à tout espoir de dénicher la seconde, leurs quelques tentatives n'ayant rien donné de ce côté-là.

— Et devine qui est ce Viktor Rohan... ? Ton *cousin* !

— Viktor Rohan ? Jamais entendu parler de lui.

— Au second degré. Vos grands-parents étaient frère et sœur.

— C'est le petit-fils de la sœur d'Istvan ?

Rozi hocha la tête.

Istvan avait demandé à leur grand-mère, Eszti, de l'épouser alors qu'ils étaient tous deux étudiants. Il lui avait offert des boucles d'oreilles en guise de cadeau de fiançailles et elle aurait dû l'épouser – et garder ses boucles toute sa vie. Hélas, les manifestations estudiantines avaient tourné à la violence. Istvan avait alors insisté pour qu'Eszti vende l'une des boucles d'oreilles de façon à pouvoir partir en Amérique, enceinte et pas encore mariée. Mais il était mort avant de pouvoir aller la rejoindre comme promis, la laissant seule dans un pays étranger.

Désespérée et sans le sou, et avec un bébé à charge – la mère de Gisella –, Eszti avait épousé Benedek Barsi, un homme doux et bon plus âgé qu'elle. Orfèvre de son état et s'installant à son compte, Benedek avait vendu la seconde boucle d'oreille. L'argent récolté l'avait aidé à ouvrir la boutique où travaillaient maintenant Gisella et Rozalia, dans l'atelier situé au-dessus de celle-ci. Eszti était leur grand-mère à toutes les deux, mais Gisella n'était pas une vraie Barsi, puisque sa mère était la fille d'Istvan. Par conséquent, Gisella était apparentée à Viktor Rohan, mais pas Rozi.

— Tu n'as jamais eu envie de te renseigner sur ce côté de ta famille ? demanda sa cousine.

— Arrête ! Tu connais maman... Et puis, dans ce cas précis, je partage son manque d'intérêt. Grand-père l'a toujours traitée comme sa fille. Alors je n'ai jamais voulu prendre le risque de lui faire de la peine en satisfaisant ma curiosité – d'autant plus qu'elle n'a jamais été très vive. Ce n'est pas comme si j'avais pu retrouver et connaître Istvan.

— Mais maintenant ta curiosité est réveillée !

— Et comment ! Surtout s'il a l'autre boucle d'oreille !

Elles éclatèrent de rire en même temps, tandis que Rozi frappait dans ses mains.

— Tu imagines ce que cela signifierait pour mamie, Gizi ?

— Ne nous emballons pas, répliqua Gisella en reprenant son sérieux.

Pendant des années, elles avaient rêvé de retrouver ces boucles et de les rendre à leur grand-mère. Mais alors qu'elles touchaient au but, qu'elles allaient en récupérer une, tout s'était écroulé à cause de ce maudit Kaine Michaels.

— Il vit en Hongrie, Viktor ? C'est quel genre d'homme ?

— Un homme fabuleusement riche ! Il a des résidences dans toute l'Europe, si j'ai bien compris, mais la maison de famille se trouve à Budapest. J'ai l'adresse e-mail de sa mère. Elle serait probablement heureuse de te rencontrer, tu ne crois pas ?

Gisella sourit à sa cousine.

— Tu as beaucoup de travail, en ce moment ? Tu peux t'accorder une petite pause ?

Pour la première fois depuis une semaine, Gisella retrouvait sa gaieté habituelle. Non seulement elle découvrait l'existence d'un riche cousin hongrois, mais en plus celui-ci était en possession de la seconde boucle d'oreille d'Eszti !

— Je pourrais, oui, mais...

Rozi s'interrompit en faisant une petite grimace.

— Si c'est une question d'argent, il n'y a aucun problème, dit Gisella. Tu sais que je peux assumer tous les frais, et que je le ferai avec plaisir.

En plus des revenus confortables de son travail, Gisella avait des parents très à l'aise. Sa mère avait en effet eu l'intelligence de placer son argent et n'avait qu'elle comme héritière. Quant à son père, directeur d'une agence de pub réputée, il avait ouvert un compte à son nom et lui versait une généreuse pension.

Comme Gisella et tous leurs cousins, Rozi avait bénéficié d'une excellente éducation privée, financée par leurs grands-parents, mais son père et sa mère avaient toujours vécu au jour le jour, aussi subvenait-elle à ses propres besoins et n'avait-elle pas d'argent de côté.

— Je pourrais assumer ma part, répliqua-t-elle, vexée. Mais, ce qui me préoccupe, c'est la boucle d'oreille dont Kaine Michaels est maintenant en possession. Apparemment, Viktor lui a fait une offre. Je sais, il t'a affirmé qu'il ne la céderait à personne, mais répète-moi ce qu'il a dit à propos de Benny ?

— Si c'est bien *Benny*, le cousin dont il parlait ! C'est le seul que je n'ai pas encore réussi à joindre. Les autres ont dit qu'ils n'avaient jamais rencontré cet homme. Quand l'oncle Ben sera de retour de Floride, je lui demanderai où est Benny et s'il y a un moyen de le joindre. Mais même dans ce cas…

— Je sais. Benny prend parfois des initiatives et des décisions discutables, mais il ne ferait pas de mal à une mouche.

— Exactement.

Et pourtant Kaine lui en voulait. Et sa rancune avait l'air tenace.

— Je sais que tu ne veux pas lui parler, mais à mon avis on devrait faire une nouvelle proposition à ce Kaine Michaels, reprit Rozi. Si nous voulons vraiment récupérer ces boucles d'oreilles, autant ne pas tarder. Il ne faudrait pas que…

Il ne faudrait pas que mamie nous quitte avant, acheva Gisella à sa place. Âgée de quatre-vingt-un ans, leur grand-mère se remettait en Floride d'une mauvaise pneumonie. Par conséquent, mieux valait ne pas perdre de temps, en effet. Eszti n'était pas éternelle et n'avait plus sa résistance d'antan.

— Je n'irai pas à San Francisco, si c'est à cela que tu penses. Il me hait.

Jamais elle ne reverrait ce type. Elle le haïssait autant qu'il la haïssait.

— Je sais, Gizi. C'est en Hongrie que tu devrais aller. Les Rohan font partie de ta famille. Je me charge de Kaine Michaels.

Gisella fut gagnée par une sensation désagréable. Rozi était très jolie, avec ses épais cheveux bruns, son teint clair et son allure un peu garçonne. Sa cousine attirait moins les hommes qu'elle, au physique plus classiquement féminin.

Bien sûr, elles n'avaient jamais été des rivales, dans aucun domaine. En outre, Gisella se fichait bien de Kaine ! Elle n'avait rien à faire de ce mâle arrogant ! Mais quand même… À la pensée d'une éventuelle rencontre entre Rozi et lui, elle éprouvait un sentiment de… De quoi, exactement ? Décidément, elle avait des réactions stupides, dès qu'il s'agissait de cet homme !

Alors qu'ils n'avaient échangé que quelques mots et un baiser, Kaine continuait à la troubler, s'avoua Gisella. Le souvenir de ces instants la déstabilisait…

Quoi qu'il en soit, grâce à son tempérament franc et spontané, Rozi réussirait peut-être à convaincre Kaine de vendre la boucle d'oreille ?

— Je m'imaginais que nous irions en Hongrie ensemble, Rozi.

— Moi aussi ! Je meurs d'envie d'en savoir davantage sur les boucles d'oreilles. Et regarde-moi ça…

Rozi sortit son smartphone de sa poche.

— Qu'est-ce que tu en penses, Gizi ? Il vaut bien dix heures de vol, non ?

Gisella contempla la photo affichée sur le petit écran. « Le célibataire le plus en vue d'Europe », disait la légende. Viktor était très beau, en effet, mais ne provoquait pas le moindre émoi en elle. Alors qu'il lui suffisait de songer à Kaine pour s'embraser de la tête aux pieds.

— Je te les laisse tous les deux, dit-elle, déterminée à ne plus penser à Kaine. Je renonce aux hommes, je n'ai pas de temps à perdre avec ce genre de bêtises.

Rozi gloussa et baissa à nouveau les yeux sur l'écran.

— Tu imagines la surprise et l'émotion de mamie, si nous réussissions vraiment à récupérer ses boucles d'oreilles, Gizi ? murmura-t-elle d'un ton rêveur.

— Ce serait fantastique ! acquiesça Gisella, sincère.

Cette histoire l'avait toujours émue. Ça avait dû représenter un tel sacrifice, pour leur grand-mère, de devoir se séparer de la dernière chose qui lui restait d'Istvan pour repartir de zéro dans le Nouveau Monde. C'était grâce à cette décision douloureuse que Gisella avait toujours eu une vie aisée et confortable. Comment ne pas en être profondément touchée ? Et comment ne pas désirer montrer sa reconnaissance à son aïeule en lui restituant les boucles dont elle n'aurait jamais dû avoir à se séparer ?

Gisella tendit la main droite à Rozi qui l'imita aussitôt. Solennellement, elles croisèrent leurs petits doigts, comme elles l'avaient fait tant de fois avant de prêter serment.

— On fera tout ce qu'il faudra – *et on les récupérera* ! se promirent-elles en chœur. Pour mamie !

2

Kaine ne fut pas du tout surpris de la voir entrer dans le salon privé où l'on fêtait la sortie de sa dernière application.

Gisella faisait-elle exprès de ne pas comprendre ? Bien que furieux, il ne put s'empêcher d'admirer sa détermination. Cette femme avait décidément du cran.

— Ce n'est pas à vous que je souhaite parler mais à votre cousin, avait-il répondu à une certaine Rozalia qui avait tenté de prendre rendez-vous avec lui quelques jours plus tôt.

Et voilà que Gisella refaisait son apparition auprès de lui.

De toute évidence, elle n'éprouvait aucun embarras à se mêler à la fête sans y avoir été invitée. Sans doute ignorait-elle tout de l'embarras et de la honte.

Elle portait une petite robe noire lui allant à ravir. La première fois, il l'avait trouvée superbe avec ses cheveux tombant librement sur ses épaules et chatoyant de beaux reflets auburn, son corps mince mais aux courbes délicieusement féminines. Elle avait par ailleurs des jambes galbées, interminables…

Ce soir, elle le fascinait tout autant. Sinon davantage. Comment réussissait-elle ce prodige ? On était en Californie, pourtant, où les belles femmes pullulaient. Kaine n'avait pas de type préféré, mais il trouvait Gisella… parfaite.

Dans un environnement où tout était faux, depuis les cils jusqu'aux dents et aux seins, la beauté naturelle de Gisella ressortait comme un diamant brut au milieu d'un étalage de verroterie. Il apprécia notamment le maquillage subtil, tout en nuances et destiné uniquement à mettre en valeur les yeux verts, les hautes pommettes et la bouche pulpeuse.

Les codeurs, en T-shirt et pantalon décontracté, tournèrent les yeux vers la nouvelle arrivée, tandis qu'elle se dirigeait vers lui. Les femmes froncèrent les sourcils, l'air envieux.

Indifférente aux remous qu'elle suscitait sur son passage, Gisella continua d'avancer, gracieuse et altière.

— Messieurs, commença-t-elle en s'arrêtant devant Kaine et le petit groupe qui l'entourait. Je dois parler à M. Michaels.

Le père de Gisella possédait une agence de pub renommée, elle avait grandi dans un milieu huppé et bénéficié d'une éducation privée. D'où son assurance et son audace. Et une autorité toute naturelle lui permettait de se faire entendre, et obéir, sans même avoir à élever la voix.

Le petit groupe se dispersa en effet aussitôt qu'elle eut exprimé son désir de s'entretenir avec lui. Mais les hommes d'affaires ne se privèrent pas de jeter un coup d'œil par-dessus leur épaule, en direction de la petite robe noire moulante, des longues jambes et des escarpins, noirs eux aussi, à fine bride entourant les chevilles délicates. De quoi donner des envies de fétichisme à un moine.

Kaine laissa remonter son regard sur les mollets galbés en se demandant si la peau des cuisses était aussi douce qu'il l'imaginait. Avait-elle choisi des sous-vêtements foncés ? Rouge écarlate ? Couleur chair ? À moins qu'elle ne soit *nue* sous la courte robe...

Une plainte monta de sa gorge, qu'il retint de justesse. Il brûlait de découvrir ce qu'elle portait sous la soie noire, de vérifier la rondeur et le poids des seins. D'en lécher les pointes, de sentir Gisella trembler de plaisir contre lui.

Quand il arriva aux hautes pommettes, Kaine fut déçu. Les yeux verts brillaient, certes, mais pas de désir. Elle le toisait d'un air indigné.

— Tu n'étais pas invitée à notre petite fête, *mademoiselle Barsi*, fit-il remarquer. Alors, ne te plains pas de l'accueil qui t'est réservé.

Elle ne croyait tout de même pas qu'il allait s'excuser de l'avoir littéralement dévorée des yeux ?

— Appelez la sécurité, poursuivit-il à l'adresse du serveur qui s'approchait.

Le jeune homme le dévisagea d'un air interdit.

— Il plaisante, dit Gisella en prenant une flûte sur le plateau.

Le tout accompagné d'un sourire éblouissant à l'adresse du serveur, qui sourit à son tour et hocha la tête avant de s'éloigner.

— Je ne plaisante pas le moins du monde, déclara Kaine dès que le gamin fut hors de portée.

Nullement intimidée, elle but une gorgée de champagne et regarda autour d'elle avant de répliquer :

— Tu appelles cela une fête ?

En dépit de la musique et des prises de contact, et des contrats passés entre les invités, ceux-ci restaient agglutinés en petits groupes isolés les uns des autres. Ce qui les intéressait, c'était de poster une photo montrant qu'ils avaient été invités, plutôt que *d'être* là et de faire la fête.

— Et, comme je te l'ai déjà dit, mon nom est *Drummond*, poursuivit Gisella. Lorsque ma grand-mère a épousé Benedek Barsi, elle avait déjà ma mère.

— Tiens tiens…

— Pourquoi cet air dubitatif ? demanda-t-elle en plissant le front.

Comme si elle ne le savait pas…

— Je me suis renseigné.

Dès qu'il l'avait vue sur l'une des photos faisant partie du dossier, Kaine avait été intrigué et s'était renseigné en détail sur la famille de Benny. Quelques informations avaient convergé, le poussant à acheter le manoir Garrison à la dernière minute. Cependant, il ne serait pas venu à la vente en personne si Gisella n'avait pas retenu son attention. Ses sources lui ayant indiqué qu'elle cherchait une boucle d'oreille depuis des années, il avait trouvé l'occasion de la rencontrer.

Et leur rencontre avait été intense ! S'il n'avait été au courant de son intérêt envers ladite boucle, il aurait pu croire à la passion avec laquelle elle avait répondu à son baiser. Elle y avait vraiment mis tout son cœur, ainsi qu'une fraîcheur presque... candide.

Or Gisella était tout sauf candide. Elle avait tenté de le manipuler. Mais il n'en demeurait pas moins fasciné par elle.

— Et toi ? demanda Kaine.

— Comment cela ? Tu veux savoir si je me suis renseignée ?

— Oui. Comment va Benny ? Peu importe, remarque. Sauf si tu m'apprends sa mort – c'est la seule excuse qui pourrait justifier son refus de répondre à mes appels.

Elle pinça les lèvres, tressaillit. Avant de se redresser et de carrer les épaules.

— Je n'ai pas réussi à le joindre.

— Pourquoi es-tu ici, dans ce cas ?

— Tu le sais très bien. Pour la boucle d'oreille. Comme tu as refusé de voir Rozalia, c'est moi qui suis venue.

— Pour rien, mentit-il.

En fait, il était curieux de voir comment elle allait s'y prendre, cette fois-ci.

— Je ne t'ai même pas indiqué de montant, répliqua-t-elle.

— Quelle que soit la somme que tu me proposeras, je peux en obtenir le double.

— De Viktor Rohan ?

L'assurance avec laquelle elle avait prononcé le nom de Rohan, comme s'il lui était familier, provoqua en lui une tension inexplicable.

— Tu le connais ?

— J'ai entendu parler de lui, mais je ne l'ai jamais rencontré. Tu envisages de la lui vendre ?

Comme lui, elle jouait la carte de la nonchalance, mais certains signes trahissaient sa nervosité. Notamment la façon dont elle resserrait ses doigts fins autour du pied de la flûte de champagne.

— Je n'ai encore rien décidé, répondit-il, laconique.

En fait, Rohan commençait à l'agacer, l'incitant à lui vendre la boucle d'oreille avec des offres de plus en plus généreuses. Kaine n'arrivait pas à s'en débarrasser. D'après ses renseignements,

Rohan n'était pas un homme à prendre à la légère. En d'autres circonstances, Kaine lui aurait volontiers cédé la babiole pour une somme raisonnable.

Mais alors, Gisella n'aurait pas été là devant lui.

— Et si je suis prête à doubler la dernière offre de Viktor ? demanda-t-elle.

Une fois encore, il fut impressionné par son audace. Il indiqua la somme proposée en dernier lieu par Rohan et vit Gisella battre des cils.

— Prête à suivre ?

— Je ne bluffe pas, affirma-t-elle, le menton haut. Je n'avais pas réalisé que les enchères montaient aussi vite, c'est tout. Je suis prête à te donner cette somme.

Elle lui tendit la main.

— Marché conclu ?

— Certainement pas. Je n'ai pas besoin d'argent et cette petite chose sans valeur semble en prendre de jour en jour, répliqua Kaine d'un ton détaché, avant de porter son verre de cognac à ses lèvres.

La main tendue de Gisella retomba.

— Tu le veux à tout prix, ce bijou, n'est-ce pas ? fit-il. Pourquoi ?

La boucle d'oreille était jolie, mais de là à être prêt à tout pour la récupérer...

— Pour la revendre ensuite à Rohan et en obtenir le maximum ? poursuivit-il.

— Non, protesta-t-elle, l'air offusqué. Je te l'ai dit : pour la rendre à ma grand-mère.

— Une seule boucle.

— Oui, mais cela représente beaucoup pour elle.

Kaine n'avait jamais compris que l'on puisse s'attacher à quoi que ce soit, encore moins à de vieux objets. Il n'avait ni jean préféré, ni montre ni yacht dont il pourrait regretter la perte. Tout se remplaçait, pourvu que l'on veille à garder un compte en banque bien pourvu.

La seule fois où il s'était sérieusement échauffé, cela avait été quelques semaines plus tôt. Le cousin de Gisella, Benny, avait lâché une bombe qui avait brisé l'équilibre financier sur lequel reposait l'empire de Kaine. Les investisseurs s'étaient alors mis à lui lancer des pierres pour tenter de le faire couler encore plus vite.

Voilà sur quoi il devait se concentrer, plutôt que sur cette belle bouche pulpeuse qu'il avait dévorée avec passion.

— La sentimentalité n'a aucune emprise sur moi, déclara-t-il avant de vider son verre d'un trait.

Comme elle s'humectait les lèvres, il secoua la tête.

— Ni le désir sexuel, ajouta-t-il d'un ton détaché.

Gisella avait choisi sa tenue de façon à pouvoir passer le barrage de la sécurité sans difficulté. Il y avait toujours des maîtresses et des épouses potiches, à ce type d'événements. Elle n'avait eu qu'à dire qu'elle venait rejoindre son mari pour qu'on la laisse entrer.

Mais, maintenant que Kaine promenait un regard appréciateur sur son corps et qu'un sourire cynique se dessinait au coin des lèvres sensuelles, elle regrettait de ne pas porter un tailleur élégant mais sobre.

La désirait-il ? Cette éventualité aurait dû l'offenser, et non susciter en elle une excitation insensée. Accompagnée d'un flot de chaleur qui ressemblait fort à du plaisir... sexuel.

Kaine l'attirait follement, elle n'y pouvait rien. Il n'était pas le seul à porter le smoking, mais dans cette veste coupée sur mesure à revers de satin, sur une chemise blanche à boutons cachés, il surclassait tous les autres hommes présents. Et il en était conscient.

— Si j'étais venue pour te séduire, tu le saurais déjà, dit-elle avec désinvolture.

Il sourit, dévoilant des dents blanches et régulières.

— J'apprécie le sens de l'humour, surtout chez mes ennemis. Cela m'évite de m'ennuyer avec eux.

— Tu me vois comme une ennemie ? Je croyais que c'était

à Benny que tu en voulais... À propos, de quel crime le crois-tu coupable ?

— Je ne le crois pas coupable, je sais qu'il l'est, corrigea-t-il d'une voix glaciale. Il a falsifié des échantillons de minéraux avant de disparaître, de manière à *me* faire passer pour le coupable. Je me suis expliqué auprès de mes investisseurs, mais sans parvenir à les convaincre de ma bonne foi.

— Pardon ? s'exclama Gisella en lui posant la main sur le bras.

Elle n'avait pu s'en empêcher, tant les paroles de Kaine l'avaient déstabilisée.

Le bras était ferme sous l'étoffe, mais elle n'eut pas le loisir de savourer la sensation. Kaine baissa les yeux sur sa main en haussant un sourcil si bien qu'elle la retira, le cœur battant à tout rompre.

Une sensation de vertige la gagna. Géologue, Benny avait créé sa société de prospection minière, laquelle était une filiale de Barsi on Fifth. Par conséquent, cela permettait à l'entreprise familiale – dans laquelle travaillait Gisella – d'offrir aux plus fortunés de ses clients une excellente opportunité d'investir dans les pierres et les métaux précieux.

— Benny n'est pas un escroc. Il ne recourrait jamais à la fraude pour arnaquer les investisseurs. Notre famille dépend de la réputation de tous ses membres, et chacun d'entre nous veille à ce qu'elle soit, et reste, irréprochable.

— Il semblerait en effet que ta famille jouisse d'une excellente réputation. D'où la réaction du consortium d'investisseurs qui me rend responsable de la fraude, salissant ainsi mon nom et *ma* réputation.

Gisella secoua la tête. Elle aurait aimé s'asseoir, mais il n'y avait aucun siège dans la pièce. La musique et le bruit des voix se mirent à résonner dans sa tête lorsque, soudain, elle s'aperçut que des invités les observaient. La sensation de malaise qui s'était emparée d'elle augmenta, à tel point qu'elle dut faire un effort sur elle-même pour garder sa contenance.

— Qu'a dit Benny, exactement ?

— Rien. C'est pour cela que je dois absolument le joindre. Tu me déçois, Gisella. J'ai l'impression que cette boucle d'oreille ne t'intéresse pas autant que tu le prétends. Tu cherches plutôt à éviter que la culpabilité de Benny ne soit affichée publiquement. Tu voudrais me calmer, mais ce genre de procédé...

Il la dévisagea de la tête aux pieds.

— ... est affreusement démodé. Et beaucoup trop prévisible.

Cette accusation erronée acheva d'ébranler l'assurance de Gisella.

— Benny est probablement sur le site, en train de tenter de régler le problème...

— Le site est en Indonésie, l'interrompit Kaine. À son bureau, on me dit qu'il se trouve en Amérique du Sud. C'est également ce que j'ai lu sur les réseaux sociaux.

— Je vais passer un coup de fil. Tout de suite.

— Fais-le discrètement.

Gisella parcourut le salon du regard et s'avança vers un coin plus tranquille, avant de comprendre qu'en Floride il était minuit passé. Elle appela néanmoins son oncle sur son portable, tout en craignant qu'il ne prenne pas l'appel. Lui et Eszti s'étaient peut-être couchés de bonne heure...

Par chance, il répondit à la quatrième sonnerie et, étant son patron en plus d'être son oncle, il crut d'abord qu'elle l'appelait pour le travail.

— Non, il s'agit de Benny, expliqua Gisella en baissant la voix. Tu lui as parlé, récemment ? Kaine Michaels vient de me faire part d'une rumeur très bizarre.

Le silence de son oncle fut révélateur.

— Mon oncle ? Tu m'entends ?

— Que fais-tu avec lui ? demanda Ben d'un ton dédaigneux, ou inquiet, peut-être.

— Kaine est en possession de l'une des boucles d'oreilles de mamie. J'avais essayé de l'acheter la semaine dernière, lors d'une vente aux enchères.

Rozi mise à part, elle n'avait parlé à personne de sa démarche, rêvant de surprendre tout le monde en exhibant fièrement la boucle d'oreille.

— J'étais venue le voir à San Francisco pour lui faire une offre, poursuivit Gisella, mais il m'a lancé d'horribles accusations à la figure. Il faut absolument que Benny l'appelle, le plus rapidement possible, et qu'il mette les choses au point.

— Pour l'amour du ciel, Gisella ! Tu aurais dû m'en parler avant !

Un frisson glacé la parcourut.

— Pourquoi ? Que se passe-t-il ?

— Je n'en sais rien, répondit son oncle d'une voix crispée. J'ai entendu quelques rumeurs de mon côté. Je fais de mon mieux pour les étouffer et j'essaye de joindre Benny pour entendre sa version des faits.

— Tu ne penses pas qu'il ait pu...

— *Non*. Mais je n'ai pas confiance en Michaels. Tu devrais te méfier de lui.

Tournant les yeux, elle vit Kaine l'observer depuis l'autre extrémité du salon.

— Il a l'air *sincèrement* furieux...

— Eh bien, ne le provoque pas davantage, l'interrompit de nouveau son oncle. C'est un type dangereux, Gisella.

Effectivement, et sur plus d'un plan.

— Je vais faire de mon mieux pour calmer la situation, dit-elle. Lui expliquer que nous aurons bientôt des éclaircissements.

La moindre entaille à la réputation de la famille aurait des répercussions catastrophiques, sur tous ses membres.

— J'essaye de joindre Benny, promit son oncle. Dis à Michaels que je le tiendrai au courant dès que possible.

Gisella le remercia et lui dit au revoir mais, avant de remettre son smartphone dans son sac, elle s'aperçut qu'elle avait un message de Rozi. Sa cousine était bien arrivée en Hongrie et se dirigeait vers son hôtel.

La mère de Viktor Rohan ayant accepté de rencontrer Gisella, elle avait été prête à se rendre à Budapest, mais Kaine avait refusé de voir Rozi. Sur une impulsion, Gisella avait alors insisté pour que celle-ci parte en Hongrie à sa place. *Elle* s'occuperait de Kaine. Et cette fois il n'aurait pas le dernier mot.

Elle y avait cru, jusqu'au moment où il lui avait balancé ces accusations odieuses. Benny ne pouvait pas avoir tenté de l'arnaquer. Elle en était convaincue. Il n'était pas un escroc et n'aurait jamais pris le risque de mettre en péril la réputation de la famille.

— Je peux aller vous chercher quelque chose à boire ?

Tournant la tête, Gisella vit un séduisant trentenaire en costume gris clair la dévorer des yeux comme si elle était son dessert préféré.

— Tu as terminé ? intervint Kaine en apparaissant soudain devant elle.

Il lui sourit avant d'ajouter :

— Chérie.

Le trentenaire disparut aussitôt.

Le sourire toujours aux lèvres, Kaine lui posa la main sur les reins, la faisant frémir tout entière.

— Je... Oui. Mon oncle va demander à Benny de t'appeler le plus vite possible.

— Formidable, répliqua-t-il d'un ton sarcastique. Allons danser, alors.

— Personne ne danse...

— Raison de plus pour montrer l'exemple. Et puis, tu n'as pas peur de te singulariser, n'est-ce pas ?

Une lueur ambiguë traversa les yeux bruns.

— Sinon, tu ne serais pas venue jusqu'ici au nom de ta famille, poursuivit-il d'une voix onctueuse. Le sacrifice, ce n'est pas ton truc – je me trompe ?

Non, pas du tout. En revanche, Gisella se sentait étrangement vulnérable. Elle avait pensé à Kaine jour et nuit, s'efforçant de le haïr alors qu'elle regrettait que les choses ne se soient pas passées différemment. Que leur baiser n'ait pas été le début d'autre chose.

Ce désir demeurait vivace. Mais à présent elle comprenait le dédain de Kaine à son égard.

Il devait s'agir d'un malentendu. Il le fallait.

— Non, cela n'a jamais été mon truc, en effet.

Gisella se força à sourire.

— Nous pourrions peut-être poursuivre cette conversation dans un endroit plus privé ?

Kaine sourit à son tour. D'un sourire dénué de toute chaleur et de tout humour.

— Avec plaisir, mademoiselle Barsi.

3

Kaine savait depuis longtemps qu'en accordant sa confiance à autrui, notamment à une femme qu'il désirait physiquement, il allait droit à la trahison.

Jamais plus il ne commettrait l'erreur commise autrefois. Mais Gisella provoquait chez lui des réactions étranges. Quand ce bellâtre s'était approché d'elle, cela avait été plus fort que lui. Il n'avait pu s'empêcher de s'interposer entre eux, comme si elle lui appartenait.

Il était grand temps de se ressaisir. Après avoir envoyé un SMS à son chauffeur, Kaine informa Gisella qu'il était prêt à s'en aller et sortit avec elle du salon loué pour l'occasion dans l'un des restaurants les plus chics de San Francisco. Comme elle prenait la direction du bar, il se tourna vers elle.

— Je t'emmène chez moi.

Une ombre traversa fugacement les yeux verts.

— Très bien. Je vais chercher mes affaires, je ne suis pas encore passée à mon hôtel.

Parfait. Kaine s'empara bientôt de la petite valise que lui tendait l'hôtesse du vestiaire, puis entraîna Gisella vers la sortie.

Le chauffeur les déposa devant un gratte-ciel aux parois de verre, et dont le luxueux hall d'entrée débouchait sur un restaurant. Mais Gisella n'eut pas le temps de jeter un coup d'œil aux clients à l'allure glamour ou branchée qui faisaient la queue pour y entrer. Déjà, Kaine l'entraînait vers un ascenseur situé à l'écart des autres. Bientôt, il actionna l'ouverture en appuyant son pouce sur un petit écran, et la cabine transparente gravit les étages en silence.

Gisella aperçut la baie plongée dans la pénombre, le pont illuminé traversant le Golden Gate, puis les vitres s'obscurcirent à nouveau, l'ascenseur s'immobilisa au dernier étage, les portes coulissèrent...

Médusée, elle contempla la vue panoramique sur le ciel étoilé et l'océan. Les reflets des lumières de la ville scintillaient à la surface de l'eau, se mêlant à celles des bateaux.

Lentement, elle s'avança dans le somptueux espace ouvert à l'éclairage tamisé émanant du bas des murs, ainsi que d'une lampe posée sur une table basse en verre et acier. Kaine n'alluma rien d'autre.

Venir ainsi chez un quasi-inconnu pourrait s'avérer dangereux. Il la considérait comme une *ennemie*.

— Quel endroit *magnifique* ! s'exclama néanmoins Gisella.

Sans dire un mot, Kaine passa derrière le bar et ouvrit une bouteille de vin. Un immense sofa courbe en cuir blanc occupait une partie de l'espace, non loin d'une table pouvant accueillir une bonne vingtaine de convives. Apparemment, la cuisine se trouvait à l'autre extrémité, et l'escalier en acier et bois clair montant en spirale au-dessus du bar devait conduire aux chambres.

Gisella tourna les yeux vers l'écran géant qui disparaissait probablement dans le mur d'un simple clic. Aucune manette de jeu en vue, constata-t-elle avec étonnement. Une grande partie de la fortune de Kaine provenait pourtant de ce secteur d'activité.

— Tu organises souvent des réceptions chez toi ? demanda-t-elle d'un ton dégagé.

— Tu es l'une des rares personnes à pénétrer ici. La femme de ménage et le portier sont mes hôtes les plus réguliers. Mon assistant personnel y vient aussi parfois.

La boucle d'oreille était-elle là ? Gisella embrassa le vaste espace du regard. Y avait-il un coffre-fort derrière la grande peinture abstraite dont les teintes vives ressortaient sur le mur blanc ? En plus des chambres, Kaine devait avoir un bureau à l'étage.

— Elle est dans un coffre-fort de ma banque, dit-il, lisant dans ses pensées.

Agacée d'être aussi transparente, elle croisa les bras.

— J'ai préféré t'amener ici pour pouvoir discuter tranquillement de la compensation que tu me proposes.

— En m'accusant de vouloir te manipuler en recourant au sexe, tu en révèles davantage sur toi-même que sur moi, répliqua tranquillement Gisella.

Alors qu'en réalité une excitation insensée avait pris possession de tous ses sens.

— Je ne paye pas pour le sexe.

Un verre de vin couleur rubis dans chaque main, il contourna le sofa pour venir la rejoindre.

— Non ? fit-elle en prenant le verre qu'il lui tendait. Tu n'emmènes pas tes maîtresses en vacances ? Tu ne leur offres pas un bracelet ou un collier quand tu les as assez vues ?

Un bijou de prix, comme ceux que certains clients venaient acheter à la boutique – et pas dans l'intention de l'offrir à leur épouse.

— Inviter une femme sur un yacht n'a jamais été pour moi une façon de la rémunérer en échange de sa compagnie.

Il tendit la main et saisit une mèche de cheveux qu'il tendit devant le cou de Gisella, comme un collier.

— Et mes maîtresses sont plutôt des femmes indépendantes qui disposent de revenus suffisants. Par conséquent, les cadeaux que je leur offre ne sont rien d'autre que cela : des cadeaux. Ou des gages d'affection, si tu préfères.

Gisella déglutit, puis recula d'un pas pour le forcer à lâcher la mèche de cheveux. Songer qu'il avait des maîtresses la perturbait. Bien sûr, il fréquentait des femmes riches et puissantes envers lesquelles il éprouvait de l'affection. Ces femmes fréquentaient probablement la boutique, achetaient ses créations...

— Je ne comprends pas pourquoi je te devrais une compensation.

— Ton cousin m'a refilé de vulgaires cailloux, au lieu de me procurer les métaux précieux susceptibles d'entrer dans la composition de la prochaine génération d'appareils électroniques conçus par Riesgo Ventures.

Il parlait d'une voix égale, calme, mais il exsudait la colère. Gisella la sentait vibrer dans l'atmosphère.

— Ne me dis pas que tu ignorais que dans ce domaine on prend autant de risques qu'en jouant au casino à Las Vegas ?

— Le nom des Barsi garantissait les résultats des tests. Des poids lourds se sont engagés. Quand la mine n'a pas donné les résultats annoncés, les investisseurs ont réclamé de nouveaux échantillons. Qui ne valaient rien. J'ai dû bloquer une bonne partie de mon capital de fonctionnement dans un compte séquestre en attendant la fin de l'enquête. Je perds de l'argent tous les jours. Si Benny ne vient pas blanchir mon nom, je devrai en plus payer des amendes. Autrement dit, je pourrais *tout* perdre.

Gisella n'osa pas demander d'autres précisions. Après tout ce que Kaine venait de dire, elle se sentait complètement impuissante, alors qu'elle ne désirait qu'une chose : calmer le jeu. Trouver une solution qui satisfasse tout le monde.

— Je te jure que Benny serait incapable d'arnaquer quiconque. Y avait-il d'autres intermédiaires ?

— Je négociais directement avec lui, répondit Kaine en la regardant droit dans les yeux. Et, comme je crois savoir que ta respectable famille investit aussi dans les métaux précieux, je ne doute pas que vous ayez profité de la situation – à mes dépens.

— Tu sous-entends que nous manipulons délibérément les prix en fonction de l'offre et de la demande ? Nous ne ferions jamais une chose pareille !

— Non, bien sûr, répliqua-t-il d'un ton cynique. Pas plus que tu ne t'arrangerais pour que je me retrouve sur une liste noire.

— Je n'y suis évidemment pour rien !

— Et pourtant, depuis que ces rumeurs se sont amplifiées, personne ne répond plus à mes appels, à New York. Tout rentrera dans l'ordre uniquement lorsque Benny refera surface. En attendant, il me semble que j'ai droit à une petite compensation, non ?

Un froid glacial, accompagné d'une peur viscérale, se propagea en Gisella.

— J'ignore tout de ces histoires ! protesta-t-elle, atterrée.

À en juger par la moue dédaigneuse de Kaine, il ne la croyait pas.

Si seulement Benny pouvait l'appeler rapidement et régler ce problème insoluble ! De son côté, elle ne demandait qu'une chose, bon sang ! Récupérer une simple boucle d'oreille ! Comment la situation avait-elle pu dégénérer ainsi ?

— Tu as dit avoir appelé ton oncle, tout à l'heure ?

— Oui, le père de Benny. Il a eu vent de rumeurs, mais nous ne pouvons rien faire, sinon les empêcher de se propager.

— Vous pouvez cesser d'essayer de profiter encore plus de moi.

— Ce n'est pas ce que nous faisons ! Ni lui ni moi !

— Pourquoi es-tu ici, dans ce cas ? Et dans une tenue des plus appropriées pour parler affaires, ajouta-t-il avec mépris.

— J'ai choisi cette tenue pour pouvoir accéder à ta fichue fête ! s'écria Gisella, à bout de patience.

— Et notre baiser ? S'agirait-il d'une charmante coutume new-yorkaise ?

Elle leva les yeux au ciel, excédée. Et écarlate.

— Tu me plaisais, alors je t'ai embrassé. Est-ce si difficile à croire ?

— Ta passion était réelle ? fit-il d'un ton sardonique en posant son verre sur une table basse. Dans ce cas, viens, finissons ce que nous avons commencé à New York.

— Quel culot ! s'exclama Gisella, hors d'elle.

Ce n'était pas le regard étincelant de reflets mordorés qui la terrifiait. Ni Kaine lui-même. C'étaient ses propres réactions. Le désir stupide qui la poussait vers lui.

— Je suis allée à cette vente à cause d'une boucle d'oreille et j'ai embrassé un homme qui m'attirait. Mais, rassure-toi, j'ai compris depuis que c'était une erreur.

— En effet, acquiesça-t-il lentement. Une erreur colossale.

Il reprit son verre en ajoutant d'une voix dure :

— J'ai presque envie d'accepter la dernière offre de Rohan, juste pour te punir.

— Ne fais pas cela, dit-elle, les mâchoires serrées.

— C'est stupéfiant, le pouvoir que cette petite babiole a sur toi. Il suffit d'en parler pour te calmer. Je commence à me demander si elle ne contient pas un émetteur datant de l'époque de la guerre froide, et encore actif.

— Et moi, je commence à trouver que ton attitude ressemble fort à du chantage. Pourquoi es-tu aussi brutal ?

— Pour que tu comprennes l'importance des enjeux pendant que nous discutons des modalités de la... prestation.

Un frisson désagréable parcourut Gisella.

— Que me demandes-tu de faire, exactement ?

— Tu es vraiment adorable. Je ne te *demande* rien. Je t'informe qu'à partir de maintenant tu vas jouer le rôle de ma dernière maîtresse en date, et que tu feindras d'être éperdument amoureuse de moi, cela va sans dire.

Sur ces paroles, il porta son verre à ses lèvres et en but une gorgée avec délectation.

— Ah, je vois. Tu ne payes pas pour le sexe – tu préfères recourir au *chantage* pour attirer une femme dans ton lit.

Durant quelques instants, il resta figé. Gisella aussi, craignant d'être allée trop loin. Mais il l'avait cherché ! Le silence se prolongeant, elle se sentit cernée. Prise au piège. Elle commença à avoir du mal à respirer.

— Le fait que tu n'aies pas entendu que je disais : *jouer le rôle* de ma maîtresse, et non *devenir* ma maîtresse, en révèle davantage sur tes désirs que sur les miens, dit-il soudain d'un ton moqueur.

Et en reprenant presque mot pour mot les termes employés par Gisella un peu plus tôt.

— Peu importe. Je ne céderai pas au chantage, qu'il s'agisse de comédie ou non. Pourquoi voudrais-tu que je me prête à ce petit jeu, de toute façon ?

— Puisque l'on m'accuse d'avoir cherché à arnaquer les investisseurs, je veux que tout le monde sache que je n'ai pas agi seul mais de connivence avec la famille Barsi.

— Impossible. Nous ne pouvons pas nous permettre de

laisser croire que nous sommes impliqués avec un individu accusé d'escroquerie.

Il avait fallu trois générations et beaucoup de travail pour établir la réputation actuelle de Barsi on Fifth et forger son image de marque, grâce à des créations désormais iconiques. Pas question de tout voir s'écrouler du jour au lendemain.

— Si je comprends bien, je devrais continuer à vous servir de bouc émissaire ?

Gisella se raccrocha désespérément au peu d'assurance qu'il lui restait.

— Tu t'imagines avoir du pouvoir sur moi à cause de la boucle d'oreille, mais tu te trompes. Vas-y, vends-la, je m'en moque, mentit-elle.

— Bien sûr... Cette boucle d'oreille est le plus évident de tes points faibles, mais l'une de tes cousines voudrait intégrer la Juilliard School, n'est-ce pas ? Et le poste de ta mère n'est pas garanti à vie. Sans parler de l'hypothèque prise par ta tante et ton oncle. Et s'il y avait une faille de sécurité dans la base de données clients de Barsi on Fifth ? La plupart d'entre eux seraient horrifiés d'apprendre que la liste de leurs achats a été piratée et mise en ligne, j'imagine...

— Ce genre de pratiques est illégal !

— Je n'ai pas dit que je le ferais. Mais la rumeur qu'un tel incident puisse se produire rebuterait certains de vos clients – notamment les hommes mariés qui ont une, voire plusieurs maîtresses, et les politiciens.

— Tu es répugnant.

— Je ne fais que me défendre et riposter parce qu'on essaye de me doubler. Alors, ou tu coopères avec moi, ou je vous fais couler.

— Ta proposition a beau être très alléchante, j'ai mon travail et ma vie à New York.

— Et tu brûles de présenter ton nouvel amant à toutes tes connaissances.

— C'est franchement ridicule, comme idée !

— Je ne peux pas me permettre de voir ma réputation se dégrader sans rien faire, sinon attendre que ton cousin réapparaisse et s'explique, déclara Kaine, catégorique. Je dois réagir dès maintenant et travailler à blanchir mon nom. Et, ce faisant, je veux avoir un pied dans ta famille de façon à pouvoir garder un œil sur tout ce que vous faites, surtout lorsque vos agissements ont une incidence sur mes intérêts. Si tu crois vraiment ton cousin innocent, tu dois vouloir limiter les préjudices qu'il m'a causés. Fais attention, Gisella, je peux devenir un ennemi redoutable.

— Je l'avais remarqué, répliqua-t-elle d'un ton acerbe.

— Marché conclu, alors.

Gisella détestait la présomption de Kaine. Autant que les sensations qui ondoyaient en elle. Il aurait dû lui répugner, au lieu de faire naître des frémissements incontrôlables dans tout son corps. Pourquoi ne s'éloignait-elle pas de cet homme dangereux capable de provoquer en elle des émotions aussi contradictoires ?

Le jour de la vente aux enchères, elle avait vu jusqu'où pouvait aller la détermination de Kaine. S'il décidait de s'en prendre à Barsi on Firth, sa famille accuserait peut-être le choc, mais en ressortirait terriblement affaiblie.

Elle ne pouvait infliger cela à sa grand-mère. Par conséquent, elle pouvait bien faire un petit sacrifice pour limiter les dégâts.

— Combien de temps cet arrangement durerait-il ?

— Le temps qu'il faudra pour que ton cousin vienne s'expliquer. Je suis certain que tu seras suffisamment motivée pour le pousser à réagir le plus rapidement possible.

— D'accord. J'accepte. Mais je ne coucherai pas avec toi.

— Si je tentais de te séduire, tu le saurais déjà, répliqua-t-il, reprenant une fois encore les termes employés un peu plus tôt par Gisella.

L'expression de Kaine redevint sérieuse.

— Et si de ton côté tu t'imagines pouvoir me séduire...

Il pencha la tête jusqu'à ce que son regard soit à la hauteur du sien.

— Il faut que tu comprennes qu'il ne s'agit pas d'un jeu, Gisella. Si tu t'avises de te faufiler dans mon lit pour obtenir...

— Aucun risque ! l'interrompit-elle, le cœur battant à un rythme sauvage.

— Tu y viendras, répliqua-t-il sombrement. À un moment ou un autre, tu voudras obtenir quelque chose de moi. La boucle d'oreille, mon indulgence… Mais je te préviens : je prendrai ce que tu m'offres sans rien te donner en retour. Excepté des orgasmes.

Une lueur prédatrice flamboya dans les yeux bruns.

— Je tâche toujours d'être généreux de ce côté-là.

Ses paroles et sa voix caressante atteignirent Gisella au plus intime de son être, en même temps qu'une douleur vive lui étreignait la poitrine. Il avait une si piètre opinion d'elle…

— Je vais devoir te croire sur parole, dit-elle, le plus posément possible.

— Parfait. Nous sommes d'accord.

4

Réveillée par des coups frappés à la porte, Gisella souleva les paupières à regret.

— Le petit déjeuner est prêt.

Comme elle n'avait pas baissé le store avant de se coucher, le soleil inondait la pièce et illuminait les murs couleur ivoire.

Fatiguée par le décalage horaire, elle n'avait pas hésité longtemps lorsque Kaine avait insisté pour qu'elle annule sa réservation d'hôtel et s'installe dans la chambre d'amis. Là, elle avait pris un bain bien chaud avant de se coucher, épuisée.

Gagnée par un mélange confus de pensées et d'émotions, elle remonta le drap en fibres de bambou jusqu'au menton. Elle aurait volontiers fait la grasse matinée – jusqu'à la fin des temps... Mais il était 8 heures. Donc 11 heures à New York.

Mis à part le lit et la chaise sur laquelle était posé le réveil, il n'y avait aucun meuble dans la pièce. Le mur recouvert d'un miroir dissimulait le dressing et renvoyait le reflet de la baie de San Francisco, ainsi que le visage pâle de Gisella au premier plan.

Elle se força à descendre du lit, prit une douche rapide, puis, maquillée avec soin, elle descendit au rez-de-chaussée.

Installé au soleil sur la terrasse, pieds nus, en pantalon de coton noir et T-shirt gris clair, Kaine lisait ses messages sur son smartphone. Et, à en juger par les plats encore couverts posés sur la table en teck, il l'attendait.

Redressant la tête, il jeta un coup d'œil rapide à son pantalon corsaire, son haut sans manches, la dévisagea un instant d'un air indéchiffrable, avant de poser son téléphone sur la table.

— Bien dormi ?

Gisella s'assit en face de lui et se versa une tasse de café.

— Merveilleusement bien, chéri, répondit-elle avec un sourire mielleux.

Elle souleva sa tasse comme pour porter un toast, puis la porta à ses lèvres et en but une gorgée.

Suivant son geste, le regard perçant de Kaine se concentra sur la bague étincelant au soleil.

— Création personnelle ?

— Non, de ma cousine.

— Je peux ? demanda-t-il en tendant la main vers la sienne.

Reposant sa tasse, Gisella lui montra la superbe bague de style art déco faite d'un large anneau de platine serti de sept pierres précieuses sur la partie centrale. Elle était toujours fière de vanter le talent créateur de Rozi.

Kaine la regarda, impassible, mais une lueur appréciative couvait au fond de ses yeux.

— C'est une tradition familiale ? demanda-t-il d'un ton neutre.

Elle s'efforça d'ignorer les étincelles qui frémissaient dans sa main, que Kaine tenait toujours dans la sienne.

— Rozi et moi sommes les seules orfèvres de la famille. Nous avons fait notre apprentissage auprès de notre oncle, Ben, le père de Benny – c'est lui qui gère la boutique. À la fin, il nous a demandé de créer une bague l'une pour l'autre. C'était un examen de fin d'études, en quelque sorte, visant à montrer que nous étions capables de travailler à la demande. Quand on crée un bijou pour quelqu'un, on doit penser en priorité à ce qu'il ou elle aimerait porter, pas à ce que l'on aimerait porter soi-même.

— Est-ce un bijou que tu réaliserais pour toi ?

Personne ne lui avait jamais posé cette question.

— Je ne crois pas, répondit Gisella. Rozi a choisi les pierres de manière à nous représenter, elle, moi, et nos cinq cousins. C'est un geste sentimental que je ne songerais pas à faire pour moi-même. En tant que présent, c'était très attentionné.

— Et toi, tu es le diamant, répliqua Kaine sans lui lâcher la main.

— Il s'agit d'un saphir blanc mais, oui, c'est ça. Rozalia est le rose. Le jaune, le bleu et le vert, ce sont les garçons. Le rouge et le violet, mes deux autres cousines.

— Elle est vraiment très belle.

Il souleva la main de Gisella pour mieux exposer la bague aux rayons du soleil.

— Si tu savais à quel point il est difficile de sertir les pierres de manière à réussir ces angles, tu serais encore plus impressionné.

— Tu aimes beaucoup ta cousine, n'est-ce pas ?

— Oui, Rozi est un autre de mes points faibles, si c'est le sens de ta question, répliqua-t-elle en dégageant sa main. J'adore tous mes cousins, mais nous avons le même âge, elle et moi. Nous avons grandi ensemble – nous étions inséparables. J'aime cette bague, mais le fait qu'elle ait été créée par Rozi me la rend encore plus précieuse.

— Et quel genre de bague as-tu créé pour elle ?

L'air faussement dégagé, Gisella sortit son smartphone de sa poche de pantalon et parcourut le dossier contenant les photos de son travail. Elle se sentait affreusement nerveuse alors qu'elle était fière de chacune de ses créations. Et qu'en outre Rozi adorait la bague qu'elle lui avait offerte.

Elle montra à Kaine la photo de l'anneau d'or rose fait d'entrelacs de feuilles de vigne. Certaines d'entre elles étaient serties de petits diamants, semblables à de minuscules gouttes de rosée, d'autres entouraient l'opale noire placée au centre, comme pour la protéger.

— La photo ne rend pas justice aux feux multicolores qui jouent sur le fond bleu-violet foncé de l'opale, précisa Gisella. Rozi est très féminine et en relation avec les rythmes de la nature. Les gens qui ne la connaissent pas ont tendance à la sous-estimer. Elle-même se trouve banale, ordinaire, mais elle est d'une ténacité et d'une résistance incroyables, et d'une profondeur qui ne se voit pas au premier coup d'œil.

— Cette bague est très belle.

Parlait-il sincèrement ? Impossible de le savoir. Et puis, pourquoi aurait-elle voulu qu'il aime ce bijou ? Il était incapable de se rendre compte de la quantité d'amour et de soin qu'elle y avait investie, de toute façon.

— Merci, murmura Gisella en reprenant son smartphone. Rozi…

Elle hésita, ne sachant jamais vraiment sur quel pied danser avec Kaine. Mais elle voulait lui faire comprendre qu'elle était venue à San Francisco uniquement à cause de la boucle d'oreille, pas envoyée en mission secrète par Benny.

— Rozi est en Hongrie.

S'interrompant, elle prit un toast recouvert de saumon fumé surmonté d'un œuf poché.

— En ce moment même, elle fait une offre à Viktor Rohan pour la boucle d'oreille appartenant à sa mère.

Kaine s'appuya en arrière au dossier de son fauteuil.

— Que sais-tu sur lui, exactement ?

— En dehors du fait qu'il est mon cousin ?

À son grand plaisir, il la regarda en battant des cils, manifestement surpris.

— Je croyais que tu t'étais renseigné, fit-elle d'un ton ironique.

— C'est lui qui t'envoie, répliqua-t-il avec dédain.

— Non ! soupira Gisella, agacée. Je ne l'ai jamais rencontré, je te l'ai dit. Je n'avais même jamais cherché à en savoir davantage sur ce côté de ma famille, jusqu'à ce que Rozi apprenne que la seconde boucle d'oreille de notre grand-mère était en sa possession. Ma mère avait toujours considéré Benedek comme son père, jusqu'au jour où, à quatorze ans, elle a fait un test pour connaître son groupe sanguin en cours de science. À ce moment-là, ma grand-mère a dû lui expliquer que son père biologique était mort avant qu'elle ne vienne au monde. Il s'appelait Istvan. Nous n'en avons jamais beaucoup parlé, à vrai dire.

— Comment cette boucle d'oreille est-elle arrivée dans la famille Rohan ?

— Cela fait partie des questions que Rozi doit poser à Viktor. Apparemment, il est l'héritier d'une vieille famille fortunée.

— Rohan a beaucoup de relations, c'est un homme très déterminé. Et à la tête d'une fortune colossale, en effet.

— Serait-ce un avertissement ?

— Non, une question. Je ne comprends pas pourquoi, ta cousine et toi, vous vous battez contre un individu comme lui – et contre moi –, pour une babiole oubliée au fond d'un tiroir… Il n'y aurait que Van Gogh pour vouloir une seule boucle d'oreille.

— Quel humour…, fit Gisella, choquée.

— Rohan a été clair avec moi, répliqua Kaine avec un haussement d'épaules. Il veut acheter, pas vendre. Je comprends sa position. L'intérêt, c'est de posséder la paire. Tu as dit toi-même qu'elle n'avait pas tant de valeur et l'expert à qui j'ai fait appel l'a confirmé. Il dit que les pierres sont de bonne qualité, que l'or est à vingt-deux carats, mais qu'une telle pièce se vendrait aujourd'hui pour quelques milliers de dollars. Dix pour les deux au maximum.

— Il exagère, protesta-t-elle. J'ai l'impression que ton expert sous-estime le savoir-faire nécessaire à la taille des pierres et à la technique de granulation. À la fin du XVIIIe siècle, seuls quelques orfèvres maîtrisaient cette technique. Je ferais tout pour voir cette boucle d'oreille de près et l'étudier.

— Continue à révéler tes points faibles, chérie. Je ne manquerai pas de les utiliser.

Sur ces mots, Kaine mordit avec appétit dans une asperge grillée.

La nourriture était excellente, mais Gisella n'y prêtait pas grande attention, trop concentrée sur la conversation. Et bien trop troublée par la proximité de cet homme magnifique. Dans cette tenue décontractée, les joues non rasées, il était encore plus sexy.

Si elle n'y prenait garde, elle oublierait sa résolution de ne pas coucher avec lui.

— Pour nous, la valeur de cette babiole, comme tu dis, est sentimentale, dit-elle après s'être éclairci la gorge. Nous voulons rendre ces boucles d'oreilles à notre grand-mère. C'était tout ce qui lui restait d'Istvan. Le perdre lui a brisé le cœur. Elle n'a même pas pu garder la seconde boucle, celle qui l'avait accompagnée en Amérique. Elle a dû s'en séparer et la vendre quand elle s'est retrouvée sans argent.

— À son arrivée à New York, elle était déjà mariée à Barsi.

— Non. Elle était célibataire et enceinte. Ma mère est née quelques mois après. Elle a dû se sentir si seule, si désespérée, la pauvre... Elle est allée voir celui qui allait devenir son mari dans le but de lui vendre la boucle d'oreille. Sa situation l'a profondément ému et il l'a demandée en mariage en échange. Puis il a vendu la boucle pour ouvrir la boutique.

— Ils sont venus en Amérique en tant que mari et femme.

Il paraissait si sûr de lui qu'un doute infime traversa l'esprit de Gisella. Mais elle connaissait l'histoire de sa famille par cœur et se ressaisit aussitôt.

— D'autres ont déjà émis cette hypothèse, mais elle est fausse. Ma grand-mère avait connu grand-père à Budapest. Elle lui a vendu la première boucle d'oreille là-bas. Il l'a revendue aussitôt parce qu'il envisageait d'émigrer lui aussi. Tout le monde voulait partir, à l'époque. Ils ont fait la traversée sur le même navire, mais c'était un pur hasard. Quand elle n'a plus eu un sou à New York, elle a réussi à le retrouver et lui a vendu la seconde boucle. Un peu plus âgé qu'elle, il ouvrait sa boutique et avait besoin de quelqu'un au comptoir. De son côté, elle cherchait du travail. Mais, vu les circonstances et le fait qu'elle avait un bébé, il lui a proposé de l'épouser. Ils se sont aidés mutuellement. Au départ, il s'agissait d'un mariage de convenance, mais ensuite elle a appris à aimer mon grand-père. C'est une très belle histoire.

— Elle le serait, en effet. Si elle était véridique.

Kaine avait dit cela en la contemplant d'un air... amusé, comme s'il trouvait risible qu'elle croie à ce qu'elle racontait.

— J'ai fait enquêter sur Benny, poursuivit-il. Bien avant notre rencontre. D'après le rapport qui m'a été remis, ton grand-père est venu en Amérique accompagné de son épouse, Eszti Barsi. Ils ont effectué la traversée ensemble et partagé la même cabine. Ta mère utilise toujours ce patronyme, d'ailleurs.

— Parce que, le seul père qu'elle ait connu, c'est Benedek

Barsi, répliqua Gisella avec impatience. Mais lorsque ma grand-mère a épousé mon grand-père elle se trouvait *déjà* à New York depuis plusieurs mois.

— Comment peux-tu en être certaine ?

— Parce qu'elle me l'a dit !

— Avec la boucle d'oreille, on m'a remis l'original de l'acte de vente. La veuve Garrison l'a achetée à l'automne 1956, presque aussitôt après l'arrivée de tes grands-parents à New York, pas plusieurs mois après. Benedek Barsi avait vendu la première boucle pour financer leur traversée, et ils étaient déjà mariés à ce moment-là. Ensuite, la vente de la seconde leur a permis d'ouvrir la boutique.

— Ton enquêteur se trompe, protesta vivement Gisella. Ma grand-mère n'aurait pas menti à propos d'une chose aussi importante.

— Ah, dans ta famille, on ne ment qu'à propos de choses insignifiantes ?

— Nous ne mentons pas du tout !

— Sauf sur des détails mineurs, comme le nom d'un père sur un certificat de naissance, dissimulant ainsi à ta mère l'identité de son géniteur pendant quatorze ans. Sans parler de la façon dont les investisseurs ont été trompés sur la qualité d'échantillons de minéraux.

— Je t'ai simplement expliqué que ma grand-mère était désespérée à son arrivée en Amérique, et dans une situation très difficile. Ce n'était pas comme aujourd'hui, où une femme peut avoir un enfant et l'élever seule si elle le désire. Je peux voir cet acte de vente ?

— Il est dans un coffre-fort, avec la boucle d'oreille. La maison de vente aux enchères a eu pour information que Mme Garrison l'avait achetée en pensant qu'elle pourrait trouver la seconde, ou réutiliser les pierres et faire fondre l'or.

Cette éventualité horrifia Gisella.

— Mais l'opération s'étant avérée trop complexe, continua Kaine, elle a proposé à plusieurs reprises aux Barsi de la racheter, ou de l'échanger contre un autre bijou. Ton grand-père a toujours refusé de lui donner le prix qu'elle en demandait.

— Tu te trompes complètement ! Mes grands-parents n'ont jamais su où ces boucles d'oreilles avaient échoué ! Sinon, ils nous l'auraient dit.

— Ils n'ont peut-être pas su où avait échoué la première, répliqua Kaine, imperturbable, mais ils savaient où se trouvait celle qui a été vendue à New York.

— Je peux voir le rapport remis par ton enquêteur ?

— Fais faire ta propre enquête, dit-il tranquillement.

— J'en ferai peut-être faire une sur toi, riposta-t-elle d'une voix crispée. Ça te plairait que je fouille dans *ton* passé et que je me livre à des conclusions et des réclamations non justifiées ?

— Étant donné que l'histoire de ma famille se résume à environ deux cent quarante caractères, et qu'elle est déjà publiée en ligne, inutile de te donner ce mal. Je n'ai jamais connu mon père, ma mère est décédée alors que j'étais tout gamin, et j'ai passé plus de temps dans des établissements pour jeunes délinquants que dans des familles d'accueil. Principalement pour vol à l'étalage, et aussi divers actes de vandalisme et bagarres. À seize ans, j'ai réussi à me faire embaucher par un paysagiste qui avait besoin d'un gars costaud sachant manier la pelle. J'ai commencé à mettre de l'argent de côté pour m'acheter un camion, je voulais travailler à mon compte. Trois ans plus tard, je me trouvais sous le balcon d'un client quand je l'ai entendu proposer à quelqu'un d'investir dans sa dernière start-up. Il était convaincu de tripler la mise en moins de six mois. J'ai investi toutes mes économies et en ai quadruplé le montant en quelques mois. Et je me suis dit qu'au lieu de travailler à mon compte j'allais faire travailler les autres pour moi. Je te laisse juger du résultat.

Gisella le regarda en battant des cils. Il avait raconté tout cela d'un ton détaché, alors qu'il devait garder de sacrées séquelles de ce qu'il avait vécu.

— Tu n'as jamais essayé de retrouver ton père ?

— J'ignore son nom.

— Et ton brillant enquêteur ? Il ne peut pas t'aider ?

— Ma mère n'a pas pris de billet pour traverser l'Atlantique. Ses arrière-grands-parents venaient du Mexique et ont épousé des Texans. Leurs descendants vivent à San Diego – et sans doute dans des tas d'autres endroits, à présent –, mais je n'ai jamais essayé de retrouver quiconque. Ma mère est arrivée dans le Nord très jeune, sans doute avec mon père et enceinte. Il était peut-être dans l'armée, mais l'info reste à confirmer. Si elle m'a dit quelque chose sur lui, j'étais trop jeune pour m'en souvenir.

— Quel âge avais-tu quand elle est décédée ?

— Cinq ans.

— Et, les gens qui t'ont accueilli chez eux à ce moment-là, ils n'ont pas tenté de prendre contact avec sa famille ?

— Ils étaient déjà assez débordés comme ça, les pauvres !

Il gardait un ton détaché, ne trahissait aucune émotion, comme s'il parlait de choses banales, mais Gisella crut déceler un éclat furieux dans son regard.

— Je suis désolée.

— Ce n'était pas si mal, la vie en famille d'accueil, répliqua-t-il avec un haussement d'épaules. Si j'avais eu un tant soit peu de jugeote, je serais resté chez eux au lieu de rechercher les ennuis. Mon expérience m'aura au moins servi à devenir honnête une fois adulte. Et à avoir suffisamment d'argent pour ne pas devoir recourir à des actes frauduleux lorsque j'ai envie de quelque chose.

Sans doute faisait-il allusion à Benny, mais Gisella préféra ne pas réagir, trop consternée par le récit de cette enfance affreusement solitaire.

— Tu n'as ni frère ni sœur ?

— Tu n'en as pas non plus, fit-il remarquer avec un sourire amusé et dédaigneux à la fois. Devrais-je avoir pitié de toi ?

— Je n'ai pas pitié de toi. Je ressens de l'empathie. J'ai *toujours* désiré avoir un frère ou une sœur.

— Pourquoi, puisque tu as tous ces cousins que tu adores ?

— Oui, c'est vrai. Mais ils avaient tous des frères ou des sœurs. Je me sentais lésée.

Gisella se reversa une tasse de café et en but quelques gorgées.

— Pour être tout à fait sincère, je dois reconnaître qu'ils m'ont toujours tous traitée comme leur sœur, surtout Rozi. Mes parents travaillaient tous les deux, tandis que ma tante Agotha était femme au foyer. En semaine, j'allais chez elle tous les matins avant de partir à l'école avec mes cousins. Le soir j'y revenais avec eux et ma mère ou mon père venait me chercher après le dîner. Je n'aimais pas rentrer à la maison et me retrouver seule dans ma chambre. Quand j'ai eu le droit d'inviter mes amies à dormir à la maison, j'ai été folle de joie.

— Je peux le comprendre, répliqua Kaine, pince-sans-rire. Moi aussi j'aime recevoir mes amies chez moi.

— Je... Eh bien, tu vas devoir te limiter, maintenant que tu es amoureux de moi, rétorqua-t-elle aussitôt.

— Pas de problème. Je les verrai à l'extérieur.

— Moi, je ne verrai personne, déclara fermement Gisella.

Elle commit l'erreur de vouloir le toiser. Lorsque leurs regards se croisèrent, un courant délicieux se propagea en elle. Comme si elle se soumettait à Kaine malgré elle. Pourtant, Gisella n'avait pas peur de lui. Il s'agissait plutôt d'une réaction purement physique qui l'amenait à envisager de coucher avec cet homme superbe et sensuel. Son propre corps paraissait prêt à s'abandonner, comme s'il fonctionnait de manière autonome. De son côté, Kaine devinait ce qui se passait en elle et y réagissait. Soudain, il parut plus grand, plus imposant, sans représenter pour autant une menace.

Gisella le contempla en retenant son souffle, elle sentit son regard se troubler.

— Comment allons-nous pouvoir passer pour des amants follement épris l'un de l'autre, puisque nous n'arrivons pas à nous supporter ? demanda-t-elle.

— C'est ton impression ? J'aurais juré qu'il venait de se passer quelque chose entre nous, là, à l'instant.

— Tu as beaucoup d'imagination, répliqua-t-elle en ôtant une miette de son genou.

Il mordit avec appétit dans un petit sandwich au fromage.

— De quoi te défends-tu, au juste, Gisella ? Tu te protèges

parce que tu sais que je vois clair dans ton jeu ? Ou parce que tu es réellement attirée par moi et que tu n'es pas à l'aise avec ton désir ? Ou encore parce que tu ne contrôles pas tes réactions...

C'était exactement ça, le problème. Son incapacité à contrôler ses propres réactions, mais Gisella refusait de le reconnaître.

— Tu ne vas pas être obligée de congédier un amant ?

La question avait été posée d'un ton neutre, mais l'air sembla vibrer entre eux, chargé de désir et d'une autre émotion, plus dangereuse.

— Non, pas en ce moment.

Jamais. Pourquoi rougissait-elle à cette pensée ?

— Nous verrons combien de temps nous supportons le manque, alors.

Il se moquait d'elle, Gisella le comprit à la lueur malicieuse pétillant dans ses yeux.

— C'est comme cela que tu fonctionnes ? demanda-t-elle avec hauteur. Tu as une sorte de minuteur interne qui t'avertit lorsque tu vas devoir satisfaire ton appétit sexuel ?

— Non. En général, je rencontre une femme qui me plaît, et ensuite la situation évolue toute seule.

— Ah..., fit Gisella d'un ton faussement désinvolte.

Cependant, elle détourna les yeux, incapable de soutenir plus longtemps le regard fouillant le sien.

— Et toi ? reprit-il au bout de quelques instants. Parle-moi un peu de ta vie sociale. Tu dois être très demandée. Je veux un planning détaillé dès notre arrivée à New York.

— Dans ce cas, tu vas être déçu. Je n'accepte pas beaucoup d'invitations.

— Tu n'aimes pas les soirées ? Pourtant, c'est parfois très intéressant – en fonction des objectifs que l'on a. Quels sont les tiens ?

— Quand je participe à une soirée mondaine ? Dire bonjour à des amis ou à des membres de ma famille. J'aime danser mais, dès qu'on danse avec un homme, il pense aussitôt qu'on veut passer la nuit avec lui. Les aventures d'un soir, ça ne m'intéresse pas. La seule raison qui me pousse à sortir, c'est l'envie de voir des gens, mais pas n'importe lesquels. Pourquoi cette question ? Et toi, quels sont tes objectifs ?

— À peu près les mêmes que les tiens. Je choisis les endroits où je vais et j'y vais parce que je le désire.

Il s'interrompit un instant et tourna les yeux vers la baie qui s'étalait en contrebas.

— Mais j'apprends beaucoup de choses sur le comportement humain et sur mes semblables, quand ils se rassemblent dans ce genre de manifestations. Ils révèlent de menus détails sur leur vie, ce qui m'aide à évaluer leurs besoins. Les jeux et autres divertissements peuvent s'avérer lucratifs, mais les gens attendent également de la technologie qu'elle leur soit utile. Alors j'écoute. Que faisons-nous pour sauver les baleines, en ce moment ? Les forêts tropicales ? Organisons-nous le covoiturage ? Faisons-nous le tri dans les flux d'informations ?

— Si je comprends bien, tu en profites pour glaner des informations sur les besoins qui sont dans l'air du temps.

— C'est ça, les affaires, répliqua-t-il en haussant les épaules. Je suis certain qu'il t'arrive de rêver d'une application qui te permettrait de te procurer, au meilleur prix, tel ou tel matériau dont tu as besoin.

— Je reconnais qu'une telle application me serait très utile. Envoie-moi le lien, si elle existe.

— Laisse-moi une semaine et je t'envoie une version à tester, dit-il en soulevant son smartphone pour y enregistrer un mémo.

Gisella s'interdit d'admirer la tranquille assurance avec laquelle il était prêt à lui créer une application sur commande. Elle ne voulait pas le trouver sympathique. Mais la sensualité et le charme émanant de Kaine la séduisaient de plus en plus.

— En offrant un bijou, on recevait autant que l'on donnait, autrefois, commença-t-elle lentement. Les hommes offraient des bagues et des colliers à leur épouse en gage d'affection, mais c'était également un signe extérieur de richesse et cela faisait office de compte épargne ou de police d'assurance. La femme avait un moyen de subvenir à ses besoins et à ceux de ses enfants, si quelque chose arrivait à son mari. Dans les familles, on offrait des montres, des bracelets, des chaînes et des pendentifs pour marquer différentes étapes de la vie : la réussite d'un examen, par exemple. De nos jours, les enfants reçoivent une tablette ou une console de jeux vidéo à n'importe quelle occasion ou presque. Et en plus ces objets deviennent vite obsolètes.

— Pourquoi t'être lancée dans la création de bijoux, alors ?

— Parce que c'est un art et une science. Et que c'est difficile, mais pour un si beau résultat… Les gens ne se plaignent jamais du prix. Ils sont contents parce qu'ils ont l'impression d'acquérir une chose qui prendra de la valeur avec le temps, alors que tout ce que l'on achète de nos jours est jetable. Et ils sont contents de se parer. Je peux remplacer le fermoir d'un collier pour cinq dollars et ils repartent heureux, avec l'impression d'en avoir un neuf.

— Et la boucle d'oreille de ta grand-mère ? En quoi lui sera-t-elle utile maintenant ? Tu peux dire ce que tu veux concernant la technologie mais, si tu souhaites lui rappeler un souvenir qui lui est cher, tu lui feras bien plus plaisir en réalisant un album où elle pourra retrouver les lieux de son enfance, par exemple. Toute la Hongrie est dans ton smartphone.

— Ce serait de la nostalgie. La boucle d'oreille, c'est un symbole d'amour.

— Je n'ai pas ta vaste expérience en la matière, bien sûr, répliqua-t-il d'un ton mordant. Mais ce sentiment me paraît être le plus inutile de tous.

Les paroles de Kaine la blessèrent à vif, la forçant à détourner de nouveau les yeux en battant des cils pour refouler ses larmes. On aurait dit qu'il avait deviné la part la plus secrète d'elle-même, la plus intime, et la tournait en ridicule. Gisella *voulait* croire à l'amour, elle avait *besoin* de croire qu'elle le connaîtrait un jour. La boucle d'oreille d'Eszti était l'une des preuves les plus solides qu'il existait.

— En retour, on ne récolte qu'obligations et souffrance, continua Kaine. Tu aimes ta famille, dis-tu. Et où cela t'a-t-il menée ?

Là. Auprès de lui.

Elle baissa les yeux sur son assiette, le cœur mis à nu. Parce que ce n'était pas seulement son amour pour sa famille qui l'avait amenée à San Francisco. C'était le désir d'en savoir davantage sur Kaine. Il l'attirait de façon inexplicable, lui donnant envie de traverser les ombres derrière lesquelles il se retranchait, de découvrir les facettes qu'il dissimulait avec tant de soin.

— Tu as raison, ce n'est pas une boucle d'oreille qui raccommodera le cœur brisé de ma grand-mère. Mais elle verra ce don pour ce qu'il est : la volonté d'atténuer son chagrin. C'est cela, l'amour. Un baume. Un bouclier. C'est pour ça que je suis ici. Pour absorber ou détourner la souffrance qui s'abattra sur le reste de ma famille si je ne coopère pas avec toi.

— Quel que soit le prix que tu doives payer ? demanda-t-il d'un ton incrédule.

Presque avec pitié.

Gisella redressa la tête et soutint son regard.

— Oui, quel que soit le prix à payer, je le ferai. Par amour.

5

À leur arrivée à New York, ils furent accueillis par de violentes bourrasques et de la pluie qui tombait à verse sur le tarmac.

Sortant du jet, Kaine se tourna vers Gisella et souleva un pan de sa veste pour l'abriter avant de l'entraîner rapidement au bas des marches d'acier.

Le corps mince et chaud était doux contre son flanc, attisant le désir contre lequel il avait lutté durant tout le vol. Il avait passé une nuit agitée, s'attendant à ce qu'elle vienne le rejoindre. Il avait désiré qu'elle le fasse, même s'il doutait encore des motivations de Gisella. Elle avait paru sincèrement surprise d'apprendre la duplicité de son cousin, et tout aussi déterminée à le défendre, ce qui était absurde. On pouvait être loyal, certes, mais pas à ce point. Surtout lorsqu'il s'agissait de loyauté familiale. Personnellement, Kaine n'en avait jamais vu la couleur.

Quant à l'amour… Autrefois, il l'avait confondu avec l'attirance purement sexuelle. Ce qui lui avait coûté une bague de fiançailles, quelques secrets industriels et le contenu quasi intégral de son compte en banque.

Aussi sa confiance en Gisella était-elle limitée. Comme par hasard elle avait capté son attention lors de la vente aux enchères, avant de venir le retrouver à San Francisco au moment où sa patience envers Benny s'épuisait.

Par conséquent, il n'aurait pas dû se rapprocher d'elle comme il le faisait. Mais, l'attirance sexuelle étant forte, Kaine était résolu à la laisser jouer à son petit jeu jusqu'au bout. Bientôt, elle s'offrirait à lui, persuadée d'avoir emporté la victoire et d'être arrivée à ses fins. Quand ils en seraient à ce stade, il poserait ses conditions et assouvirait le désir qui le consumait sans répit.

En attendant, il devrait se montrer patient, ce qui n'était pas facile. D'autant qu'avec son visage mouillé de pluie et ses joues roses Gisella était la tentation incarnée.

— Tu ne conduis pas ? demanda-t-elle une fois installée à l'arrière de la limousine.

Elle prit la petite serviette en coton qu'il lui tendait et s'essuya le visage avec précaution pour ne pas altérer son maquillage.

— Pas en ville. Je suis plus efficace sur la banquette arrière.

Elle le regarda d'un air soupçonneux.

— C'est toi qui l'as entendu. Je n'ai rien dit.

La belle bouche pulpeuse tressaillit, en contradiction avec le battement de cils dédaigneux.

Cependant, il devait rester sur ses gardes. Gisella était extrêmement belle, fascinante même. Et aussi très intelligente et déterminée. Elle possédait en outre un sens de l'humour qui donnait encore plus de piment au mélange.

Quant au double sens contenu dans ses paroles, Kaine en était tout à fait conscient, et lui aurait volontiers fait une petite démonstration de son *efficacité*.

— Je possède plusieurs véhicules que je conduis sur les grands axes routiers lorsque je peux m'échapper.

La prochaine fois, je te laisserai choisir la couleur de la voiture et notre destination, se retint-il d'ajouter. Il s'imagina roulant le long de la côte dans son cabriolet décapoté, la radio à fond, tandis qu'ils partiraient tous les deux pour un long week-end de plaisir... Les longs cheveux aux reflets auburn flotteraient autour du beau visage de Gisella.

Pour le moment cependant, elle n'était pas sa maîtresse.

Pas encore. Un frisson brûlant le traversant de part en part, Kaine saisit à son tour une petite serviette et se la passa sur le front, effaçant en même temps les fantasmes torrides qui défilaient dans son esprit. Il fallait qu'il se calme. Sa réputation et ses finances avaient déjà assez souffert à cause du cousin de

Gisella. S'il se laissait aveugler par le désir, il risquait de tout perdre. Ce qui était hors de question. Il ne repartirait *pas* de zéro.

Après avoir demandé à Gisella d'indiquer son adresse au chauffeur, Kaine se concentra sur le travail, seul moyen d'ignorer la force qui l'attirait inexorablement vers la jeune femme.

Dès le décollage, Kaine avait ouvert son ordinateur et s'était immergé dans le travail, comme si elle n'existait pas. Une fois à bord de la limousine, il avait rapidement sorti son smartphone avant d'enchaîner les coups de fil. Il s'exprimait souvent en espagnol, que Gisella lui avait dit comprendre, mais il ne semblait pas se soucier qu'elle entende ce qu'il disait à ses interlocuteurs.

— Tu as des bureaux à New York ? demanda-t-elle lorsqu'il remit soudain son téléphone dans sa poche.

— Oui, depuis ce matin. Le territoire de Riesgo Ventures s'étend jusqu'à Vancouver, Sydney et Londres. Ouvrir des bureaux ici devait arriver tôt ou tard, mais les événements récents m'ont interdit l'accès à une partie du marché immobilier.

— Nous n'avons aucune influence sur les sociétés immobilières, prostesta Gisella.

— Non, je sais. L'un de mes investisseurs essayait de faire pression sur moi. C'est fou la rapidité avec laquelle il a changé d'attitude après que je l'ai pris de vitesse en achetant Garrison Manor.

— Tu parles de M. Walters ?

— Oui. Et maintenant je suis très courtisé par les agents immobiliers. On m'a proposé des biens situés dans les rues les plus prisées…

Il pencha la tête pour contempler la maison en grès rouge devant laquelle le chauffeur venait de se garer, en stationnement interdit.

— À propos de rues prisées… C'est ici que tu habites ?

— Oui, avec ma mère. Lorsque mes parents ont divorcé, mon père m'a transmis légalement sa part, si bien que nous sommes toutes les deux propriétaires de la maison. Et non seulement je m'y sens bien, mais je ne vois pas l'intérêt de louer quelque chose ailleurs.

L'air impénétrable, Kaine regarda les rampes en fer forgé bordant les larges marches de pierre conduisant à la porte d'entrée. Les fenêtres du rez-de-chaussée protégées de barreaux assorties aux rampes. Les buissons ornementaux bien entretenus et les parterres de fleurs adoucissant la façade aux structures géométriques un peu sévères.

— J'ai bien fait de nous réserver un appartement. Je n'ai pas l'intention de cohabiter avec ta mère.

— Pardon ? De *nous* réserver un appartement ?

— Évidemment. Nous sommes en couple. Elle est là ? Je vais faire sa connaissance pendant que tu prépares tes affaires.

— Je croyais que tu me déposais simplement ! se récria Gisella. Tu t'attends vraiment à ce que je te présente à ma mère et que je lui annonce que je m'installe avec toi ?

Le regard de Kaine caressa ses joues en feu.

— Incroyable… Tu rougis comme une adolescente…

Il la dévisagea un instant en silence avant d'enchaîner d'une voix dure :

— Elle n'est pas au courant de ce qui se trame dans ta famille ?

— Il ne se trame rien dans la famille, et elle va être très surprise parce que je n'amène jamais d'homme à la maison !

Et ce, pour plus d'une raison. Gisella aimait beaucoup sa mère, mais leur relation était tout sauf conventionnelle. Et ne ressemblait pas du tout à celle que Rozi entretenait avec la sienne. Alors que sa tante Agotha lui accordait sans compter son affection et son soutien inconditionnel, Alisz, sa mère, était plus encline aux critiques et les effusions n'avaient jamais été son fort. En outre, elle n'avait pas caché que les quelques hommes que Gisella lui avait présentés ne l'intéressaient absolument pas et que, par conséquent, elle n'avait pas de temps à perdre en bavardages stériles.

Le chauffeur lui ouvrant la portière, Gisella fut bien forcée de sortir du véhicule. Elle n'allait tout de même pas le laisser sous la pluie alors qu'il tenait un parapluie pour l'abriter.

Elle se dirigea rapidement vers la grille, suivie de Kaine, muni du parapluie, tandis que la limousine s'éloignait sur la chaussée mouillée dans un crissement de pneus. Gisella entra le code de sécurité, consciente de la présence de Kaine derrière elle. Sa proximité l'avait troublée durant tout le vol, puis à bord de la limousine. Le pouvoir qu'il exerçait sur ses sens était aussi déstabilisant que la façon dont il avait pris possession de sa vie.

— C'est moi, dit-elle en s'avançant dans le hall.

Sa tante et d'autres membres de sa famille connaissaient eux aussi le code et entraient sans façon quand ils venaient les voir.

— Tu es là ? ajouta-t-elle.

— Oui, je travaille, répondit sa mère par la porte ouverte de son bureau. Je croyais que tu étais partie pour tout le week-end ?

— Changement de programme, répondit Gisella en tournant les yeux vers Kaine.

L'air toujours impénétrable, il contempla les murs couleur ivoire du hall d'entrée, le salon visible par la double porte ouverte. Très agréable et confortable, la pièce communiquait avec le coin repas qui lui-même donnait sur une petite véranda. À l'arrière de celle-ci se trouvait un pavillon où habitait un locataire qui entretenait un minuscule jardin potager dans la cour. Par beau temps, c'était un endroit très charmant où passer un bon moment, assis au soleil.

— Tu peux venir, maman ? demanda Gisella en se dirigeant vers le bureau d'Alisz, situé à l'autre extrémité du hall. Je suis avec Kaine Michaels et j'aimerais te le présenter.

Elle s'arrêta sur le seuil et regarda sa mère, telle qu'elle l'avait vue tant de fois, installée à son bureau, un stylo à la main.

— L'homme de la vente aux enchères contre lequel tu étais si en colère ? Que vient-il faire ici ?

Universitaire passionnée par son métier, sa mère ne s'encombrait pas de politesses inutiles. Et elle avait des idées bien arrêtées sur ce que devait ou ne devait pas faire une femme.

— Je m'installe avec lui durant son séjour à New York, répondit Gisella après avoir inspiré à fond.

Sa mère leva les yeux et la regarda par-dessus ses lunettes.

— Je peux savoir pour quelle raison ?

— Pour la même raison que la plupart des femmes vivent avec un homme, maman.

Celle-ci posa son stylo et ôta ses lunettes.

— Je croyais que toi et Rozi aviez fait un serment. Dois-je comprendre que tu as des intentions sérieuses vis-à-vis de lui ?

Kaine se trouvait à quelques mètres derrière elle. Il entendait tout ce que sa mère disait, ce qui rendait la situation encore plus embarrassante.

— Non, répondit Gisella. Mais nous aimerions voir ce que cela donne.

— Renoncer à son indépendance est un très mauvais départ pour une relation, quelle qu'elle soit. Je te l'ai dit et répété des centaines de fois, Gisella.

Sa mère n'était pas féministe pour rien...

— Étant donné que je vis avec toi, je n'ai pas vraiment à renoncer à mon indépendance, lui rappela Gisella. Et de toute façon cette décision n'appartient qu'à moi.

Nouveau mensonge. Kaine avait pris cette décision à sa place.

— Je suis seulement venue pour que vous fassiez connaissance et pour prendre quelques affaires. Tu veux bien venir le saluer ?

— Je n'ai pas le choix, manifestement..., murmura sa mère en se levant.

Quelques instants plus tard, les présentations étaient faites.

Maintenant, amuse-toi bien, Kaine, songea Gisella en montant à l'étage où se trouvait sa chambre.

Alisz Barsi était plus âgée qu'il ne l'avait imaginé. La chevelure de la même teinte que celle de sa fille, les reflets auburn remplacés par quelques cheveux argentés, elle était vêtue d'un twin-set en jersey gris tourterelle et d'un ample pantalon noir, et ne portait aucun maquillage. Une élégance naturelle émanait de toute sa personne, doublée d'une assurance affichée, et destinée à lui faire bien sentir qu'elle n'était nullement intimidée par lui. Ni par quiconque, probablement.

Telle mère, telle fille...

Kaine n'en accepta pas moins de s'installer en face d'elle dans le charmant salon, non pour admirer les objets et meubles d'époque ou les tableaux anciens, mais dans le but de glaner quelques informations sur la dynastie Barsi, ainsi que sur l'enfance de Gisella. À entendre celle-ci, elle avait connu la solitude elle aussi, alors qu'ils avaient grandi dans des milieux totalement dissemblables et qu'à la différence de lui elle avait une famille, était bien entourée, et n'avait jamais manqué de rien. Sur le plan matériel, du moins.

Après avoir souffert enfant de n'avoir ni frère ni sœur, Kaine avait vite appris à se méfier de toute relation avec autrui et compris qu'il valait mieux ne compter que sur soi-même. À présent, il vivait très bien en solo, mais était toujours curieux de savoir comment les femmes célibataires géraient leur existence.

Alisz ayant demandé à l'employée de maison de leur apporter du café, ils parlèrent de leurs professions respectives en le sirotant. Si elle savait quoi que ce soit sur les agissements de son neveu, elle n'en montra rien. Elle n'avait pas voulu se lancer dans l'entreprise familiale, dit-elle, parce qu'elle avait préféré faire des études d'histoire. En outre, elle écrivait et avait produit plusieurs ouvrages et divers articles portant sur les femmes oubliées qui avaient pourtant contribué à l'avancement de la société au cours des siècles.

Elle compara la manière de travailler de Kaine et la révolution technologique actuelle aux révolutions industrielle et agricole passées, l'encourageant à laisser aux femmes la part de gloire qui leur revenait. Suite à quoi il affirma qu'il était attentif à ce que l'égalité des sexes soit effective au sein de son entreprise.

Impossible de dire si Alisz approuvait sa relation avec Gisella, ce qui était nouveau pour lui. Plus d'une femme P-DG et plus d'une riche investisseuse avaient tenté de lui présenter leur fille, consciente de l'avenir qu'il garantissait. Kaine n'appréciait pas d'être pris pour un blanc-bec au compte en banque bien fourni par des femmes ayant le double de son âge, mais il y était habitué.

Alisz, elle, ne l'imaginait pas du tout dans le rôle d'époux pour Gisella. Au contraire, il avait l'impression qu'elle le voyait comme une phase dans la vie de sa fille et se montrait polie envers lui uniquement pour faire plaisir à celle-ci. Était-ce à cause de l'attitude de sa mère que Gisella n'amenait pas d'hommes à la maison ?

— Kaine vient de m'apprendre que vous n'étiez pas libres ce soir et ne pouviez pas rester dîner, dit Alisz lorsque Gisella vint les rejoindre au salon.

— J'avais dit à papa que je ne pourrais pas venir aux quarante ans de Susan parce que je serais à San Francisco mais, puisque nous sommes ici, je vais en profiter pour les présenter à Kaine.

Parfait... Elle jouait son rôle à la perfection...

— Très bien. Transmets mes bons souhaits à Susan.

Kaine la regarda terminer son café et reposer sa tasse sur la table basse en acajou satiné. Si elle en voulait à la seconde femme de son ex-mari, elle le cachait bien.

— Prête ? demanda-t-il à Gisella en se levant.

Elle le considéra un instant, puis se tourna vers sa mère et lui sourit.

— Je peux te poser une petite question, maman ? Ce ne sera pas long, promis.

Alisz se leva à son tour et observa sa fille d'un air interrogateur.

— D'après les documents qui ont été remis à Kaine en même temps que la boucle d'oreille de mamie, les Garrison ont acheté le bijou dès qu'elle est arrivée à New York. On a dit à Kaine qu'ils avaient essayé plus tard de le revendre à papy, mais qu'il avait refusé.

Alisz laissa échapper un soupir, manifestement impatiente de retourner à son travail.

— C'est ton oncle qui a reçu cette offre. Il m'a demandé si je voulais la boucle d'oreille mais, comme papa était encore en vie à ce moment-là, j'ai pensé que cela serait irrespectueux de l'accepter. D'autre part, qu'aurais-je fait d'une seule boucle ? J'ai dit que je n'en voulais pas.

— Tu aurais pu la donner à mamie. Elle aimait ton père, maman.

— Ses sentiments envers mon père ne sont pas les miens, répliqua Alisz d'un ton détaché. Mon lien avec Istvan n'a jamais rien signifié pour moi. Et cela aurait blessé papa encore plus, si j'avais rendu cette boucle d'oreille à Eszti. Il avait déjà suffisamment l'impression de n'être qu'un substitut.

Gisella la dévisagea en plissant le front, l'air suffoqué.

— Pourquoi ne me l'as-tu jamais dit ? On cherche ces boucles d'oreilles depuis *des années*, Rozi et moi !

— Je pensais que vous finiriez par vous lasser de cette histoire. J'ignorais que vous cherchiez toujours à les retrouver jusqu'à la semaine dernière, lorsque tu es revenue furieuse de cette vente aux enchères. À ce moment-là, j'ai préféré ne pas te dire que j'aurais pu la récupérer autrefois. Tu serais devenue impossible à vivre.

Il ne s'agissait pas d'une comédie. Gisella était réellement stupéfiée et choquée par l'attitude décontractée de sa mère vis-à-vis d'une quête de toute évidente très importante pour elle. Pour un peu, Kaine se serait senti coupable de lui avoir ravi la boucle d'oreille sous le nez.

— Et quand a-t-elle été vendue aux Garrison, exactement ? Après ta naissance, ou...

Alisz soupira de nouveau.

— Imagine comment on vivait à l'époque, Gisella. Ta grand-mère était désespérée, quand elle a épousé papa. Elle avait l'impression de trahir Istvan. Elle a romantisé la façon dont elle et papa ont tout recommencé à zéro, surtout quand elle en parlait à ses petits-enfants.

— Elle nous a menti. Vous nous avez tous menti.

— Tu étais une enfant, Gisella. Comment...

— Et tu me considères toujours comme une gamine, puisque tu continues à me cacher des choses ! coupa sa fille.

— Ta grand-mère est très sensible sur ce sujet. Je n'ai jamais vu d'intérêt à contredire sa version avec des détails factuels, cela n'aurait servi à rien. Je dois retourner à mes corrections. Voulez-vous venir dîner avec moi plus tard dans la semaine ?

— Si cela peut te faire plaisir…, marmonna Gisella avant d'embrasser du bout des lèvres la joue que lui tendait Alisz.

— Dis bonjour à ton père de ma part.

— Tu peux compter sur moi.

Elle se tourna vers Kaine et le gratifia d'un sourire aussi éclatant qu'artificiel.

— Cette fois, je suis prête, chéri. On y va ?

6

Lorsqu'ils entrèrent dans l'appartement avec terrasse de Kaine, Gisella fulminait encore. Fraîchement rénové, l'immense espace dominait les gratte-ciel de Manhattan et avait une déco sobre et masculine, de gigantesques baies vitrée offrant un panorama grandiose. Autrement dit, elle avait sous les yeux la version new-yorkaise de l'appartement de San Francisco.

Certes, elle était soulagée de ne pas être restée à la maison, auprès de sa mère à qui elle en voulait terriblement, mais se retrouver seule avec Kaine la rendait nerveuse.

— Bravo, fit-elle en le regardant servir l'apéritif. Tu dois jubiler, puisque tu avais raison.

— Ce n'est pas mon genre.

Quand elle prit le verre qu'il lui tendait, sa main tremblait.

Et s'il avait raison aussi pour Benny ?

Gisella était parfois en désaccord avec des membres de sa famille, mais elle avait toujours eu confiance en eux. Et la perspective de s'être trompée la terrifiait.

— Ta mère n'est pas comme je l'imaginais. Tu parles toujours de ta famille avec tant de chaleur que je ne m'attendais pas à rencontrer une femme aussi pragmatique et perspicace. Et pourtant elle paraît ignorer ce qui se passe du côté de la compagnie minière.

— L'univers de ma mère se réduit à quelques professeurs dont les préoccupations sont concentrées autour de deux pôles : études de genre et littérature. Elle investit dans la compagnie, mais se focalise sur les entrepreneurs femmes. Et puis, elle a perdu tout intérêt envers Barsi on Fifth il y a des années. À l'époque, elle a dû s'occuper de Ben et Agotha – qu'elle a en grande partie élevés –, pendant que mes grands-parents travaillaient à la boutique. Très tôt, elle a su ce que c'était, d'avoir des enfants. Cela l'a rendue féministe, au point qu'elle a bien failli ne pas être mère. Elle avait trente-neuf ans quand elle a rencontré mon père. J'imagine qu'elle m'a eue parce qu'elle a préféré ne pas prendre le risque d'avoir des regrets.

Gisella n'en avait jamais parlé aussi franchement avec Rozi. Pourquoi se confiait-elle ainsi à Kaine ?

Elle était si perturbée... Un peu plus tôt, sa mère, qui était la franchise même, avait avoué avoir menti pendant des années. Dans ces conditions, en qui avoir confiance ? Qui croire ? Kaine, au moins, se montrait franc avec elle, quitte à la blesser. C'était inconfortable, mais elle savait à quoi s'en tenir avec lui.

— Elle n'a pas eu d'autres enfants à cause de son âge ?

— Non, elle n'en voulait pas d'autres. Mais papa, oui. Il a dix ans de moins qu'elle. Je me souviens qu'ils se disputaient à ce sujet. Quand j'avais onze ans, il a entamé une liaison avec sa secrétaire, Susan. Elle a deux enfants, un garçon et une fille, qu'il traite comme les siens. Et, avec elle, il a la femme et la vie de famille dont il rêvait, je crois.

D'après la petite moue dédaigneuse de Kaine, il ne partageait pas de telles aspirations.

— Tu as un demi-frère et une demi-sœur, donc.

— Ils sont beaucoup plus jeunes que moi. J'avais treize ans quand mon père a épousé Susan. Et j'étais amère. Susan est toujours sur la défensive, elle me voit sans doute comme une menace, parce que c'est à cause de moi que mon père a mis autant de temps à quitter ma mère.

Gisella fronça le nez, s'efforçant de ne pas s'apitoyer sur son sort, alors que ces années avaient vraiment été sombres et difficiles. Son père l'adorait à sa façon, il avait toujours veillé à ce qu'elle ne manque de rien sur le plan matériel et financier, mais elle ne lui avait jamais pardonné d'avoir ébranlé sa foi en l'amour éternel. Elle avait du mal à avoir confiance en un homme qui se disait amoureux d'elle. Et elle ne s'était jamais sentie suffisamment en confiance avec aucun d'entre eux pour aller plus loin que quelques caresses et baisers.

— Quand mon père est parti, j'en ai eu le cœur brisé. Bien plus que ma mère, qui a dû ressentir un certain soulagement. Jamais elle n'a aimé partager sa vie avec un homme. Peut-être a-t-elle même poussé mon père dans les bras de Susan, je ne sais pas. Le divorce a été très civilisé, mais j'en voulais à mon père et j'ai toujours été plus proche de ma famille côté maternel, alors je suis restée avec ma mère. Je ne vois mon père que lors des occasions spéciales.

— Ah, les joies de la famille et de l'amour…, fit Kaine avec dérision en faisant tourner le glaçon dans son verre.

C'était difficile, parfois douloureux, les relations familiales, mais Gisella voulait y croire. Cependant, elle préféra ne rien répliquer. Surtout après ce qu'elle venait de lui confier sur le mariage de ses parents.

— Je vais me changer. Ce serait bien de partir dans une heure.

Elle avait sa chambre, heureusement, agrémentée d'un coin salon et d'une superbe salle de bains.

Après avoir sorti son smartphone pour envoyer un message à Rozi, elle hésita. Comment lui expliquer qu'elle se faisait passer pour la maîtresse de Kaine dans l'intérêt de Benny ? Et qu'une bonne part de ce qu'elles avaient cru concernant leur grand-mère reposait sur un mensonge ?

Elle consulta ses e-mails et en trouva un de Rozi, envoyé quelques heures plus tôt, et dans lequel celle-ci disait avoir dû renoncer au rendez-vous avec Mara Rohan et partir à la recherche de son fils, Viktor. Elle lui donnerait des détails plus tard, dès qu'elle aurait du nouveau.

Gisella posa son téléphone sur le lit, puis décida de se concentrer sur sa tenue vestimentaire. Elle allait éblouir Kaine, et du même coup consolider sa propre assurance, laquelle en avait grand besoin.

Puisqu'il aimait le minimalisme, elle choisit une robe toute simple rouge carmin fendue sur le côté et s'arrêtant au genou. Sur le portemanteau, la robe paraissait ultra-classique avec son encolure ras-du-cou et son décolleté à peine plus prononcé dans le dos, mais la façon dont le jersey de soie moula le corps de Gisella quand elle l'enfila... L'effet était spectaculaire, et des plus sexys.

Un peu d'ombre à paupières gris fumée, une touche de gloss transparent, un coup de brosse dans les cheveux, des escarpins dorés avec chaîne autour de la cheville et talons aiguilles, un dernier regard à son reflet... et elle se sentit prête à toutes les audaces. Ou presque.

Ce ne fut que lorsqu'elle pénétra dans la partie salon de l'immense espace ouvert, où l'attendait Kaine, vêtu d'une chemise blanche et d'un pantalon de créateur noir, un verre de whisky à la main, qu'elle réalisa qu'elle n'avait pas choisi sa propre tenue uniquement pour attirer son attention.

Mais aussi pour qu'il la *désire*.

Depuis le baiser échangé le jour de la vente aux enchères, Gisella se sentait comme un fruit mûr prêt à être cueilli. Et ce soir ses seins nus sous l'étoffe frémissaient, leurs pointes se dressaient, des frissons brûlants lui parcouraient la peau...

Le simple fait de se trouver dans la même pièce que Kaine éveillait tous ses sens. À proximité de lui, elle s'embrasait tout entière. À cause de lui et pour lui. Phénomène inexplicable mais non moins réel.

Il demeura immobile, pourtant l'attirance qu'ils ressentaient l'un pour l'autre semblait palpiter dans l'atmosphère.

— Je suis très flatté..., dit-il avec un lent sourire en posant son verre sur un guéridon design.

— J'ai choisi cette robe dans l'espoir qu'elle plairait à mon amant. Cela fait partie de mon rôle, non ?

— Tu as largement atteint ton but.

Ce badinage frisait le ridicule. En d'autres circonstances, on aurait pu parler de flirt. Aussi n'aurait-elle pas dû avoir la gorge aussi nouée. Gisella détourna les yeux, embarrassée d'avoir atteint son but, en effet, et ne sachant plus trop comment gérer la situation qu'elle avait délibérément créée.

Quand Kaine se dirigea vers elle, son cœur se mit à battre la chamade. Il s'arrêta en face d'elle et lui effleura la joue pour l'inviter à tourner la tête vers lui. Lorsqu'elle croisa le regard étincelant des belles pépites mordorées, elle eut l'impression que le sol se dérobait sous ses pieds. Kaine la contempla en silence, l'air plus impénétrable que jamais, mais avec une intensité qui la troubla au plus intime de son être.

Désirait-elle vraiment coucher avec lui ? Commettre cette erreur phénoménale ? Oui, en dépit des risques que cela impliquait. Elle voulait vivre sa première étreinte avec cet homme magnifique qui l'attirait inexorablement.

— Tu connais mes conditions, lui rappela-t-il avec calme. Tu n'obtiendras rien de moi, Gisella. Ni la boucle d'oreille ni...

— Je sais, l'interrompit-elle, agacée. Et cesse de me prêter des intentions que je n'ai pas, s'il te plaît.

Elle redressa la tête et rejeta ses cheveux en arrière d'un air hautain, le contraignant ainsi à écarter la main de sa joue.

— Même si je désirais vraiment coucher avec toi – j'ai bien dit *si* –, et que je le fasse, le sexe devrait être un don réciproque, pas un moyen d'obtenir quelque chose de l'autre.

Comme si elle était une experte en la matière...

— Ça devrait, acquiesça-t-il. Mais ce n'est jamais le cas.

— Pourquoi ce cynisme ? s'exclama-t-elle, exaspérée. Oui, les gens nous trahissent parfois, nous laissent tomber. *Je le sais !* Mais cela ne signifie pas pour autant que tout le monde cherche à tromper tout le monde. Arrête de me prendre pour celle qui t'a déçu autrefois.

Il enfonça les mains dans ses poches et continua à la dévisager en silence, mettant une fois de plus l'assurance de Gisella à rude épreuve. Était-elle allée trop loin ? Avait-elle franchi une limite interdite ? Quand il tourna légèrement le torse pour reprendre son verre, elle se sentit un peu rassurée.

— C'était un peu plus que de la *déception*, laissa-t-il tomber du bout des lèvres avec dégoût.

— Tu l'aimais ?

— Je le croyais, répondit-il sans trahir aucune émotion. Oui, moi aussi, j'ai été suffisamment naïf pour m'imaginer que je désirais aimer et être aimé. Je pensais sans doute qu'une épouse et des enfants me donneraient quelque chose qui me manquait. Alors je lui ai demandé de m'épouser – et je devrais probablement me réjouir que notre histoire ne soit pas allée jusqu'au mariage. Mais le résultat a été le même. Dès qu'elle a eu accès à mon bureau et à mon ordinateur, elle m'a tout pris. J'ai perdu la première maison que j'avais réussi à m'offrir et les actions d'une entreprise que j'ai rachetée depuis.

Pour quelqu'un qui n'avait jamais eu de vrai foyer, cette maison avait dû compter énormément pour Kaine. Gisella lui posa la main sur le bras pour lui montrer qu'elle comprenait ce qu'il avait dû ressentir à l'époque.

— C'est horrible, murmura-t-elle. Mais cela ne veut pas dire que toutes les femmes sont comme elle.

— J'avais déjà vécu la même mésaventure autrefois.

Il s'interrompit pour porter son verre à ses lèvres et le vida d'un trait.

— Dans les familles d'accueil, on te pique toujours tes affaires. J'essaye de ne plus m'attacher aux biens matériels, mais le confort reste important pour moi. Et cela me rend toujours furieux que l'on puisse me prendre ce que j'ai acquis grâce à un travail acharné.

D'où sa rage vis-à-vis de Benny. Et sa méfiance envers elle. Alors qu'elle s'était préparée avec soin pour lui plaire, il ne voyait là qu'une stratégie. Une tentative de manipulation.

Comment le convaincre que les gens pouvaient être généreux et dignes de confiance ? Que le désir qu'elle éprouvait pour lui était authentique et désintéressé ?

Au moment où Gisella allait prendre une initiative qu'elle aurait peut-être regrettée ensuite, le smartphone de Kaine vibra dans sa poche.

— Le chauffeur nous attend.

Sur ces mots, il enfila sa veste et ouvrit la porte, avant de s'effacer galamment pour laisser passer Gisella.

Kaine savait que le père de Gisella possédait l'une des agences de publicité les plus réputées de Madison Avenue, et manifestement Drummond n'avait pas lésiné sur la dépense pour fêter l'anniversaire de sa femme.

Une fontaine de Dom Pérignon trônait au centre de la salle de réception du Waldorf Astoria, des sacs cadeaux attendaient les invités, renfermant des produits de luxe arborant les logos des firmes prestigieuses dont s'occupait l'agence.

Drummond sourit affectueusement à sa fille, puis serra la main de Kaine quand elle le lui présenta.

— Je... je m'installe chez Kaine durant son séjour à New York.

L'espace d'un instant, son père se figea, l'air estomaqué.

— Ça a l'air sérieux...

— Nous te laissons accueillir tes invités, papa, l'interrompit-elle avec une mimique plus proche de la grimace que du sourire.

Elle se tourna vers Kaine et lui prit le bras.

— On va boire quelque chose, chéri ?

— Ta mère a dit à peu près la même chose que lui, quant au *sérieux* de notre relation, fit-il remarquer en se dirigeant avec elle vers le bar. Dois-je me tenir sur mes gardes ?

— Non. C'est seulement... Peu importe.

Rêvait-il, ou rougissait-elle de nouveau ? Dans la voiture, elle était demeurée silencieuse, peut-être parce qu'elle revoyait sa stratégie. Kaine ne savait pas trop ce qui l'avait poussé à lui confier ces détails concernant son passé. Pendant qu'elle se changeait, il avait repensé à ce qu'elle lui avait dit sur sa famille. Elle avait paru réellement furieuse contre sa mère en apprenant que celle-ci lui avait menti, puis embarrassée d'avoir cru à ces mensonges.

Plus tard, lorsqu'elle était réapparue dans cette robe moulante hyper sexy, il avait dû faire un effort surhumain pour ne pas la prendre dans ses bras. Le désir qu'il éprouvait pour Gisella le...

déconcertait. Car il ne s'agissait pas uniquement de lui ôter cette robe et de l'embrasser partout – même s'il brûlait de le faire. Kaine voulait la connaître *vraiment*. Savoir si ce qu'elle disait venait de son cœur. À supposer qu'elle en ait un.

« Cela ne veut pas dire que toutes les femmes sont comme elle. »

Le risque ne lui avait jamais fait peur, mais après avoir été arnaqué par son cousin il ne pouvait se permettre de faire confiance à Gisella.

Or il avait beau se le répéter, il *voulait* lui faire confiance. Ce qui la rendait encore plus dangereuse que toutes celles qu'il avait rencontrées avant elle.

— Tu es tendue, dit Kaine en l'entraînant vers la piste de danse.

Oui, elle l'était ! Mais la grande main chaude posée sur ses reins lui faisait du bien.

— J'ai l'impression de me donner en spectacle, répliqua Gisella. Et toi, ça va ? Tu es content de notre prestation ?

— Tu es très belle, alors tu attires tous les regards, forcément.

Au moment où elle leva les yeux vers lui, prête à riposter qu'il n'avait pas besoin de se fatiguer à lui faire de faux compliments, elle le vit toiser un homme qui l'avait peut-être regardée d'un air appréciateur ou concupiscent. De façon étrange, elle comprit la réaction possessive de Kaine, parce que de son côté elle ne ratait pas une occasion de lui poser la main sur le bras, ou d'ôter un cheveu égaré sur sa veste noire.

Kaine était d'une beauté scandaleuse. Plus grand que la plupart des autres hommes présents, il exsudait un charme viril mis en valeur par le costume coupé sur mesure. Mais il y avait quelque chose de nonchalant, de décontracté, dans son élégance, si bien que, comparés à lui, les autres invités paraissaient… coincés.

On aurait dit un animal sauvage dont la dangerosité était dissimulée sous une apparence sophistiquée.

— Quant à notre prestation, ce n'est qu'un début, reprit-il.

Il leva la main et lui repoussa une mèche de la joue.

— Nous devrions peut-être leur fournir de quoi alimenter leurs ragots...

Gagnée par un vertige, Gisella resserra les doigts sur la solide épaule.

— Si tu veux m'embrasser, dis-le. Je te rappelle que nous sommes *deux* à jouer cette petite comédie.

Au lieu de répliquer avec son cynisme habituel, Kaine la dévisagea un instant en silence, tandis qu'une lueur fauve brillait dans ses yeux.

— J'adore cette fougue qui te caractérise, répliqua-t-il lentement. Je me fais l'impression d'être un gamin jouant avec des allumettes.

Il saisit la petite mèche de cheveux et tira doucement dessus, forçant Gisella à rapprocher son visage du sien.

— Oui, je veux t'embrasser, poursuivit-il, les traits soudain crispés. Je brûle de savoir si la passion dont tu as fait preuve la première fois est toujours là. Si elle est bien réelle.

Incapable de continuer à danser, elle s'immobilisa et s'efforça de reprendre le contrôle de ses sens. Mais le désir coulait en elle, tel un torrent indomptable. Et manifestement son pseudo-amant ressentait la même chose.

Sa main glissa d'elle-même de l'épaule musclée jusqu'à la nuque chaude de Kaine, qui répondit à l'invite avec la sûreté d'un rapace fondant sur sa proie.

Et Gisella se laissa emporter par le courant. Sans même tenter d'y résister.

Elle aussi voulait savoir. Et maintenant elle savait. Le baiser était aussi dévastateur que la première fois. Non, davantage. La bouche de Kaine dévorait la sienne, presque brutalement. Les mains arrimées à son dos la maintenaient serrée farouchement contre lui, comme s'il voulait imprimer sa marque sur elle.

Gisella ferma les yeux et fut aveuglée par une myriade d'étincelles dorées. Elle se délectait de l'ardeur avec laquelle Kaine prenait possession de sa bouche, de tout son être. Elle se soumettait à lui, corps et âme. Ce qui brûlait entre eux ne s'éteindrait qu'une fois qu'ils s'uniraient charnellement, pressentit-elle en rouvrant les yeux.

Lorsqu'il écarta les lèvres des siennes, une douleur lancinante la traversa. Mais elle eut beau resserrer les doigts sur sa nuque, Kaine redressa la tête.

— Mon Dieu, chuchota-t-elle, horrifiée. Mon père a dû nous voir.

— Ce n'était qu'un baiser, murmura-t-il en la gardant serrée dans ses bras.

Ses paroles blessèrent Gisella. Parce que, pour elle, il s'agissait de bien plus qu'un baiser. Redescendant du petit nuage sur lequel elle avait flotté durant ces instants merveilleux, elle se rendit compte avec soulagement que Kaine l'avait entraînée un peu à l'écart sans qu'elle s'en aperçoive. En outre, son imposante carrure la protégeait des regards curieux, lui permettant ainsi de reprendre ses esprits.

— C'est tout ce qu'ils auront vu, ne t'inquiète pas, poursuivit-il en lui effleurant l'oreille du bout des lèvres. Ton cœur bat comme un fou...

Doucement, il lui caressa le dos à travers l'étoffe, tandis que sous sa main agrippée au revers de la veste noire Gisella sentait son cœur à lui battre au même rythme sauvage que le sien.

— Et maintenant, mon ange ? lui chuchota-t-il à l'oreille.

Sa voix se propageait en elle en ondes délicieuses, le souffle tiède lui caressait la peau... Tremblant de tout son corps, Gisella garda la joue appuyée contre le torse puissant, quand elle réalisa soudain le sens de sa question.

On reste, ou on part ?

Partir où ? Pour quoi faire ?

La musique changea de rythme, des voix se rapprochèrent.

— Nous ferions mieux de nous en aller, murmura-t-elle.

Quelques instants plus tard, ils avaient dit au revoir à son père et à Susan, ainsi qu'à quelques connaissances, et se réinstallaient à l'arrière de la voiture de Kaine.

Durant le court trajet, ils n'échangèrent pas un mot. L'air

semblait s'être épaissi, créant autour d'eux une sorte de bulle les séparant du monde extérieur.

La bouche sèche, les jambes mal assurées, elle traversa bientôt le hall brillamment éclairé aux côtés de Kaine et entra avec lui dans l'ascenseur. Les portes coulissèrent, elle se força à respirer, puis la cabine s'éleva en silence.

Après avoir refermé la porte de l'appartement derrière lui, Kaine se retourna vers Gisella.

— Tout ce que j'ai dit reste valable, déclara-t-il d'une voix neutre.

Mais le désir émanait de son regard, de ses traits virils, de tout son corps athlétique. Elle le sentit se réverbérer en elle, aussi intense que celui qui la possédait.

— Si tu n'es pas d'accord, si tu ne désires pas la même chose que moi, nous nous retirerons chacun dans notre chambre, poursuivit-il.

Ses yeux s'embuèrent.

— Est-ce si difficile pour toi de croire que je suis réellement attirée par toi ? Que je te désire autant que tu me désires ?

— Je ne doute pas de l'intensité de ton désir, répliqua-t-il lentement. Mais je ne te laisserai pas t'en servir contre moi.

— Ce n'est pas mon intention, insista Gisella.

Cependant, elle mentait un peu. Car au fond elle attendait quelque chose de lui. Elle voulait qu'il la croie, qu'il ait confiance en elle. Peut-être que, si elle couchait avec lui et ne lui demandait rien après, elle lui prouverait qu'elle était différente de celle qui l'avait trahi.

D'ordinaire, elle gardait davantage les pieds sur terre. Elle avait du recul par rapport à ses propres réactions et motivations, mais force lui était de reconnaître que son désir pour Kaine l'emportait sur la raison. Même si ce constat était choquant et douloureux. Le désir de s'ouvrir à lui et de le comprendre. Maintenant. En outre, elle ne pouvait prendre le risque d'attendre la réapparition de Benny. Tout changerait, à ce moment-là. En pire, ou en mieux. Impossible de le savoir, mais ce serait différent.

Tandis que là, au présent, ils étaient égaux. Deux êtres humains en proie au même désir.

— À cet instant précis, je ne désire qu'une chose : sentir tes mains sur moi, avoua-t-elle crûment.

Un son franchit les lèvres de Kaine, mi-plainte mi-soupir, puis il s'écarta de la porte et s'avança vers elle.

— Tu es sûre de ce que tu dis ? demanda-t-il en repoussant ses cheveux en arrière. Parce que, moi aussi, je ne désire que cela : poser mes mains, ma bouche sur toi. Je veux que tu m'appartiennes, tout entière.

— Oui, murmura-t-elle. Je veux la même chose que toi.

Quand il l'embrassa dans le creux de l'épaule, une décharge électrique parcourut Gisella, ses seins frémirent, son corps tout entier sembla se tendre vers Kaine, prêt à s'offrir à ses lèvres, ses mains, son sexe.

La prenant par la taille, il lui mordilla la peau, la faisant frissonner et haleter, tandis qu'elle s'accrochait à lui pour ne pas perdre l'équilibre. Avide de le goûter, elle posa les lèvres sur le cou de Kaine et chuchota contre sa peau :

— Je vais mettre du rouge à lèvres sur ton col...

— Tant mieux... Marque-moi de ton empreinte, de toutes les façons que tu voudras...

Une sensation de triomphe la traversa. D'exultation insensée. Elle eut envie de hurler au monde entier qu'il lui appartenait. De le faire comprendre à Kaine, dont la bouche experte lui léchait maintenant l'oreille.

Enhardie, elle l'embrassa dans le cou, sur la gorge, imprimant sa marque comme il l'y avait encouragée.

L'instant d'après, il prit possession de sa bouche avec passion, presque sauvagement. Mais sans agressivité. Il y avait même de la tendresse dans la fougue avec laquelle il cherchait sa langue avant de l'entraîner dans un ballet d'un érotisme torride.

Cette fois, ça y est..., songea confusément Gisella.

Elle allait perdre sa virginité, l'offrir à cet amant superbe. Elle n'éprouvait aucun regret, aucune hésitation. C'était ce qu'elle avait toujours souhaité, se donner à un homme capable de la séduire au premier regard, de la faire capituler au premier baiser. De telles pensées relevaient de la folie pure, mais cette folie était aussi excitante que réelle.

Leurs langues jouaient ensemble, se mêlaient, se repoussaient pour mieux se retrouver. Les bras musclés l'enserraient, les effluves mâles l'enivraient. La fermeté du corps viril pressé contre le sien la grisait. Quant au membre puissant et chaud qui semblait frémir d'impatience entre eux, il ne l'effrayait pas le moins du monde. Elle brûlait de le découvrir, le toucher, le caresser.

Kaine l'émerveillait. Plus rien n'importait que lui. Sa force et sa chaleur divines. L'art avec lequel il laissait glisser les lèvres sur son cou. Gisella renversa la tête en arrière et creusa les reins pour mieux sentir le membre viril pressé contre son ventre. La bouche experte mordilla un mamelon à travers la soie, la faisant haleter et geindre tour à tour.

Sans détacher le regard du sien, il s'agenouilla devant elle, la faisant vaciller légèrement quand elle se trouva forcée de laisser retomber ses bras.

Lorsqu'il remonta la robe sur ses cuisses, un frisson naquit au plus intime de sa féminité, se propagea dans tout son corps. Elle eut l'impression de se noyer dans les profondeurs mordorées du regard rivé au sien.

Soudain, Kaine baissa les yeux pour contempler la minuscule culotte de dentelle bordeaux, choisie pour lui. Une chaleur infernale se déploya en Gisella, si intense qu'elle ferma les yeux pour mieux sentir la caresse du doigt effleurant la dentelle, d'une hanche à l'autre.

Un tremblement incontrôlable s'empara d'elle. Son désir atteignait une telle intensité qu'il en devenait presque douloureux.

Le doigt glissa sous l'élastique, tira.

Gisella retint son souffle. La chaleur s'intensifia entre ses cuisses.

La minuscule culotte tomba autour de ses chevilles, puis Kaine lui souleva un pied après l'autre, avant de pencher la tête pour lui embrasser l'intérieur du genou.

Vacillant de nouveau, elle s'agrippa aux épaules musclées.

— Appuie-toi au sofa, dit-il d'une voix rauque.

Ayant perdu toute notion de l'espace, elle fut surprise de trouver le sofa juste derrière elle. Ses hanches s'y appuyèrent d'elles-mêmes en même temps qu'elle refermait les mains sur le cuir, et y enfonçait les ongles en sentant la joue de Kaine caresser l'intérieur de sa cuisse.

— Tu as la peau si douce, murmura-t-il.

Mon Dieu, elle allait mourir. De plaisir. D'impatience. De désir. Elle fondait...

Une myriade de sensations exquises se déployèrent dans les moindres parcelles de son corps. Un gémissement extasié s'échappa de ses lèvres.

Doucement, Kaine lui écarta les jambes.

La robe remontée autour de la taille, le sexe offert, prisonnière entre lui et le sofa, Gisella s'abandonna aux caresses de la bouche experte qui explorait son intimité. Jamais elle n'aurait imaginé supplice aussi délectable, aussi raffiné. Aussi fabuleux.

Il prenait tout son temps, semblant éprouver autant de plaisir qu'elle n'en recevait à chaque nouvelle caresse. Il ralentissait le rythme, la cajolait, jusqu'à ce qu'elle halète et le supplie. Alors il se montrait plus ardent, plus gourmand, l'emportait au bord de l'extase, avant de ralentir à nouveau, la soumettant à une torture aussi délicieuse qu'insupportable.

Égarée dans le plaisir, Gisella murmurait son prénom entre deux halètements, creusait les reins, laissait échapper de longues plaintes...

— Je ne peux plus attendre, dit-elle d'une voix rauque. Déshabille-toi. Je veux te sentir en moi. *Maintenant.*

Au lieu de se redresser, il lui passa un bras autour des hanches et posa une main sur le haut de sa cuisse. Puis il la caressa avec le pouce, là où sa langue la rendait déjà folle de plaisir. Il l'explora avec un art ineffable, de plus en plus profondément, en même temps qu'il la léchait, anéantissant le peu de contrôle qu'il lui restait.

L'orgasme fut foudroyant. La marée la submergea d'un coup. Gisella poussa un cri et s'abandonna à la jouissance. Et à Kaine.

Quand elle eut repris ses esprits, elle réalisa que les caresses avaient cessé et que le bras musclé ne lui entourait plus les hanches. Kaine se redressa devant elle, entraînant la robe dans le mouvement.

Deux secondes plus tard, elle était nue en face de lui, ne portant plus que ses chaussures. Le regard incandescent descendit sur sa gorge, ses seins, son sexe, ses genoux, les escarpins dorés à talons aiguilles sur lesquels elle avait du mal à tenir en équilibre.

— Il faut impérativement utiliser un préservatif ?

Gisella hocha la tête.

— Allons dans la chambre, alors.

— Je suis incapable de marcher, avoua-t-elle dans un souffle.

Les yeux étincelants, il la souleva dans ses bras et la serra farouchement contre lui avant de traverser à grands pas l'espace ouvert, comme si elle n'était pas plus lourde qu'une plume.

7

Kaine l'assit sur le lit et se débarrassa de sa chemise sans même se donner la peine de la déboutonner.

Le cœur battant la chamade, Gisella admira le torse à la peau hâlée, la toison brune disparaissant sous la ceinture du pantalon...

Elle se pencha pour défaire la fine chaîne dorée lui entourant la cheville et dut s'y reprendre à deux fois, tant ses mains tremblaient.

Levant un instant les yeux vers Kaine, elle vit qu'il la contemplait, le regard étincelant des belles pépites mordorées, les traits tendus, un sourire carnassier dévoilant ses dents blanches.

Dès qu'elle eut réussi à détacher la seconde chaîne, Kaine se pencha et dégagea son pied de l'escarpin.

Puis il la fit basculer sur le dos et son corps, ferme et chaud, recouvrit bientôt le sien tandis qu'il reprenait sa bouche avec fièvre. Profondément troublée par la sensation du torse nu contre ses seins, Gisella promena les mains sur le dos musclé, ivre de la douceur de sa peau, de sa merveilleuse chaleur.

Soudain, Kaine écarta ses lèvres des siennes et se redressa en s'appuyant sur le coude. Le regard ardent descendit sur son corps, tandis qu'elle retenait son souffle.

— J'attendais ce moment avec impatience, dit-il d'une voix sourde.

— Moi aussi.

Il laissa glisser la main sur sa gorge, la referma sur un sein, puis pencha la tête et en prit la pointe entre ses lèvres, sans délicatesse, mais cela ne dérangea pas Gisella. Au contraire, elle aimait l'ardeur avec laquelle il titillait le mamelon durci entre ses dents, l'aspirait, le caressait du bout de la langue.

Fermant un instant les yeux, elle enfouit les mains dans ses cheveux épais. Les délicieux tourments qu'il lui infligeait avec sa bouche et sa langue ravivaient son désir, lui arrachant une longue plainte. Et quand il laissa descendre sa main sur son ventre, la caressa entre les cuisses, Gisella souleva les hanches d'instinct, prête à l'accueillir en elle.

Comme s'il lisait dans ses pensées, Kaine se redressa à nouveau et descendit du lit, se débarrassa de ses chaussures, puis du pantalon et du caleçon en même temps, achevant le déshabillage par les chaussettes qui atterrirent sur le petit tas de vêtements.

Lui aussi était prêt, constata-t-elle avec un violent frisson. Lorsqu'il prit son membre puissant dans sa main, comme pour contenir le désir qui le consumait, elle se sentit gagnée par une appréhension subite.

— Quelque chose ne va pas ? demanda-t-il en plissant les yeux.

— Non non, tout va bien.

Mais tout devenait si réel, à présent. Elle allait vraiment *coucher* avec lui. Là, dans quelques instants...

Après avoir pris un préservatif dans le tiroir de la table de nuit, Kaine l'enfila et la rejoignit sur le lit. Tout en l'embrassant, il lui écarta les cuisses et s'installa entre ses jambes.

D'instinct, Gisella lui posa la main sur l'épaule, pas dans l'intention de le repousser, mais pour lui montrer son hésitation.

— Qu'est-ce que tu veux ? demanda-t-il en redressant la tête.

Une expression farouche, primaire, se lisait sur ses traits. Les yeux bruns étincelaient de désir brut. Il attendait qu'elle lui *demande* de continuer.

Sa poitrine se serra. Pas question de lui parler de sa nervosité. Il fallait absolument qu'elle surmonte son appréhension.

— Rien. Enfin, si... Je veux que tu continues, répondit-elle en lui refermant les mains sur la nuque pour attirer son visage vers le sien.

Après une légère hésitation, il reprit possession de sa bouche et approfondit le baiser, tandis qu'il la caressait de nouveau entre les cuisses, là où elle se consumait pour lui.

À un moment, le plaisir devint si intense que Gisella faillit basculer dans l'extase. Mais son amant semblait percevoir ses moindres réactions et s'arrêta juste avant que la jouissance ne l'emporte.

Il la rendait folle de désir ; la façon dont il suçait sa langue était presque insupportable. S'il ne la laissait pas jouir bientôt, elle allait mourir...

— Maintenant ? demanda-t-il contre ses lèvres.

Une expression sauvage, animale, empreignait ses traits.

— Oui, murmura Gisella dans un halètement.

Elle désirait tellement le sentir en elle qu'elle se détendit pour accueillir la puissante érection. Jusqu'à ce qu'une douleur vive la transperce, la contraignant à se raidir sous lui et à resserrer les jambes autour des hanches de Kaine pour le forcer à s'arrêter.

Un mélange d'émotions contradictoires obscurcit le regard fauve.

— Je t'ai fait mal ? demanda-t-il, troublé et confus. Je pensais...

Quand il commença à se retirer, Gisella resserra encore les jambes pour le garder en elle.

— Ne t'inquiète pas. C'est normal. Continue. La douleur est passée.

Non seulement elle n'avait plus mal du tout, en effet, mais la douleur était remplacée par des sensations fabuleuses.

Elle creusa les reins d'instinct pour qu'il s'enfonce plus profondément en elle. Les yeux de Kaine flamboyèrent. Les mâchoires crispées, il prit le visage de Gisella entre ses mains et plongea son regard dans le sien en même temps qu'il donnait un coup de reins, mais lentement, pour s'assurer qu'elle éprouvait du plaisir.

Le regard soudé au sien, il l'observait, tout en instaurant un enivrant va-et-vient qui arracha bientôt des petits cris de volupté à Gisella.

Kaine prenait possession d'elle et le lui faisait comprendre. Et de son côté elle se donnait à lui, tout entière.

Petit à petit, il accéléra le rythme et l'intensité de ses coups de reins. Leurs souffles hachés se mêlaient. Leurs plaintes se répondaient en écho. Elle caressa les cheveux épais et doux, le dos et les reins moites.

Ce fut comme un signal. Le plaisir grimpa à des sommets inouïs dont elle n'aurait jamais soupçonné l'existence. Kaine paraissait déchaîné et la chevauchait avec une force sauvage. Soudain, ce fut trop puissant, trop intense. Gisella enfonça les ongles dans ses reins pour qu'il s'enfouisse en elle au plus profond. Ils dansaient ensemble, dans un corps-à-corps infernal. Tournant la tête, elle lui mordit l'épaule, tandis qu'elle luttait contre la montée inexorable des vagues de plus en plus hautes. Elle aurait voulu que ces instants prodigieux ne cessent jamais, tout en désirant ardemment atteindre l'extase.

— Laisse-toi aller, ordonna-t-il d'une voix rauque. Je veux te sentir jouir.

L'orgasme la souleva, des sensations incroyables, à peine soutenables, explosèrent dans les moindres cellules de son corps. Tout s'embrasa, en elle et autour d'elle, en même temps que Kaine la suivait dans l'extase en laissant échapper une longue plainte rauque.

Leurs deux corps ne faisaient plus qu'un, dans une fusion totale. Jamais Gisella ne s'était sentie aussi proche d'un autre être.

Quand il redescendit sur terre, Kaine se rendit compte que Gisella haletait sous lui et que son corps était encore agité de tremblements. Il dut faire un effort pour ne pas la serrer contre lui et la cajoler. L'intensité de son propre orgasme l'avait anéanti. Peut-être en avait-elle été effrayée...

Vu qu'elle avait été vierge avant de se donner à lui.

Certain qu'elle était prête, il avait été suffoqué de la sentir résister au premier coup de reins. Il n'avait jamais fait mal à aucune femme, pas physiquement, du moins. Surtout lors d'une étreinte. Mais il n'aurait jamais imaginé avoir affaire à une novice. Elle avait réagi avec une telle passion, dès leur premier baiser.

Lorsqu'elle avait dit « c'est normal », il avait compris.

À ce stade, il aurait encore pu se retirer, mais le désir le possédait avec une telle force que Kaine avait perdu toute lucidité. Et puis, Gisella l'avait quasiment supplié de continuer. Ensuite, elle l'avait encouragé, et lui s'était égaré dans un univers encore jamais exploré. Il avait connu une véritable extase, si incroyable que l'espace de quelques instants il avait cru qu'ils étaient deux amants parfaitement assortis, et dont le seul but était de partager du plaisir.

Mais, à présent qu'il avait recouvré toute sa raison, les doutes revenaient l'assaillir.

Pourquoi lui avait-elle offert sa virginité, alors qu'elle le connaissait à peine ? Qu'allait-elle lui demander en retour ?

Après s'être retiré le plus délicatement possible, il roula sur le dos et contempla le plafond.

— Qu'attends-tu de moi, Gisella ?

Tournant la tête vers elle, il la vit tressaillir. Une ombre blessée voilait les beaux yeux verts.

— Que veux-tu dire par là ?

— Tu étais vierge.

— C'est une accusation ?

Elle remonta le drap sur elle jusqu'à la taille.

— Il y a toujours une première fois, que je sache, reprit-elle. Alors où est le problème ?

— Et c'est moi que tu as choisi pour cette expérience ? riposta-t-il d'un ton dur. Sans rien attendre en échange ?

— C'est si difficile à croire ?

— Impossible, même. Que vas-tu me demander, maintenant ? La boucle d'oreille ?

— Non ! Je ne veux rien !

— OK, répliqua-t-il d'un ton las. Ton but était de me placer en position de débiteur vis-à-vis de toi. Mais je ne me sens redevable de rien du tout, Gisella. Je n'ai pas l'intention de t'offrir la boucle d'oreille, ni de faire preuve d'indulgence...

— Tais-toi ! l'interrompit-elle en se redressant vivement.

Elle s'empara du drap, qu'elle serra sur sa poitrine.

— Cela n'a rien à voir avec Benny ou la boucle d'oreille. Je voulais...

Comme elle le foudroyait du regard, Kaine la dévisagea un instant avec stupeur.

— Tu voulais *m'épouser*, c'est cela ?

— Non, faire l'amour avec toi, corrigea-t-elle en baissant les yeux.

Ses paroles lui glacèrent le sang.

— Ne te fais aucune illusion, Gisella. J'ai tout perdu autrefois à cause d'une femme dont je me croyais amoureux, et cela ne m'arrivera plus jamais.

— Je t'ai parlé de mariage ? *Non.* Mais, un peu de chaleur, ce serait trop te demander, visiblement ! Tu sais ce que je veux ? Quitter ce lit sans humiliation supplémentaire ! Tourne-toi.

— Il est un peu tard pour la pudeur, tu ne crois pas ?

Elle repoussa le drap et se leva avant de le toiser, les yeux lançant des éclairs.

— Tu sais ce que je voulais quand nous sommes arrivés ici ? Vivre une *belle* expérience. Je pensais que nous nous donnions du plaisir. Je ne te demande pas de me faire une déclaration d'amour, mais tu pourrais *au moins* montrer que tu *m'aimes bien.* Dire que tu as passé un bon moment avec moi, par exemple. Je ne crois pas que ce soit trop demander après une première fois.

Se détournant, elle s'avança vers la porte, la tête haute.

— Merci d'avoir tout gâché avec tes sales soupçons !

— Gisella...

Pourquoi la rappeler ? Peut-être parce qu'il avait déjà vu cette même expression blessée et déçue, dans un miroir, après avoir compris qu'il avait eu tort de faire confiance à celle qu'il avait cru aimer.

— Va te faire voir, lui lança Gisella sans se retourner.

8

Kaine se targuait d'être un bon amant. Et ses maîtresses ne s'étaient jamais plaintes du contraire. Mais lorsque Gisella eut quitté la chambre il sentit sa méfiance se muer en déception. Certes, il n'était pas romantique, mais peut-être son cynisme habituel était-il déplacé en ces circonstances un peu spéciales. En fait, il avait fait preuve d'une maladresse inexcusable.

Après avoir renfilé son pantalon, il regagna l'espace salon et tressaillit en entendant Gisella ouvrir et refermer les tiroirs dans sa chambre. Elle faisait probablement ses bagages, quelques heures à peine après leur arrivée.

Comment la persuader de rester ? En la menaçant de s'en prendre à sa famille ? Non, il préférait faire la paix avec elle.

Indécis – ce qui ne lui ressemblait pas du tout –, Kaine se frottait le menton lorsque le téléphone de Gisella sonna. Elle l'avait laissé tomber entre le sofa et la porte, à côté de sa robe et de la minuscule culotte de dentelle bordeaux.

Ramassant l'appareil, il regarda le numéro affiché sur l'écran et reconnut l'indicatif de la Hongrie. Sans réfléchir, il fit glisser son pouce sur l'écran.

— Allô !

— Oh ! non ! Je me suis trompée de numéro ! Excusez-moi...

— Attendez. Vous voulez parler à Gisella ? Vous êtes Rozi ?

— Oui ! Et vous ? Qui êtes-vous ?

— Ne quittez pas, je vous la passe.

Gisella le *haïssait*. Il était mesquin, minable, horrible…

Elle ne resterait pas là une minute de plus, résolut-elle en continuant de faire ses bagages. Comment Kaine réagirait-il en découvrant qu'elle était partie ? S'en prendrait-il à sa famille ? L'accuserait-il d'avoir tenté de marchander sa virginité ?

Battant des paupières pour refouler les larmes qu'elle retenait depuis un moment, Gisella se maudit d'avoir cédé au charme de ce salaud, ce cynique, ce type impossible ! Elle n'était pas naïve au point de croire qu'elle pouvait changer un homme. Elle savait que Kaine était trop blindé pour laisser quiconque se frayer un chemin jusqu'à son cœur. Il ne lui avait rien promis. Alors, pourquoi était-elle dans cet état ? Pourquoi se sentait-elle aussi atteinte ? Aussi dévastée ?

Parce qu'elle lui avait offert davantage que sa virginité. Elle avait été prête à lui donner son cœur. À se livrer tout entière à Kaine. Et lui, il l'avait repoussée, brutalement, la laissant écorchée vive.

Gisella s'aspergeait le visage d'eau froide dans la salle de bains lorsque des coups furent frappés la porte.

Sans attendre sa réponse, Kaine entra, en pantalon et le torse nu, et lui tendit son smartphone.

— C'est ta cousine. Ton téléphone s'est mis à sonner quand je suis entré dans l'espace salon.

Elle s'essuya rapidement le visage avant de prendre l'appareil.

— Allô !

— C'est moi, dit Rozi d'une voix étranglée.

Mon Dieu, elle pleurait…

— J'ai été arrêtée.

— *Qu'est-ce que tu dis ?*

Gisella se cogna la hanche contre le rebord du lavabo et retint un petit cri de douleur.

— J'ai été arrêtée par la police hongroise, ils m'accusent d'avoir volé la boucle d'oreille. Celle de Viktor.

— Mais c'est impossible ! s'exclama Gisella, atterrée. Tu ne l'as pas volée, n'est-ce pas ?

— Bien sûr que non ! protesta Rozi en retenant manifestement un sanglot. Je… Je… J'étais là-bas hier soir et, ce matin, elle… elle… avait disparu. Mais ce… ce n'était pas moi. Il me faut un avocat… Tu pourrais…

— Je m'en occupe tout de suite, Rozi. Calme-toi, d'accord ? Attends juste une seconde que je prenne de quoi noter.

Le cœur battant à tout rompre, elle passa devant Kaine sans le regarder. Alors qu'elle fouillait dans son sac à main pour trouver un stylo, il sortit de la chambre, avant de réapparaître en lui tendant un bloc-notes.

Toujours sans le regarder, Gisella prit le bloc et s'agenouilla devant la table basse.

— Je pourrais parler à un policier ? demanda-t-elle à Rozi. Il faudrait qu'il m'explique comment ça fonctionne.

Sa grand-mère avait tenu à ce que tous ses enfants et petits-enfants apprennent le hongrois, aussi Gisella n'eut-elle aucune difficulté à comprendre la démarche à suivre pour faire libérer Rozi.

— Bon, dit-elle ensuite à celle-ci. Je vais passer quelques coups de fil et trouver un avocat sur place qui ira payer ta caution. Ensuite, je réserve un billet d'avion et j'arrive le plus vite possible.

— Nous pouvons partir dans quatre heures, dit Kaine.

Muni de son propre smartphone, il photographia les notes prises par Gisella.

— Pardon ? fit-elle, interloquée.

— De New York à Budapest, il y a dix heures de vol. Dis-lui que tu devrais arriver à temps pour qu'elle ne passe pas la nuit au commissariat.

Ce n'était pas le moment de protester… Aussi répéta-t-elle ce qu'il venait de dire à Rozi.

— Tu veux bien avertir papa et maman ? demanda sa cousine. Je n'ai droit qu'à un appel.

— Bien sûr. Ne t'inquiète pas, je m'occupe de tout.

En réalité, elle n'avait jamais fait ce genre de démarches, encore moins à distance.

— On me demande de raccrocher. Je suis tellement désolée de t'embêter avec ça, Gizi. L'oncle Ben ne répondait pas…

— Arrête de t'excuser, coupa Gisella. Je ferais n'importe quoi pour toi, tu le sais, non ? À très bientôt, Rozi ! Et tu ne craques pas, hein ?

Aussitôt après, elle appela sa mère.

— Alisz Barsi, répondit la voix endormie de celle-ci.

— Excuse-moi de te réveiller, maman, mais Agotha va avoir besoin de toi.

Gisella expliqua la situation en marchant de long en large dans la chambre.

— Je vais tâcher de trouver un avocat à Budapest...

— Mon avocat passe des coups de fil en ce moment même, l'interrompit Kaine depuis le seuil de la chambre. Il devrait pouvoir envoyer rapidement quelqu'un sur place.

Gisella rapporta à sa mère les paroles de Kaine.

— Non, je ne connais pas les détails, répondit-elle à une question d'Alisz. Mais je te préciserai où l'envoyer dès que j'en saurai plus. Dis à Agotha que je pars rejoindre Rozi et qu'elle n'a pas à s'inquiéter.

Tu parles... Connaissant sa tante, celle-ci deviendrait hystérique en apprenant que sa fille avait été arrêtée... C'était d'ailleurs pour cela que Rozi avait préféré ne pas l'appeler et essayé d'abord de joindre leur oncle Ben, puis elle, Gisella.

Lorsqu'elle posa son smartphone sur la table basse, elle se rendit compte que ses doigts tremblaient.

— Ma mère a beaucoup de défauts, mais en temps de crise on peut toujours compter sur elle pour ne pas perdre son sang-froid ! s'exclama-t-elle, peut-être pour se rassurer.

Kaine prit le plaid posé au pied du lit et vint lui en envelopper les épaules.

— Tu es sous le choc. Assieds-toi avant de t'effondrer.

— Non. C'est en m'asseyant que je risque de m'effondrer. Il faut que je termine de...

Il resserra le bras autour de ses épaules.

— Il est minuit passé et nous ne pouvons rien faire de plus pour l'instant. Alors, repose-toi un peu.

S'asseyant sur le lit, il l'installa sur ses genoux et l'attira contre lui. Gisella ne put s'empêcher de savourer la divine chaleur et la sensation de réconfort qui l'envahirent aussitôt.

— Il faut que je fasse quelque chose, insista-t-elle. Rozi a *besoin* de moi...

— Chut. Tout va bien, murmura-t-il dans ses cheveux.

Elle eut beau serrer les paupières de toutes ses forces, une larme roula sur sa joue.

— J'ai vraiment peur pour elle. Rozi ne volerait jamais rien. Je sais ce que tu penses de moi mais...

— Écoute-moi, c'est important, l'interrompit-il doucement. Tout va bien se passer, ta cousine n'a rien à craindre. Tu ne m'as pas dit qu'elle était résistante ? Que tous la sous-estimaient ? Ne t'en fais pas, Gisella, ce sont les gens comme elle qui s'en sortent le mieux, dans ce genre d'épreuves. Si tu étais à sa place, je serais davantage inquiet. Tu ne sais pas quand il faut t'arrêter, mais Rozalia a des frères et sœur, n'est-ce pas ?

Il la faisait parler pour la distraire de ses sombres pensées, devina Gisella.

— Oui, elle a un frère plus âgé, et un frère et une sœur plus jeunes qu'elle.

— Je parie que c'est une médiatrice hors pair.

— En effet.

Pourquoi se montrait-il aussi doux, aussi gentil ?

— Parle-moi encore d'elle.

— Rozi est ma meilleure amie. Je ferais n'importe quoi pour elle. Nous pensions aller en Hongrie ensemble, mais j'ai voulu te revoir.

Elle se sentait si coupable, à présent, d'avoir laissé partir Rozi là-bas toute seule. À sa place.

— Et nous avions fait un serment stupide, après le divorce de mes parents. Nous nous étions promis de ne coucher avec un garçon qu'à condition d'être amoureuse de lui. Et j'étais dans ton lit quand elle a été *arrêtée*...

— Chut.

Lorsqu'elle fondit soudain en larmes, il lui caressa doucement le dos. Elle ne pleurait pas à cause de Rozi, mais parce qu'elle-même était dans un état épouvantable. Après leur étreinte, puis leur dispute, et la blessure qu'il lui avait infligée avec sa fichue méfiance, Kaine s'occupait de tout avec une efficacité stupéfiante. Ce qui augmentait encore son trouble et sa confusion. C'était affreux de le haïr et d'éprouver en même temps de la reconnaissance envers lui.

— Pourquoi es-tu aussi gentil avec moi ?

Il inspira, retint son souffle.

— À cause de tout à l'heure ?

Comme il ne répondait toujours pas, Gisella lui martela la poitrine avec le poing.

— Tu ne me dois rien, bon sang !

Kaine laissa échapper un long soupir qui acheva de l'anéantir. Mais, quand elle voulut se dégager, il la maintint solidement contre lui.

— Calme-toi, Gisella, dit-il en lui caressant les cheveux.

Une lassitude terrible l'envahit, si grande qu'elle commença à se détendre puis à glisser dans le sommeil, avant de se réveiller en sursaut.

— Dors, murmura Kaine tout contre son oreille. Je te réveillerai quand il faudra partir. Mais repose-toi d'abord, sinon tu ne pourras pas aider Rozi.

— Je ne peux pas dormir...

Quelques instants plus tard, elle cessa de lutter et se laissa sombrer dans le sommeil, blottie contre le torse puissant et lovée dans sa merveilleuse chaleur.

« Tu ne me dois rien. »

Il ne s'agissait pas de dette. En fait, son désir d'aider Gisella n'avait aucun rapport avec le fait qu'elle lui ait offert sa virginité.

Quand Kaine l'avait vue pâlir en apprenant la situation de sa cousine, avait *senti* son anxiété, il n'avait pu le supporter. Il aurait été prêt à tout pour la rassurer.

Sans doute parce qu'il n'était qu'un imbécile. Un incorrigible naïf. Mais il la tenait de nouveau dans ses bras, et il n'y pouvait rien – il *adorait* la sensation de plénitude qui l'envahissait. À tel point qu'il ferma les yeux pour mieux la savourer.

Son smartphone vibrant dans sa poche, Kaine bougea avec précaution pour le prendre et vit le nom de son avocat s'afficher sur l'écran.

Il allongea Gisella, étendit le plaid sur elle et quitta la pièce sans faire de bruit.

Gisella dormait dans un hamac qui se balançait, balançait… Lorsque soudain tout bascula et elle se sentit tomber dans le vide…

Tendant la main pour se raccrocher à quelque chose, elle rouvrit les yeux… et se rendit compte qu'elle s'agrippait à la cuisse de Kaine. Assis à côté d'elle sur le lit, il lui caressait le bras doucement pour la réveiller.

Kaine, avec qui elle avait… Tout lui revint à la mémoire d'un coup, leur fabuleuse étreinte, l'horrible moment où il l'avait accusée d'avoir voulu marchander sa virginité. Ensuite, le coup de fil de Rozi…

— Mon Dieu ! s'exclama-t-elle en se redressant. Quelle heure est-il ?

— Ne t'inquiète pas, tout va bien. Nous partons dans une demi-heure environ. Alors, tu vas t'habiller et ensuite tu jetteras un coup d'œil au contenu de la valise que j'ai préparée pour toi.

Elle tourna les yeux vers le réveil. 4 h 22.

— Et toi, tu as dormi ?

— Non. J'attendais que mon avocat me rappelle et je ne voulais pas prendre le risque de le louper. À l'heure qu'il est, l'une de ses consœurs doit déjà être auprès de Rozi. Je t'ai envoyé ses coordonnées par e-mail au cas où tu voudrais les communiquer à ta mère et au reste de ta famille.

Gisella se sentit un peu soulagée. Comment aurait-elle fait sans l'aide de Kaine ?

— Je te suis vraiment reconnaissante de t'en être occupé et d'avoir réagi aussi rapidement, répliqua-t-elle, incapable de le regarder. Tu me diras combien nous te devons pour tout…

— Gisella…

— Je t'interdis de penser que je t'ai déjà rémunéré, l'interrompit-elle en descendant du lit. Je ne pourrais pas le supporter.

— Il ne s'agit pas de cela, rétorqua-t-il avec calme.

— Je réglerai tous ces détails une fois que Rozi sera libérée et que j'aurai les idées plus claires, déclara Gisella avant de passer à la salle de bains.

Elle s'en voulait de s'être assoupie, mais ces quelques heures de sommeil lui avaient fait du bien. Après s'être changée, elle réexpédia les coordonnées de l'avocate hongroise à sa mère, puis nota celles que lui avait envoyées celle-ci, d'amis et de connaissances de la famille habitant Budapest. Elle n'aurait qu'à les appeler en cas de besoin, précisait sa mère.

Au moment où elle lui écrivait quelques mots de remerciements, Gisella reçut un appel vidéo de Rozi.

— Je suis sur le point de partir pour l'aéroport, lui annonça-t-elle dès que la connexion fut établie.

Sa cousine avait le visage pâle et les traits tirés, mais l'air moins désespéré que lors de son premier appel. Apparemment, elle était installée à l'arrière d'une voiture.

— Tant mieux, je voulais te joindre avant ton départ. Ça y est, je suis libre. Tout va bien. Ce n'est pas la peine que tu viennes.

— Tu es en route pour l'aéroport de Budapest ? Tu rentres à New York ?

Envahie par un immense soulagement, Gisella se laissa tomber sur le lit.

— Non, il faut que je reste encore un peu ici. Mais d'après l'avocate ce ne sera pas long, juste le temps de régler les derniers détails.

— Je viens quand même te rejoindre, Rozi, et je resterai avec toi jusqu'à ce que tout soit terminé.

— Non, ce n'est vraiment pas la peine. Tu ne pourrais rien faire de plus, de toute façon.

Sa cousine tourna brièvement les yeux vers sa droite.

— Viktor a retrouvé la boucle d'oreille et il… il a payé la caution, c'est comme ça que j'ai pu sortir. Maintenant, je suis sous sa responsabilité jusqu'à ce que l'avocate ait tout réglé. Merci beaucoup de me l'avoir envoyée, Gizi. Je te rembourserai tous les frais, je te le promets. Mais elle m'a dit que je ne devais pas quitter la Hongrie parce que je devrai peut-être comparaître devant un juge. Elle va faire tout son possible pour que ça aille vite. Tu veux bien qu'on en reparle plus tard ? Il faut que j'appelle maman. Elle m'a laissé des tonnes de messages. Je te recontacterai quand la situation sera plus calme, d'accord ?

— Oui, pas de problème. Mais tu oublies la boucle d'oreille, OK ? Cette histoire…

— Je sais, l'interrompit Rozi, l'air de nouveau anxieux. En fait, je… Tu veux bien en parler avec mamie ? Parce que je ne pense pas que nous ayons tous les… Oh ! j'ai un appel de maman – je te laisse, Gizi. Je t'embrasse !

— Moi aussi !

Gisella reposa son smartphone sur le lit. Maintenant que Rozi était libre et qu'ils n'avaient plus besoin de partir pour Budapest, elle se sentait soudain faible et perdue.

Tournant les yeux vers la porte, elle vit Kaine, l'épaule appuyée au chambranle, le téléphone à la main. Il s'était changé lui aussi et portait un jean anthracite et un T-shirt noir, mais ne s'était pas rasé.

— C'est une bonne nouvelle, non ? fit-il.

— Qu'elle se retrouve sous la responsabilité de l'homme qui l'avait fait arrêter ? Je ne trouve pas ça très rassurant…

Il la regarda un instant en silence.

— Tu veux toujours y aller, alors ?

Gisella repensa à sa conversation avec Rozi.

Sa cousine préférait qu'elle ne vienne *pas* la rejoindre. L'attitude de Rozi lui rappela une situation qui s'était produite à plusieurs reprises. Elle avait eu le même genre de réaction, mettant Gisella mal à l'aise. Ce n'était pas sa faute si, parfois, les hommes ne voyaient qu'elle, et que sa cousine passait inaperçue. Y avait-il quelque chose entre Viktor et Rozi ? Alors qu'il l'avait fait *arrêter* ?

Et, s'il y avait quelque chose entre eux, pourquoi Rozi aurait-elle imaginé qu'elle, Gisella, pourrait avoir des vues sur lui ? Avait-elle oublié qu'ils étaient *cousins* ?

— Gisella ? Ça va ? demanda Kaine, l'air inquiet.

Une sensation étrange envahit Gisella. Quelques heures plus tôt, elle l'avait détesté. *Haï*, même. Mais maintenant, après les merveilles qu'il lui avait fait découvrir, puis la façon dont il avait pris le contrôle des opérations après l'appel de détresse de Rozi… Elle ne savait plus du tout où elle en était.

— Oui, ça va. Et, non, je n'ai plus de raison d'aller à Budapest.

Kaine appela aussitôt son pilote pour l'avertir qu'il n'avait plus besoin de lui pour l'instant.

— Je suis désolée… À cause de moi, tu as ameuté tout le monde pour rien…

— Pas de problème. C'est toujours bon de vérifier la bonne réactivité du personnel, répliqua-t-il nonchalamment.

— J'attends ta facture, insista Gisella. Sinon, j'évaluerai le montant et je te ferai un virement.

Le visage de Kaine se ferma.

— Nous verrons cela plus tard, répliqua-t-il d'une voix neutre.

— Tu devrais aller dormir.

— J'ai bu trop de café.

Il tourna les yeux vers la fenêtre aux rideaux ouverts sur la ville encore endormie.

— Tu veux aller regarder le soleil se lever ? demanda-t-il.

Pardon ? Aller admirer le lever du soleil ? Avec lui ? Pourquoi pas, après tout. Elle était bien réveillée, à présent. Et habillée.

— Où ? Tu penses à un endroit spécial ?

— Oui, au sentier de Long Beach. Ça te dirait ?

Refusant de s'interroger sur les motivations de Kaine – et sur les siennes –, Gisella acquiesça d'un hochement de tête. Puis elle rouvrit sa valise et en sortit son gilet en laine.

Il avait raison – ils reparleraient de tout cela plus tard.

— J'appelle mon chauffeur.

Cédant à une impulsion, elle se retourna vers lui.

— Tu n'as pas envie de conduire ? Si tu te sens trop fatigué, je peux prendre le volant.

— Tu as une voiture ?

— Celle de mon père, répondit-elle avec un sourire espiègle. Je la lui emprunte de temps en temps. En plus, le garage se trouve sur le chemin et, à cette heure-ci, nous trouverons facilement un taxi pour aller jusque là-bas.

Un quart d'heure plus tard, ils ressortaient du garage à bord de la Chevrolet Camaro décapotable rouge vermillon.

Kaine aimait conduire, notamment ce genre de cabriolet rétro, confia-t-il à Gisella en faisant rugir le moteur, un sourire presque enfantin aux lèvres.

Ensuite, ils demeurèrent silencieux tous les deux un long moment, jusqu'à ce qu'elle allume la radio et choisisse une station qui passait des classiques de jazz. Pas question de se laisser assombrir par des pensées noires. Pour l'instant, Gisella ne désirait qu'une chose : jouir du présent.

Dès qu'ils arrivèrent à Long Beach, Kaine gara la Chevrolet et ils s'avancèrent lentement sur la longue promenade reconstruite après le passage de l'ouragan Sandy. Des traînées orangées s'étiraient au ras de l'horizon, juste au-dessus de l'océan, dont les eaux paraissaient englouties dans l'obscurité. La brise avait un goût de sel et des senteurs immémoriales embaumaient l'atmosphère, rappelant à Gisella qu'ils n'étaient que des points minuscules perdus dans l'univers infini. Et totalement indifférent aux tourments des humains.

— C'est la première fois que je reviens ici depuis mon enfance, dit-elle en marchant à côté de Kaine. Mon oncle avait une maison un peu plus loin, jusqu'à ce qu'elle soit emportée par l'ouragan, il y a quelques années. Mes cousins et moi y venions souvent avec ma tante, la mère de Rozi. J'en garde des souvenirs fabuleux : on jouait toute la journée sur la plage, on pique-niquait...

— Je suis venu à Long Beach une seule fois, répliqua Kaine au bout de quelques instants. Avec la famille d'accueil chez qui je vivais à ce moment-là. Je croyais qu'ils allaient me laisser ici et repartir sans moi.

Il avait prononcé ces paroles d'un ton détaché, mais nuancé d'une pointe d'amertume qui n'échappa pas à Gisella.

— Pourquoi t'auraient-ils abandonné ici ?

— Parce que je m'étais habitué à être indésirable, dit-il en scrutant l'horizon, où s'effilochaient maintenant les longues traînées rose orangé.

Après un nouveau silence, il reprit du même ton :

— Je crois que c'est pour cela que je réussissais toujours à me faire renvoyer au centre éducatif pour jeunes délinquants. Je détestais me retrouver là, mais au moins je savais à quoi m'attendre. On m'expliquait les règles et on les appliquait. Tandis que, chez les inconnus qui m'accueillaient, impossible de savoir ce qui risquait de se passer. J'avais entendu raconter des histoires horribles et je m'attendais toujours au pire. Alors, quand mes soi-disant parents de l'époque m'ont emmené à la plage, je me suis dit qu'ils allaient m'enterrer dans le sable et laisser la marée m'emporter.

— C'est horrible, Kaine..., murmura Gisella en glissant la main dans la sienne.

Il continua de marcher en regardant droit devant lui.

Mieux valait ne rien dire et le laisser parler s'il en avait envie, songea Gisella, le cœur serré.

— Je ne sais pas comment faire confiance aux autres, dit-il soudain d'une voix sourde.

Elle garda le silence, souffrant pour lui. Il essayait de lui expliquer pourquoi il se méfiait d'elle. Il n'avait jamais connu personne qui soit digne de confiance, contrairement à elle. Leur différence de vécu lui donna une impression d'injustice terrible.

Doucement, Gisella caressa le dos de la main enserrant la sienne, dans l'espoir de lui faire comprendre qu'elle serait incapable de lui faire du mal. De le trahir.

Il tourna la tête vers elle, le regard sombre.

— Ne sois pas désolée pour moi. Je détesterais cela.

— Ce n'est pas le cas. Je suis plutôt en colère. À cause de Benny, même si je ne peux pas croire qu'il ait voulu délibérément profiter de toi.

Sans dire un mot, Kaine s'arrêta devant une buvette qui ouvrait. Un puissant arôme de café monta bientôt de derrière le comptoir, accompagné d'une délicieuse odeur de beignets.

Il en acheta deux, ainsi que des cafés, et ils allèrent s'installer quelques mètres plus loin sur un banc. Les pieds appuyés contre la rambarde de sécurité, ils regardèrent les nuages s'embraser de pourpre et d'or sur fond de ciel violet et rose.

Seuls le cri des mouettes et le murmure des vagues troublaient le silence. Gisella avait l'impression qu'elle et Kaine étaient les uniques habitants de la terre. Une sensation de bien-être et d'harmonie l'enveloppa. De sérénité absolue.

Quelques minutes plus tard, la lumière se déployait à l'horizon. Une nouvelle journée commençait.

Sentant ses yeux s'embuer, Gisella se dit qu'elle réagissait ainsi à cause de la fatigue et de la beauté de ces instants. Que sa réaction n'avait rien à voir avec l'espoir irrépressible que sa relation avec Kaine ait entamé une nouvelle phase.

Quand ils eurent terminé leur café, ils allèrent jeter les gobelets vides. Puis Kaine se tourna vers elle et la prit dans ses bras. Gisella s'appuya contre lui, savourant sa merveilleuse chaleur.

— J'ai couché avec toi parce que je le désirais, Kaine, chuchota-t-elle. Mon corps m'appartient et j'ai *choisi* de le partager avec toi.

— Ces moments ont été fabuleux, Gisella, murmura-t-il dans ses cheveux. Et je me sens privilégié que tu m'aies choisi pour ta première fois.

Elle ferma les yeux pour refouler ses larmes.

— J'ai aidé Rozi parce que je voulais t'aider, poursuivit Kaine. Je ne l'ai pas fait par obligation, mais *librement*. Pour toi. Parce que je t'aime bien.

— Je tiens quand même à te rembourser, dit-elle en appuyant les mains sur son torse.

Après avoir poussé un long soupir, il la laissa se dégager et ils repartirent en direction de la voiture.

Ils roulaient depuis quelques minutes lorsqu'il s'arrêta devant une sorte de cabanon-bureau qui se dressait devant une rangée de pavillons à louer faisant face à l'océan.

— Il faut que je dorme, dit-il en coupant le contact. Tu peux continuer si tu veux, je rentrerai en taxi.

— Je suis fatiguée aussi.

— Dans ce cas…

Une fois dans le bureau, il se retourna vers Gisella.

— Tu préfères dormir seule ?

L'employé leur faisant remarquer qu'il y avait plusieurs lits dans chacun des pavillons, elle ne répondit pas et suivit bientôt Kaine vers le dernier de la rangée. Celui-ci contenait en effet deux lits doubles et un canapé convertible, mais elle se dirigea sans hésiter vers le grand lit le plus proche de la porte-fenêtre donnant sur un petit balcon.

— C'est celui où j'allais m'installer, dit Kaine.

— Je sais.

Gisella ôta son gilet et son pantalon en jersey.

— Je veux dormir avec toi et sentir ta chaleur.

Sans dire un mot, il alla tirer les rideaux, puis se débarrassa de sa veste et fit passer son T-shirt par-dessus sa tête. Quelques instants plus tard, ils se glissaient sous la couette, en sous-vêtements tous les deux.

Kaine l'attira contre lui, elle l'entendit exhaler un soupir de bien-être, sentit le corps athlétique se détendre, et comprit qu'il s'était endormi. D'un seul coup.

Blottie entre ses bras, Gisella posa la main sur la poitrine chaude, embrassa doucement la toison brune, et le suivit au pays des songes.

9

Quand elle se réveilla, Gisella sentit un corps musclé se presser contre le sien.

Kaine. Dont le membre viril paraissait prêt à l'action...

— Oh..., murmura-t-elle en ouvrant les yeux.

— Oui, répliqua-t-il d'une voix rauque. Nous avons un petit problème...

Elle déglutit. Son propre corps frémissait, palpitait. Comme s'il se préparait à accueillir la puissante érection.

— Je n'arrive pas à me résoudre à quitter ce lit, mais je n'ai pas de préservatif. Alors je ne peux pas y rester si tu t'y trouves aussi.

— Ah... Le problème est donc de ton côté...

— Tu crois ?

Il la repoussa doucement et effleura les mamelons durcis à travers la dentelle du soutien-gorge.

— Je te suggérerais bien de te lever, poursuivit Kaine. Mais je ne pense pas que cela résoudrait quoi que ce soit, si tu te promènes sous mes yeux dans cette tenue sexy...

— Et si je me levais pour aller prendre un préservatif dans mon sac, elle te gênerait, ma tenue sexy ?

— Ton idée me plaît bien, mais j'ai une question.

Tout en parlant, il avait dégrafé le soutien-gorge et le faisait maintenant glisser sur les épaules de Gisella. Ses seins frémirent, avides de caresses.

— Comment se fait-il qu'une vierge se balade avec des préservatifs dans son sac ?

— Je te rappelle que je ne le suis plus, vierge...

— Tu as posté la nouvelle sur les réseaux sociaux ?

— Non. En revanche, je t'informe en direct qu'après avoir été embrassée de façon divine par un inconnu j'ai décidé d'avoir toujours un préservatif dans mon sac, répondit-elle en lui caressant la mâchoire.

— Hum, continue ton histoire... J'adore ça, quand tu me fais rire.

— Moi aussi, répliqua Gisella.

Peut-être n'avait-elle pas enfreint son serment, en fin de compte. Kaine l'affectait profondément. Elle pourrait très bien tomber amoureuse de lui.

Après avoir échangé quelques légers baisers avec elle, il roula soudain sur le dos et rejeta la couette.

— OK. J'y vais..., soupira-t-il, l'air faussement résigné.

Elle éclata de rire et le regarda prendre son sac, puis revenir le lui tendre avec un nouveau soupir.

Tandis qu'elle cherchait le préservatif, Kaine s'allongea derrière elle pour dessiner des motifs sur son dos. La caresse de ses doigts sur sa peau était exquise.

Gagnée par une audace inconnue, elle s'installa à califourchon sur lui.

— Ah, c'est comme ça... ? s'exclama-t-il en plissant les yeux. Une fois, et ça y est, elle se croit déjà capable de diriger les opérations...

Elle s'appuya sur les mains, ses cheveux tombant de chaque côté du visage de Kaine.

— On a peur ? fit-elle d'un ton moqueur.

— Je suis terrifié.

L'expression candide empreignant ses traits virils atteignit Gisella en plein cœur. Le regard soudé au sien, elle se pencha pour l'embrasser et s'interdit de penser au fait que, quelques heures plus tôt, il la considérait encore comme son ennemie.

Kaine regardait Gisella s'entretenir avec un homme politique bien connu. Le discours qu'elle avait prononcé en ouverture du gala de bienfaisance l'avait presque… ému. Elle avait parlé avec une telle chaleur, une telle sincérité et une telle empathie qu'il n'avait pu s'empêcher de l'admirer.

S'afficher avec une femme dans ce genre de manifestation représentait une première pour lui. Leur couple était des mieux assortis, et des plus crédibles, réalisa-t-il avec satisfaction. Réaction très surprenante pour un homme comme lui, plus habitué à fréquenter une femme pour le plaisir et rien que le plaisir. Mais il n'y pouvait rien, il *aimait* l'idée d'être le partenaire de Gisella. Et la pensée que cette femme superbe et intelligente lui *appartenait* le ravissait.

Cependant, il devait garder les pieds sur terre et par conséquent demeurer vigilant. Et surtout ne pas s'égarer au point de s'imaginer avoir trouvé la perle rare.

Quand elle le rejoignit en souriant, Kaine lui offrit son bras et l'entraîna vers le buffet. En chemin, ils tombèrent sur Simon Walters.

— Michaels, fit celui-ci avec un petit salut de tête méprisant.

Il avait demandé à Kaine de faire analyser de nouveaux échantillons avec le même mépris.

— Gisella, enchaîna-t-il avec plus de chaleur en tendant la main à celle-ci.

— Je suis ravie de vous revoir, répliqua-t-elle en souriant après avoir adressé un bref regard à Kaine.

À quoi s'attendait-elle ? À ce qu'il fasse des courbettes devant celui qui avait été le premier à l'accuser, au lieu de songer que l'information fournie par Benny était peut-être fausse ?

— J'ai essayé de joindre votre oncle, dit Walters à Gisella. Je suis même passé à la boutique.

— Il a été retenu auprès de ma grand-mère. Je ne l'ai pas beaucoup vu non plus.

Elle était retournée travailler, mais faisait de longues pauses déjeuner et quittait l'atelier de bonne heure pour retrouver Kaine.

— Votre grand-mère est-elle consciente de…

Le regard de Walters se perdit entre Gisella et Kaine.

— ... de ce qui se passe ?

— Si vous faites allusion à sa santé mentale, oui, elle a toute sa tête, répondit-elle, feignant de ne pas avoir compris le sens de la question.

Kaine faillit éclater de rire.

— Non, je faisais plutôt allusion à votre... association, répliqua Walters avec un petit mouvement de tête en direction de Kaine.

— Ma grand-mère revient tout juste de Floride, répondit Gisella. Pourquoi ?

Admirant de nouveau son aplomb, Kaine lui caressa le bras du bout du pouce.

— Elle serait sans doute intéressée de savoir que l'entreprise qu'elle s'est donné tant de mal à bâtir est menacée.

— Barsi on Fifth est équipée d'un système de sécurité aussi performant que ceux qui sont utilisés par l'armée.

— Vous avez très bien compris ce que je voulais dire, répliqua Walters, les mâchoires crispées.

— En effet. Et moi je m'efforce de vous faire comprendre que votre inquiétude est dénuée de tout fondement.

— Il m'en veut d'avoir acheté la propriété Garrison, intervint Kaine.

Il fixa Walters avant de poursuivre à son intention :

— Si elle vous intéresse toujours, je vous informe qu'elle est de nouveau à vendre.

— Oui. J'ai appris combien vous en demandiez. C'est du vol – votre spécialité. Faites attention, Gisella. Ne le laissez pas entacher votre réputation.

Sur ces mots, Walters s'éloigna, et Kaine dut faire un effort pour ne pas le saisir par le col et le secouer comme un prunier. Le salaud, il avait réussi à assombrir l'humeur de Gisella.

— S'il est aussi désagréable, c'est parce qu'il comptait sur moi pour régler rapidement la situation et renflouer les investisseurs – dont il fait partie. Au lieu de cela, j'ai mis les fonds sous séquestre.

— Sans doute, mais il voulait aussi m'avertir. Nous ne

sommes pas aussi solides que toi, Kaine. Barsi on Fifth est une entreprise familiale. Nous en vivons bien, mais c'est notre seule source de revenus. Par conséquent, nous ne pouvons pas nous permettre de la perdre.

Elle s'interrompit en plissant le front.

— Si seulement Benny pouvait réapparaître...

S'il réapparaissait, Kaine pourrait être blanchi, auquel cas Gisella perdrait tout. À moins que Benny ne crée à nouveau la surprise et ne lui révèle que le rôle de sa cousine avait consisté dès le début à le calmer.

Kaine refusait de le croire. Il ne voulait pas la perdre. À aucun prix.

— On y va ? demanda-t-il. Je n'ai pas si soif, après tout.

— Moi non plus.

Ils regagnèrent l'appartement sans échanger un mot, aussi tendus l'un que l'autre. Dès qu'il eut refermé la porte derrière lui, Kaine prit Gisella dans ses bras et l'embrassa avec passion.

Elle répondit à son baiser avec la même fièvre, s'accrochant à ses épaules tandis qu'il dévorait sa bouche. Puis elle posa la main sur sa braguette et le caressa à travers l'étoffe.

Le désir aveugla Kaine. Il songea qu'il n'avait pas de préservatif sur lui, mais refusa de s'en soucier. D'un geste rapide, il libéra son érection, puis tira sur la robe qui se déchira avec un bruit sec. Gisella se débarrassa de sa minuscule culotte de dentelle et écarta les jambes en renversant la tête en arrière.

Incapable d'attendre plus longtemps, il la souleva par les hanches et la pénétra à cru, fermant les yeux pour mieux savourer la sensation. Gisella était à lui, se répéta-t-il. Au même instant, elle poussa une longue plainte rauque qui résonna au plus profond de lui-même.

Kaine avait *besoin* de ces étreintes fabuleuses qui enchantaient ses nuits. Il *adorait* faire l'amour avec cette femme merveilleuse.

Il avait besoin d'elle.

Le plaisir monta en lui, impérieux, réclamant l'assouvissement. Or il ne pouvait pas jouir en elle. Il le savait, mais il redoubla d'ardeur et intensifia le rythme de ses coups de reins. Il voulait la sentir s'envoler dans l'extase. Là, maintenant.

— Tu es à moi, lui murmura-t-il à l'oreille. Je vais te prendre, encore et encore, jusqu'à ce que tu oublies qui tu étais avant de m'appartenir. Aucun homme ne te fera partager de tels instants.

— Je sais, chuchota-t-elle, les yeux clos.

— Ouvre les yeux, ordonna-t-il. Regarde-moi. Tu veux que je jouisse avec toi ?

Il ne supporterait pas qu'elle lui demande de se retirer. Il *désirait* lui faire un enfant. La lier à lui pour toujours. Au lieu d'être horrifié par cette pensée, Kaine éprouva un sentiment d'exultation.

Une expression de souffrance envahit les traits de Gisella tandis qu'elle creusait les reins pour l'encourager à poursuivre son va-et-vient. Elle était prête à basculer dans l'extase. Lui aussi. Encore quelques coups de reins et leurs vies changeraient peut-être à tout jamais.

— On jouit ensemble ? insista-t-il d'une voix rauque.

Une ombre passa dans les yeux verts. Fugace, presque imperceptible, mais ce fut comme si un fil de soie se rompait. Le lien ténu qui s'était tissé entre Gisella et lui à son insu.

Lorsqu'il se retira le plus délicatement possible, une souffrance indicible traversa Kaine de part en part. Il l'ignora. Il avait l'habitude.

— On va dans la chambre, alors.

Quelques secondes plus tard, il prenait un préservatif dans le tiroir de la table de nuit. À peine l'eut-il enfilé qu'il pénétra Gisella, en essayant de se persuader que c'était mieux ainsi.

10

Mon Dieu, elle avait failli faire l'amour sans protection. Kaine l'avait pénétrée sans préservatif...

Elle prendrait la pilule du lendemain, décida Gisella. Par précaution. À vingt-quatre ans, avoir des enfants représentait pour elle un projet encore lointain. Et jamais elle ne se servirait d'une grossesse pour piéger un homme. Par respect envers celui-ci et envers l'enfant. En outre, Alisz lui avait inculqué des principes, dont l'un des plus importants était que dans ce genre de situation, le plus piégé des deux, c'était finalement la femme. Or, Gisella était bien placée pour savoir qu'un enfant ne suffit pas à sauver une union : le fait d'avoir une fille n'avait pas empêché ses parents de divorcer.

L'espace d'un instant, pourtant, alors que Kaine était enfoui en elle, elle avait rêvé d'un petit être qui les lierait à tout jamais.

Heureusement, elle avait vite repris ses esprits. De son côté, Kaine avait paru prêt à encourir le risque. Mais l'épouserait-il si elle était enceinte ? Sans doute s'y sentirait-il obligé, à cause de son propre vécu. Mais ensuite il se méfierait d'elle pendant tout le temps que durerait leur union. C'est-à-dire pas bien longtemps, parce que Gisella serait incapable de supporter son manque de confiance.

— Pas mal, comme tentative...

— Pardon ?

Elle se força à revenir au présent, au petit déjeuner pris sur la terrasse. À l'amant superbe assis en face d'elle, le peignoir entrouvert sur la toison brune lui recouvrant le torse, et qui lisait ses e-mails sur son smartphone.

— Ah, très bien..., poursuivit-il, l'air satisfait. Rohan m'a envoyé de l'argent. J'ai d'abord cru qu'il se méprenait sur mes intentions concernant la boucle d'oreille mais, non, il veut rembourser les frais de justice avancés pour ta cousine.

— Tu acceptes ?

— Oui.

— Pourquoi ?

— Parce que je ne veux pas de dette entre toi et moi.

Gisella pinça les lèvres.

— Tu n'es pas d'accord ? fit-il en haussant les sourcils.

— Si. Mais, moi, je ne veux pas que Rozi ait une dette envers *Viktor*. Tu as dit toi-même qu'il avait beaucoup de pouvoir.

Il reposa son smartphone sur la table.

— En effet. Que se passe-t-il entre eux, au juste ? Tu as parlé avec Rozi ?

— J'ai essayé. Le décalage horaire ne facilite pas les échanges, mais je sens qu'elle me cache quelque chose, ce qui ne lui ressemble pas. J'ai même recouru à... Nous avions un code secret, à l'époque du collège. Nous l'utilisions lorsque nous avions envie de sécher un cours, par exemple.

— Tu séchais les cours ? Tu me plais de plus en plus, Gisella...

— Il s'agissait plutôt de voir si nous pouvions nous en tirer en toute impunité. Ce qui n'était jamais le cas ! On allait s'installer dans les toilettes, où on s'ennuyait à mourir... Et on ne fumait pas – papy étant mort d'un cancer du poumon, on n'y pensait même pas. Puis notre absence était signalée à nos parents et la mère de Rozi nous disait un truc du genre : « Vous ne vous sentiez pas bien, mes trésors ? La prochaine fois, appelez-moi, je viendrai vous chercher. » Mais avec ma mère j'avais droit à un sermon. « En Afrique, les filles n'ont même pas accès à l'éducation et, toi, tu sèches les cours, inconsciente de la chance que tu as de pouvoir étudier. »

— Et c'était quoi, ce code ?

— Je ne peux pas te le dire, c'est un secret ! Et si je veux sécher un rendez-vous avec toi ? demanda Gisella en lui caressant le pied avec le sien sous la table.

Kaine se pencha en avant et lui prit les poignets avant d'en embrasser l'intérieur.

— Pourquoi ferais-tu une chose pareille ?

— Je...

Parcourue par des frissons délicieux, elle n'arrivait plus à se concentrer.

— Rozi n'a pas voulu que tu lui fournisses un prétexte pour quitter Rohan, c'est cela ?

— Elle m'a dit qu'ils allaient rendre visite à la grand-mère de Viktor. La sœur d'Istvan.

— Elle est encore vivante ? Quel âge a-t-elle ?

— Quatre-vingt-un ans, comme ma grand-mère.

— Pourquoi ta cousine veut-elle la voir ?

— Ça, c'est tout Rozi, fit Gisella en secouant la tête. Elle doit être ravie de traverser le pays pour aller interroger une vieille parente.

— Mais toi ce n'est pas ton truc.

— Et toi ? répliqua-t-elle. Parce que mamie est revenue de Floride et je crois que je vais aller la voir. J'aimerais qu'elle fasse ta connaissance, si tu es d'accord.

— Pourquoi ?

Il lui lâcha les poignets et se cala dans son fauteuil.

— Je ne veux pas qu'elle apprenne par quelqu'un d'autre qu'il y a un homme dans ma vie. Si c'était... sérieux entre nous, elle trouverait normal que je vienne lui présenter mon chéri. Je ne peux pas lui dire quoi que ce soit concernant Benny...

— Je comprends, déclara-t-il, les traits indéchiffrables. Pas de problème. Tu veux qu'on aille la voir aujourd'hui ?

— Je vais d'abord l'appeler pour lui demander si elle peut nous recevoir, répondit Gisella en hochant la tête.

Après avoir répugné d'instinct à être présenté à la grand-mère de Gisella, Kaine s'était senti offensé, persuadé qu'il s'agissait d'une nouvelle ruse.

Avait-il envie d'être présenté comme un authentique prétendant ? Non. Mais plus il voyait des preuves de l'attachement de Gisella à sa famille, plus il se sentait attiré par ces liens qui paraissaient si puissants. Au moindre appel d'un parent ou d'un autre, elle s'illuminait. À tel point qu'il en venait presque à l'envier.

— Ta grand-mère vit seule ? demanda-t-il quand ils arrivèrent devant un immeuble ancien bien entretenu.

— Nous lui avons tous proposé à un moment ou un autre de vivre avec nous. Tu me pardonneras si je passe rapidement sur les raisons pour lesquelles je me suis installée avec toi ? Elle est un peu vieux jeu, de ce côté-là.

Alors qu'elle-même avait été enceinte sans être mariée ?

— Et ne parle pas de la boucle d'oreille, continua Gisella. Elle n'aborderait pas un sujet aussi personnel avec un étranger.

— Tu veux que je m'éclipse quelques instants pour que tu puisses l'interroger ?

— Cela ne te dérangerait pas ?

— Non, pas du tout. Mais il faudra que tu me fasses comprendre discrètement que je peux m'absenter, sans que ta grand-mère prenne cela pour un affront.

— Ah..., commença-t-elle, les yeux pétillant de malice. Tu veux connaître le code secret, hein ?

Elle leva les yeux au ciel en soupirant d'un air franchement comique, puis se tira le lobe de l'oreille.

— C'est ça, OK ? Parfois, on dit : « Tu as perdu ta boucle d'oreille ? » Ou bien : « Tu as retrouvé ta boucle d'oreille ? » Mais cette semaine notre petit système a viré au sketch absurde. Nous correspondions par SMS et Rozi m'a répondu : « Viktor l'a retrouvée » à chaque fois que je lui ai posé la question ! Finalement, elle a écrit, tout en majuscules : « MES BOUCLES D'OREILLE VONT TRÈS BIEN. »

— Et, dans ta famille, personne n'a jamais décrypté ce code sophistiqué ? répliqua Kaine en sortant de l'ascenseur derrière elle.

— Pas de commentaires, s'il te plaît, fit-elle sans se retourner. Puis elle s'arrêta devant la troisième porte du couloir et toqua brièvement avant de taper un code sur le petit panneau encastré dans le mur.

— C'est moi, dit-elle en entrant dans l'appartement. Hum, ça sent bon, ici...

Des effluves de petits pains à la cannelle flottaient dans le vestibule, ainsi qu'un puissant arôme de café. Kaine regretta de porter un costume, mais Gisella avait insisté. Quand sa grand-mère apparut, il comprit pourquoi.

— Ce sont des surgelés, mais cuisinés par ta tante, alors ils seront bons, dit Eszti Barsi avec un fort accent hongrois.

L'octogénaire s'avança lentement vers eux, un mélange indéniable de classe et d'élégance émanant de toute sa personne. Elle portait un tailleur à motif pied-de-poule gris et rose clair, des chaussures plates en cuir fin, un collier de perles, du rouge à lèvres, et sa coiffure soignée mettait en valeur ses cheveux blancs comme neige.

Elle et sa petite-fille s'embrassèrent affectueusement, puis Gisella se redressa et se retourna pour le présenter.

— Il est superbe..., fit Eszti en pinçant légèrement la joue de Kaine.

Gisella pouffa dans son écharpe et dit qu'elle allait achever de préparer le café, tandis que lui attendait que la vieille dame soit installée dans un fauteuil avant de s'asseoir en face d'elle.

Il n'y avait pas grande ressemblance physique entre les deux femmes, mais elles avaient en commun l'esprit vif, et Eszti avait de toute évidence transmis son assurance naturelle à sa fille et à sa petite-fille. Kaine passa une demi-heure très agréable en compagnie des deux femmes.

Soudain, Eszti dit à Gisella :

— Ta tante dit que Rozi s'amuse comme une folle, mais je sens bien qu'elle me cache quelque chose. Tu vas me dire ce qu'il en est vraiment, n'est-ce pas ?

— Bien sûr, mamie. Et Rozi va bien. Mais il y a eu un petit incident.

Elle s'interrompit et se toucha l'oreille.

— Je viens de me rappeler que tu m'avais demandé de t'acheter de nouveaux écouteurs, dit Kaine en se levant. J'ai aperçu une boutique d'accessoires électroniques au coin de la rue. Je préfère y aller avant d'oublier.

Après avoir salué Eszti et l'avoir remerciée pour son accueil, il sourit à Gisella et s'éclipsa.

— Des écouteurs ? fit sa grand-mère en haussant les sourcils.

— Oui, ces petits trucs que tu te mets dans les oreilles pour écouter de la musique, expliqua Gisella en hongrois.

— Tu dois beaucoup tenir à lui pour lui avoir parlé de votre code secret !

Rien n'échappait à Eszti...

— Comment l'as-tu rencontré ? poursuivit celle-ci.

Gisella commença par sa tentative pour acheter la boucle d'oreille aux enchères et continua son récit jusqu'au moment où Rozi était partie en Hongrie. À ce stade, sa grand-mère devint très agitée.

— Nous pensions te faire une belle surprise, mamie. Tu es toujours si triste quand tu parles d'Istvan. Nous voulions que tu aies au moins le cadeau qu'il t'avait offert.

— Il m'a donné ta mère. Cela m'a toujours suffi. Dis à Rozi de ne plus s'en occuper, déclara fermement sa grand-mère.

Gisella promit de transmettre le message, puis changea de sujet et parla de choses et d'autres en faisant la vaisselle.

Lorsqu'elle retrouva Kaine, il demanda au chauffeur de les attendre de l'autre côté de Central Park, de façon à profiter du beau temps et de marcher un peu.

Ils traversèrent le parc à pas lents tandis que Gisella respirait les senteurs printanières à pleins poumons. Les frondaisons avaient pris de belles teintes pastel et des fleurs sauvages poussaient un peu partout. Des couples étaient allongés sur l'herbe, certains étroitement enlacés. Des familles se promenaient avec poussette et chien en laisse. D'autres pique-niquaient à l'ombre des arbres.

Elle ferma un instant les yeux, ressentant le besoin de se ressourcer.

— J'ai incommodé ma grand-mère, avoua-t-elle soudain. Et je m'en veux terriblement. Je crois que la boucle d'oreille était devenue notre chasse au trésor personnelle, qu'il s'agissait surtout de prouver notre capacité à la retrouver. Nous nous sommes raconté que nous le faisions pour mamie, mais finalement nous n'avons fait que raviver une vieille blessure. Ma mère avait raison, j'aurais dû renoncer à cette histoire depuis longtemps.

— Comment cela ?

Il tourna brièvement les yeux vers elle.

— Moi aussi, je me suis donné beaucoup de mal pour cette boucle d'oreille. Et maintenant tu n'en veux plus ?

— Tu peux la vendre à Viktor Rohan, dit-elle en lui prenant le bras. Je vais dire à Rozi de renoncer aussi. La mère de Viktor aura les deux et basta.

— Tu es sérieuse. Tu n'en veux plus, dit Kaine, l'air confus.

Bien sûr, il avait continué à croire qu'elle couchait avec lui à cause de cela, comprit Gisella en lui lâchant le bras.

— Ce bijou ne vaut pas les souffrances qu'il cause. Mamie a été si peinée d'apprendre que Rozi avait été arrêtée.

— Tu lui as raconté cela ?

— J'étais obligée ! C'est ma faute si Rozi est partie là-bas. C'était moi qui devais aller en Hongrie, au départ. Nous avons changé d'avis à la dernière minute. J'ai cru que mamie allait prendre la cuillère en bois...

— Elle vous frappe ? demanda Kaine, crispé.

— Non ! Elle la brandissait de temps en temps pour nous menacer quand l'un ou l'autre avait fait une bêtise. C'est devenu une plaisanterie dans la famille de faire allusion à cette cuillère.

Voyant que Kaine avait toujours l'air tendu, Gisella lui reprit le bras.

— Tu as été battu, autrefois ? demanda-t-elle doucement.

— Une fois. Avec une ceinture. On m'a transféré aussitôt dans une autre famille. Celle qui m'a emmené à Long Beach.

Pas étonnant qu'il ait été terrifié à l'idée d'être enterré dans le sable…

— C'est à ce moment-là que…

Il enfonça les mains dans ses poches.

— Que j'ai posé des questions sur la famille de ma mère. Cela faisait deux ans que j'étais pris en charge par les services sociaux et j'étais assez grand pour savoir que je pourrais avoir des liens plus… authentiques. J'ai tellement insisté qu'une assistante sociale m'a dit qu'ils avaient pris contact avec la sœur de ma mère, et appris qu'elle et sa famille avaient des difficultés financières. Une gosse malade. Ils ne pouvaient ni m'accueillir ni m'aider.

— Ils n'ont même pas souhaité te voir ?

— Non.

— Et toi, tu n'as jamais essayé de les joindre ?

— Il y a quelques années, ils m'ont envoyé un mot. Une invitation à une fête d'anniversaire - de leur fille, sans doute. Ma cousine, donc. Comme je faisais partie depuis peu des entrepreneurs les plus riches de l'univers de la technologie, j'ai tout de suite compris ce qu'ils voulaient. J'ai envoyé un chèque en m'excusant de ne pouvoir venir. Depuis, je n'ai plus jamais entendu parler d'eux.

Elle resta silencieuse, la gorge nouée.

— Quand je te vois avec ta famille, poursuivit Kaine, j'ai l'impression de regarder un film étranger.

— Un film hongrois ? demanda-t-elle, tentant d'égayer l'atmosphère.

— Oui, c'est ça… Sans sous-titres. J'ai découvert que c'était l'une des langues les plus difficiles à apprendre. Tu le savais ?

Il plaisantait, mais seulement à moitié, comprit Gisella, touchée qu'il se soit renseigné, et imaginant déjà qu'il avait pu envisager un avenir avec elle et, par conséquent, d'étudier le hongrois, langue en effet difficile à apprendre.

Cependant, elle ne s'y trompa pas. Il s'agissait aussi d'une métaphore : aux yeux de Kaine, la famille était une notion totalement étrangère.

11

Comme Gisella entrait dans le bureau de Kaine, elle étouffa un bâillement. Puis elle se laissa tomber sur le sofa, sans lâcher le gobelet de café acheté en chemin.

— Je suis éreintée, soupira-t-elle. Tu avais l'intention de sortir, ce soir ?

Sans dire un mot, il contourna son bureau pour lui tendre un petit écrin de velours. Un peu défraîchi, celui-ci arborait un élégant logo doré qui était, en plus simple, l'original de celui qui ornait les écrins dans lesquels ses propres créations étaient vendues.

— Tu étais vraiment sérieuse quand tu as dit que tu ne la voulais plus ? demanda Kaine.

Cette fois, Gisella posa son café, ôta ses chaussures et remonta ses genoux contre elle.

— Oui... Si c'est une façon de me demander si je veux l'acheter...

S'il proposait de la lui donner, elle mourrait sur place.

— Je ne désire plus la récupérer pour la donner à ma grand-mère, poursuivit-elle. Mais... je peux la regarder ?

Une lueur traversa les yeux bruns.

— Bien sûr, dit-il, lui tendant toujours l'écrin.

S'agissait-il d'un test ? L'avait-elle réussi ? Gisella prit la petite boîte recouverte de velours, puis leva les yeux vers Kaine en fronçant les sourcils.

— Dois-je comprendre que tu ne l'avais pas mise dans un coffre-fort ? Que tu l'avais sur toi tout le temps ?

Pour toute réponse, elle eut naturellement droit à un haussement d'épaules.

Le cœur battant, elle souleva le couvercle, et là, sur le petit coussin de satin...

La photo ne rendait pas du tout justice à l'original. La granulation de l'or servant de socle au motif en forme de trèfle avait été réalisée avec une délicatesse extrême. Même sans loupe, Gisella décela un léger défaut dans la taille carrée des saphirs bleus, mais cela donnait encore plus de caractère au bijou, une singularité. Les minuscules diamants étaient sertis de manière à former des pétales autour du saphir ovale. Un second, un peu plus petit, était suspendu au bas de l'ensemble, entouré lui aussi d'un motif floral de pierres précieuses.

— Le document précise que sa propriétaire la portait parfois comme épingle de cravate, dit Kaine. Pour ses foulards, je suppose. Avant que le système d'accroche ne se brise.

Ce qui était sans doute la cause de sa relégation dans l'écrin, songea Gisella. Quel dommage. C'était une si belle pièce.

Sans réfléchir, elle tendit la main vers son sac et en sortit sa loupe et son carnet. Puis elle commença à faire des croquis et à prendre des notes.

— Je suppose que nous ne sortons pas ce soir, fit Kaine.

— Cela t'ennuie ? demanda-t-elle en levant les yeux.

— Pas du tout. Tu veux boire quelque chose ?

— Non, merci. J'ai mon café.

Une éternité plus tard, Gisella émergea de sa contemplation. Assis dans un fauteuil, Kaine l'observait d'un air amusé et sérieux à la fois.

— Je te casse les oreilles, c'est ça ? demanda-t-elle.

Le pauvre, elle venait de lui faire un cours sur la métallurgie et la technique de la granulation, pratiquée par les orfèvres étrusques dès le VIIIe siècle avant Jésus-Christ.

— Ai-je l'air de m'ennuyer ?

— Parfois, quand je parle de mon travail, j'oublie tout le reste, s'excusa-t-elle.

Après avoir remis la boucle d'oreille dans son écrin, elle le tendit à Kaine, qui prit tout son temps pour le saisir.

— Je suis contente, cela m'a suffi de la voir, dit Gisella.

Il posa l'écrin sur la table basse.

— Merci, ajouta-t-elle en se levant.

Le sourire aux lèvres, elle s'assit à califourchon sur les genoux de Kaine.

— C'était vraiment une belle surprise.

— Pas difficile à contenter, la demoiselle..., murmura-t-il en lui refermant les mains sur les hanches. Tu étais très drôle à regarder. Tu tires légèrement la langue, quand tu dessines.

— Je sais, gémit Gisella. Rozi se moque toujours de moi avec ça. Mais je suis sérieuse : *merci*, Kaine.

Elle prit le beau visage entre ses mains.

— En fait, je suis heureuse de renoncer à cette boucle d'oreille. Je déteste la pensée que tu aies pu croire que je couchais avec toi à cause d'elle. Maintenant, tu sais que je te désire pour toi-même.

L'éclat fauve incendia brièvement le regard de Kaine.

— Bien sûr, si tu désires que je t'exprime ma gratitude...

Elle laissa glisser la main entre leurs deux corps, jusqu'à l'endroit le plus viril de son anatomie.

Les yeux de Kaine étincelèrent.

— Tu ne me dois rien..., dit-il d'une voix suave.

Lentement, elle le caressa. Il ne s'agissait plus ni de la boucle ni de Benny. Mais d'eux deux, elle et lui. Gisella se mit à trembler, envahie par des émotions profondes, intimes.

— Je n'essaye pas de te remercier de quoi que ce soit, chuchota-t-elle. Je suis vraiment heureuse, c'est tout. Tu savais que j'aimerais la voir, la regarder, et tu es resté assis à m'observer, à m'écouter, alors que j'étais complètement absorbée dans ma contemplation. Je me sens... Je ne sais pas comment exprimer ce que j'éprouve, sauf en me rapprochant de toi, le plus près possible.

— J'adore nos... rapprochements, tu le sais, murmura-t-il.

Elle continua de le caresser à travers le tissu. L'érection était ferme, puissante. Gisella brûlait de la sentir en elle.

Mais il restait toujours un mur entre eux, érigé par Kaine.

Sans doute en était-elle d'autant plus consciente que de son côté elle avait laissé tomber toutes ses défenses. Parce qu'elle... l'aimait, réalisa brusquement Gisella.

Une émotion d'une intensité inouïe la submergea, comme si une dernière digue avait cédé, laissant libre cours à un torrent sauvage emportant tout sur son passage.

Elle rapprocha son visage du sien et l'embrassa, avec tout son cœur, tout son amour. Kaine répondit au baiser avec la même passion, la même intensité. Elle s'en sentit galvanisée. Elle crut qu'il partageait ses sentiments. Tout son être s'embrasa tandis qu'elle lui caressait le dos, les reins. Kaine lui rendait caresse pour caresse, titillait ses mamelons à travers l'étoffe, à l'en faire crier de plaisir.

Incapable d'attendre plus longtemps, Gisella tira la chemise du pantalon, avide de sentir sa peau sous ses doigts.

— Attends, dit-il en soulevant les hanches pour prendre un préservatif dans sa poche.

Il déchira le sachet avec ses dents, puis se débarrassa rapidement de sa chemise, avant de lui ôter son haut. Puis il l'embrassa de nouveau avec fièvre en même temps qu'il dégrafait le soutien-gorge.

Durant un long moment, ils ne firent que s'embrasser, s'interrompant seulement de temps en temps pour reprendre leur souffle, les yeux dans les yeux.

Ils *faisaient* l'amour, songea Gisella. Celui qu'elle ressentait pour Kaine exsudait de toutes les fibres de son être. Elle avait envie de le lui dire, mais les mots étaient superflus. Ils le vivaient concrètement, leur amour.

Quand il finit par la pénétrer, que leurs corps ondulèrent ensemble, dans une harmonie parfaite, elle comprit que Kaine était celui qu'elle avait toujours attendu sans le savoir. Il ne s'agissait pas seulement de plaisir charnel, mais d'un partage total, de communion entre deux âmes.

Ensemble, ils créaient une félicité impossible à connaître séparément. Un bonheur aussi unique que singulier.

L'instant d'après, ils se laissaient emporter par la jouissance, moites et tremblants, dans un corps-à-corps aussi sauvage que merveilleux, et criant le prénom l'un de l'autre.

Plus tard cette nuit-là, après avoir regagné l'appartement, Kaine et Gisella étaient blottis l'un contre l'autre, nus. Il n'osait pas bouger, de peur de la réveiller.

Il aurait dû dormir, lui aussi. Mais ces instants merveilleux étaient désormais comptés et il tenait à en profiter au maximum avant d'en être privé.

Si Gisella avait su qu'il restait souvent éveillé ainsi, à savourer les effluves fleuris émanant de sa longue chevelure, à s'imprégner de son parfum de femme, à la caresser lorsqu'elle s'agitait dans son sommeil, jusqu'à ce qu'elle soit apaisée... elle l'aurait pris pour un fou.

Il *était* fou. Une résistance avait craqué en lui. Cette femme merveilleuse avait fait tomber ses défenses, le rendant de plus en plus vulnérable. Surtout maintenant qu'elle avait montré la pureté de son désir en refusant la boucle d'oreille.

Quand elle lui avait dit de la vendre à Viktor Rohan, Kaine ne l'avait pas crue. Une part de lui-même s'accrochait encore à la certitude qu'elle couchait principalement avec lui à cause de la boucle en question, tout en prenant autant de plaisir que lui à s'abandonner à leurs fabuleuses étreintes.

Dès le début, ou presque, il avait décidé qu'il lui offrirait la boucle d'oreille au moment où ils se sépareraient.

Or Gisella avait été claire : elle n'en voulait pas.

Alors, qu'est-ce qui les liait, à présent ? Jusqu'à ce soir, il l'avait considérée comme sa maîtresse. Jusqu'à ce qu'ils fassent l'amour et qu'il éprouve... quelque chose de différent. De plus essentiel.

Ce constat l'avait ébranlé jusqu'aux tréfonds de son être. Il avait voulu se retirer, s'écarter d'elle, mais en avait été incapable.

Une fois revenus à l'appartement, ils avaient passé la soirée sur le sofa, à siroter un vin délicieux et à déguster les pâtes d'un traiteur italien. Ils s'interrompaient bien sûr pour s'embrasser, enlacés comme s'ils ne pouvaient se passer l'un de l'autre.

Kaine avait été sidéré par le bonheur ressenti. Il n'aurait pas dû se laisser aller ainsi. Il prenait des risques insensés et ce constat le terrifiait.

Entendant son smartphone vibrer sur la table du salon, il l'ignora et bougea doucement son bras engourdi.

Il devait mettre un terme à cette situation absurde. Ce n'était pas pour rien qu'il s'était interdit toute relation à long terme. Plus il s'attachait à cette femme, et plus la chute serait brutale.

La ligne directe du gardien sonna, le faisant sursauter. Gisella se réveilla en laissant échapper un halètement.

— Ce n'est rien. Juste le téléphone qui sonne, dit-il pour la rassurer.

Après avoir jeté un coup d'œil au réveil, il souleva le combiné.

— Je suis vraiment désolé de vous déranger, monsieur. C'est Kelly, le gardien. Il y a un homme qui veut absolument vous parler, il dit que vous l'attendez. Il s'appelle Benedek Barsi, vous le connaissez ?

Kaine poussa un juron.

— Merci, Kelly. Laissez-le monter.

Deux secondes plus tard, il avait renfilé son pantalon et refusait de songer à ce que cette réapparition signifiait pour lui et Gisella. Rien de bon, de toute façon. Comme d'habitude. Il ne pouvait en être autrement.

— J'ai bien entendu ? murmura-t-elle.

Encore à moitié endormie, elle se leva à son tour et ramassa ses vêtements. Benny est en bas ?

— On dirait.

— Comment a-t-il su où te trouver ?

— Il m'avait envoyé un e-mail il y a quelques jours.

Elle le regarda, son soutien-gorge entre les mains.

— Pourquoi ne m'en as-tu pas parlé ?

— Il n'y avait rien de spécial à dire. Je ne savais pas quand il arriverait. Je ne pensais pas qu'il oserait se montrer.

— Tu aurais quand même pu m'en parler, insista-t-elle en enfilant un pull en coton. Mais tu ne l'as pas fait, parce que tu n'as toujours pas confiance en moi.

Kaine retint un soupir. Il ne *pouvait pas* lui faire confiance. Même s'il le désirait, son cœur ne savait comment faire.

Le petit signal sonore retentit, annonçant l'arrivée de l'ascenseur. Kaine traversa l'appartement et ouvrit la porte avant que Benny n'ait le temps de frapper.

Comme Gisella, son cousin était grand, mais c'était le seul trait commun entre eux. Il avait les cheveux châtain foncé, les yeux bruns, la mâchoire large et une bouche bien masculine.

Benny soutint son regard, puis écarquilla les yeux, l'air stupéfait.

— Gisella... Qu'est-ce que tu fais ici ?

Il ne fut pas long à comprendre. Se concentrant à nouveau sur Kaine, il lui demanda d'un ton cinglant :

— Vous vous moquez de moi ?

Gisella s'avança vers son cousin et l'embrassa sur la joue.

— Ben, ce n'est pas ce que tu crois.

— C'est exactement ce que je crois, rétorqua Benny avec mépris en essayant de faire passer Gisella derrière lui.

Lâchez-la ! Elle est à moi ! eut envie de hurler Kaine.

L'espace d'un instant, il contempla Benny en plissant les yeux, prêt à bondir sur lui.

Inutile. Il l'avait déjà perdue. Ce qu'il croyait avoir partagé avec Gisella allait s'évaporer, se dissoudre, comme si cela n'avait jamais existé. Il se retrouverait bientôt à l'arrière d'une voiture, seul...

— Ne joue pas au grand frère avec moi ! protesta Gisella en repoussant son cousin. Entre, assieds-toi et dis-nous ce qui se passe. Vous voulez que je prépare du café ?

— Non, répondirent-ils d'une seule voix.

— Formidable, vous êtes au moins d'accord sur quelque chose, dit-elle en souriant, histoire de détendre l'atmosphère.

Et pour se détendre elle-même.

— Gisella, qu'est-ce que tu fais ici ? répéta Benny, les mâchoires crispées.

Pour toute réponse, elle rougit.

À ton avis ?

— Et Rozi ?

— Oh non, pas ça ! s'exclama-t-elle en levant les yeux au ciel.

Elles n'auraient jamais dû annoncer fièrement à la famille qu'elles avaient fait ce fichu serment !

— Je suis une grande fille, Benny, et je peux coucher avec qui je veux, sans demander la permission à aucun de mes cousins.

Ce qu'elle vivait avec Kaine ne regardait qu'eux. Elle lui adressa un bref regard, mais il garda la même expression impénétrable.

— Pas avec lui, Gizi ! déclara Benny avec mépris. Pas comme ça. Elle a vingt-quatre ans, bon sang ! acheva-t-il à l'adresse de Kaine.

— Hé ! fit Gisella en lui prenant fermement le bras. Je suis là ! Ne parle pas de moi comme si je n'existais pas, OK ? Ni comme si j'étais trop jeune pour apprendre une mauvaise nouvelle, ou trop stupide pour en comprendre les implications.

— Il se sert de toi, Gizi. Pour faire pression sur moi.

Elle se tourna vers Kaine, attendant qu'il nie l'accusation. Il s'était peut-être servi d'elle au début, mais plus maintenant.

— C'est faux, affirma-t-elle d'une voix mal assurée.

Comme il se redressait de toute sa hauteur et carrait les épaules, elle sentit son sang se glacer dans ses veines. On aurait dit qu'il se donnait du courage...

— De quoi s'agit-il, alors ? demanda Benny. Si tu es tombée amoureuse de lui, tu as vraiment perdu tout ton bon sens. Parce que je te garantis que tes sentiments ne sont pas partagés.

Il toisa Kaine.

— Êtes-vous amoureux d'elle ? Vos intentions sont-elles honorables ? demanda-t-il d'un ton sarcastique.

— Benny, arrête...

Gisella s'interrompit brusquement en repensant aux paroles de Kaine cette nuit-là, à San Francisco. « Je prendrai ce que tu m'offres sans rien te donner en retour. » Il avait toujours été très clair : ils n'avaient aucun avenir ensemble.

Elle se sentit si seule, soudain, qu'elle eut du mal à garder sa contenance.

— Je vous avais promis de tout régler, lança Benny à Kaine. Vous n'aviez pas à vous en prendre à ma famille.

— Vous avez disparu. Elle est apparue, répliqua Kaine d'une voix qui fit frémir Gisella.

— Kaine avait la boucle d'oreille de mamie, expliqua-t-elle à Benny, qui tournait les yeux vers elle.

— Tu es toujours là-dessus ?

— Non, plus maintenant.

Le cœur battant douloureusement dans sa poitrine, elle regarda Kaine.

— Je suis allée lui faire une offre, reprit-elle. C'est à ce moment-là qu'il m'a appris qu'il y avait un problème avec des échantillons de minéraux. Benny...

Son cousin parut à son tour lutter contre ses démons intérieurs. Il se raidit, se passa la main dans les cheveux.

— Il y a eu des erreurs. Je me suis fié à la mauvaise personne. Ce n'était pas mon intention, mais c'est moi le responsable. J'en assume la pleine responsabilité.

Il se tourna vers Kaine.

— Je vous l'ai écrit dans mon e-mail. Le communiqué de presse était déjà parti, vous blanchissant, vous et votre entreprise. Vous pouvez le lire en ligne, si vous voulez.

Kaine se dirigea vers la table sur laquelle était posé son smartphone.

— Que dit le communiqué ? demanda Gisella, gagnée par une crainte atroce.

— Exactement ce que je viens de dire, répondit Benny en se frottant la nuque. C'est mauvais pour nous, Gizi. J'ai appelé papa en venant ici, je l'ai prévenu que Barsi Minerals n'y survivrait pas. Je ne sais pas ce qui va se passer pour la boutique.

— Tu veux dire que..., murmura-t-elle, ahurie. Barsi on Fifth risque de faire faillite ? Que s'est-il *passé* ?

Benny ferma brièvement les yeux.

— Peu importe la façon dont c'est arrivé. Je dois assumer mes actes et réparer les dégâts. Rembourser les investisseurs, me soumettre à une enquête et payer les amendes. Sinon, je me retrouverai en prison. Je suis ruiné, conclut-il en se pinçant l'arête du nez.

Kaine referma l'étui de son smartphone d'un geste brusque.

— Satisfait ? demanda Benny d'un ton amer.

Horrifiée, Gisella contempla son amant. Il paraissait si détaché, si distant... Il ne la regardait toujours pas, l'air complètement indifférent à sa présence.

— Va préparer tes affaires, Gisella, dit gentiment Benny.

— Non. Kaine...

— Il a besoin de reprendre ses distances, Gizi. Notre nom et notre réputation en ont pris un coup. Il ne peut plus se permettre d'y être associé.

— Kaine ? demanda-t-elle d'une voix plaintive.

Mon Dieu, elle avait perdu toute fierté.

— Je vais chercher tes affaires, dit-il avec calme. Je te laisse t'occuper des vêtements restés dans la chambre d'amis. Ta valise y est aussi.

Quand il se détourna et s'avança vers la chambre principale, Gisella lui emboîta le pas et referma bientôt la porte derrière eux.

— Cela ne change rien, Kaine.

— Tout a déjà changé, répliqua-t-il en ouvrant un tiroir.

Il en sortit ses sous-vêtements qu'il laissa tomber sur le lit.

— Benny assume toutes les responsabilités ! Je ne vais pas te supplier pour que tu fasses preuve d'indulgence, parce que je m'en fiche. La seule chose que je veux, c'est toi. Je t'aime, Kaine.

Le cœur lui martelant les côtes, elle vit son beau visage viril se fermer complètement.

— Il a dit que la boutique en souffrirait, dit-il d'un ton neutre qui fit frissonner Gisella.

— Non, ne me fais pas ça ! Je te l'interdis, tu m'entends ? C'est vraiment ce que tu penses de moi ? Tu crois que je pourrais m'abaisser à te demander de nous aider ? Que c'est ce que j'attends de toi après tout ce que je...

Tout ce que je t'ai donné.

— Tu n'as pas confiance en moi du tout ? demanda-t-elle d'une voix ténue. Tu ne ressens rien pour moi ? Tu ne veux pas de moi ?

— Je ne peux pas me le permettre.

Il déposa son téléphone, ses écouteurs et le chargeur sur le jean.

— Je n'ai jamais voulu de choses matérielles, Kaine. Ce que je veux, c'est de l'affection, de *l'amour*. Si tu n'en as pas à m'offrir, pas de problème. Mais, si tu es persuadé que la seule chose que l'on puisse vouloir de toi, ce sont tes biens, ta fortune, alors tu sous-estimes ta valeur personnelle. Et tu as tort. Parce que tu mérites d'aimer et d'être aimé.

Il empila le reste sur le jean et tendit le tout à Gisella.

— Au revoir, Gisella.

Au prix d'un effort surhumain, elle refoula la souffrance qui lui déchirait le cœur et prit ses affaires, les mains tremblantes.

Comme elle se dirigeait vers son ancienne chambre, Kaine regagna le salon.

— Ce n'était pas nécessaire, dit Benny.

Gisella tendit l'oreille.

— Elle n'avait rien à voir dans tout ceci. Absolument rien. Et elle peut dire tout ce qu'elle voudra, affirmer qu'elle a pris ses propres décisions, vous savez très bien que vous avez profité d'elle. Et, ça, c'est impardonnable.

Elle attendit la réplique de Kaine en retenant son souffle, mais il demeura silencieux.

Quand elle les rejoignit au salon, il tournait le dos à Benny et regardait par la fenêtre.

Sans savoir pourquoi, elle repensa au moment où il s'était démené pour aider Rozi. Pour l'aider, elle, Gisella. Plus tard, ils étaient allés à Long Beach ensemble et avaient regardé le soleil se lever...

Benny souleva sa valise et lui prit le bras. Incapable de dire au revoir à Kaine, elle se laissa entraîner vers l'ascenseur, la mort dans l'âme.

12

Kaine rentra à San Francisco et attendit de voir comment la situation évoluait. Barsi Minerals, la filiale gérée par Benny, fut la première à plonger. L'aveu de la fraude fit la une des médias et, comme l'avait prédit le cousin de Gisella, l'entreprise familiale fut matraquée par la presse financière.

Ce qui surprit Kaine, ce fut la solidarité affichée par les membres de la famille. Au lieu de renier l'un des leurs, ils affichèrent publiquement leur soutien envers Benny, quitte à tout perdre.

L'agence de Drummond se trouva elle aussi entraînée dans la chute, en raison du lien familial de son directeur avec les Barsi, mais aussi de la récente liaison de sa fille avec Kaine, qui fit fuir une bonne partie de ses meilleurs clients.

La presse à scandale tenta bien de traîner Kaine et son entreprise dans la boue, mais ses responsables des relations publiques qualifièrent sa liaison récente avec Gisella de brève association n'ayant rien à voir avec l'affaire Barsi. Ils firent par ailleurs des déclarations claires attestant que Kaine avait été trompé par Barsi Minerals depuis le début, tout comme les investisseurs. Et conclurent en disant que Riesgo Ventures comptait sur la réparation des préjudices subis, en bonne et due forme.

Les fonds mis sous séquestre ayant été libérés, Kaine fonctionnait de nouveau à plein régime. Walters et les autres investisseurs étaient même revenus en rampant, toujours aussi avides de spéculer dans les métaux rares – à condition que Kaine fasse cette fois appel à un géologue *honnête*.

Il demanda à l'un de ses directeurs de s'en occuper et de lui faire une proposition. De son côté, il avait perdu tout intérêt pour ce champ d'activité.

Une brève association. Était-ce cela qu'ils avaient partagé, lui et Gisella ? se demanda-t-il encore une fois.

Défiant toute raison, il avait commencé à envisager de l'aider, cette nuit-là. Mais elle ne lui en avait pas laissé le temps. Elle ne voulait pas de *choses matérielles*.

« Tu mérites d'aimer et d'être aimé. »

Kaine avait toujours refusé de croire en cette notion factice. La vie était bien plus facile à supporter lorsqu'on prenait l'amour pour une illusion. On ne l'attendait pas, puisque cela n'existait pas. Et l'on n'était pas déçu de ne pas en recevoir.

« Je t'aime, Kaine. »

Pourquoi avait-ce été aussi douloureux d'entendre ces mots ? Pourquoi l'était-ce encore ?

Immobile devant la baie vitrée courant autour de l'espace ultra-fonctionnel, il contempla sans la voir la baie s'étalant en contrebas. Derrière lui, sur l'immense bureau, était posé un petit écrin recouvert de velours patiné par les ans. S'il avait insisté pour qu'elle prenne cette fichue boucle d'oreille, elle aurait pu la vendre à Rohan, et avec l'argent aider sa famille à affronter la tempête qui s'était abattue sur eux tous.

Le téléphone sonna. Il l'ignora, tout en se disant qu'il ne pouvait rester là à se morfondre toute la journée. Il avait une entreprise à diriger. Une foule de gens dépendaient de lui.

Il repensa à Gisella. Il ne pouvait s'en empêcher, elle obsédait toutes ses pensées. Elle s'en sortirait, Kaine en était persuadé. Grâce à l'énergie et la résistance à toute épreuve héritées de sa grand-mère.

Une sensation inconnue lui traversa la poitrine tandis qu'il la revoyait, le jour où il lui avait montré la boucle d'oreille. Elle lui avait parlé de son métier avec une telle passion...

En quelques gestes rapides, elle avait fait des croquis magnifiques et pris quantité de notes dans son petit calepin.

À l'observer en silence, il avait ressenti une émotion sur

laquelle il n'aurait su mettre de nom. Un mélange d'affection et d'admiration, et d'autre chose, de plus profond. Gisella lui était apparue comme un être précieux qu'il devait protéger. Un présent que lui offrait la vie.

Ensuite, elle lui avait rendu la boucle d'oreille qu'elle recherchait depuis des années. Elle n'en voulait plus. Pour qu'il cesse de croire qu'elle couchait avec lui à cause de cela. Leur dernière étreinte avait été… Kaine ne savait pas non plus nommer ce qu'il avait éprouvé alors. Jamais il n'avait été submergé par de telles sensations. Cela avait été comme si Gisella lui avait ouvert la poitrine, mettant son âme à nu. Mais au lieu d'être douloureux cet acte l'avait soulagé de la souffrance qui l'accompagnait, depuis si longtemps qu'il avait oublié qu'elle faisait partie de lui.

À présent, ce maudit mal était revenu et s'accroissait de jour en jour. Et à chaque fois que Kaine repensait à sa dernière conversation avec Gisella il souffrait le martyre.

Il avait été si convaincu qu'elle cherchait à profiter de lui… Or maintenant il ne désirait qu'une chose : qu'elle revienne vers lui et lui demande de l'aide.

Il se massa la nuque. Jura. Rouvrit l'écrin et regarda la fichue boucle d'oreille. Une fois de plus.

Le téléphone se remit à sonner. Il poussa un nouveau juron. Plus rien n'avait d'importance. Seule comptait la détresse de Gisella. Ceux qu'elle aimait tant, sa chère famille, étaient attaqués de tous côtés. Elle devait être terrifiée.

Kaine demeura là, les mains appuyées sur son bureau, les yeux clos, et soudain il comprit.

Il comprit pourquoi Eszti soutenait Benny envers et contre tout, en dépit du fait que les erreurs de son petit-fils avaient mis en péril tout ce pour quoi elle avait travaillé si dur. Il comprenait pourquoi elle avait vendu la boucle d'oreille, pourtant offerte par le père de l'enfant qu'elle portait alors.

Que valent des choses matérielles, des objets, lorsque ceux que vous aimez ont besoin de vous ?

Il embrassa du regard l'espace luxueux donnant sur la baie.

Que valait sa fortune si Gisella souffrait et qu'il ne mettait pas en œuvre tous les moyens dont il disposait pour soulager sa peine ?

« Je t'aime, Kaine. »

Pouvait-il la croire ? Il n'en savait rien. Il savait seulement, avec une certitude *absolue*, que, lui, il l'aimait.

Gisella devenait folle. La boutique étant interdite d'accès à cause de l'enquête dont Benny faisait l'objet, impossible d'aller à l'atelier. Or d'habitude le travail lui permettait d'évacuer son stress. En outre, il n'y avait aucune rentrée d'argent. Et, l'agence de son père ayant elle aussi subi des revers, celui-ci ne pouvait plus lui verser de pension.

Elle et sa mère avaient néanmoins proposé de vendre la maison pour contribuer au financement des frais de justice incombant à Benny. Elles avaient commencé à chercher quelque chose de plus petit, ce qui les obligerait à se séparer d'une partie des meubles. D'où un nouveau casse-tête : lesquels vendre ou donner, lesquels garder ?

Quant à la souffrance qui la consumait jour et nuit...

Pour tout arranger, Gisella reçut un appel vidéo de Rozi et, pour la première fois depuis le départ de celle-ci, elles parlèrent *vraiment*.

— Si tout est réglé depuis une semaine, pourquoi es-tu encore en Hongrie ? demanda-t-elle à sa cousine.

— J'aimerais bien rentrer, vraiment. Mais... Tu ne le dis pas à maman, d'accord ? Je suis enceinte, Gizi.

— *Quoi ?*

— Oui, je sais. Viktor disait qu'il voulait m'épouser, mais c'était *avant*...

— Avant Benny.

— Oui. Maintenant, nous ne pouvons rien faire sans qu'il y ait des retombées sur sa famille et ses affaires. Comment ça va, de votre côté ?

— Mal, reconnut Gisella.

— Je ne peux pas demander à Viktor...

— Nous nous débrouillons, ne t'en fais pas. Et nous nous en sortirons. Ce ne sera pas drôle, nous devrons peut-être tous nous installer chez tes parents mais, bon, ça nous rapprochera !

Rozi parut sur le point de fondre en larmes.

— Vous me manquez tellement... Et je me sens si mal, Gizi. J'ai des nausées épouvantables le matin et je me sens tellement coupable de ne pas être avec vous. Je n'ai qu'une envie : me coucher, me rouler en boule et pleurer.

— Tu veux que je vienne ?

— Tu ne peux pas, Gizi... Le prix d'un billet...

— Et surtout cela pourrait éveiller des soupçons, donner l'impression que je fuis les États-Unis... On nous surveille. Mon téléphone est probablement sur écoute. C'est un vrai cauchemar, Rozi. Tu as raison, reste à l'écart, le plus longtemps possible.

— Je me sens quand même très mal. Et le fait de cacher ma grossesse à maman... Mais je suis obligée, elle voudrait venir alors qu'en ce moment ils ne peuvent vraiment pas se le permettre. De toute façon, vous ne pourriez rien faire ici, ni elle ni toi.

— Je pourrais te préparer des infusions de gingembre...

— Tu parles..., soupira-t-elle en tournant les yeux vers sa droite.

— Tu es avec Viktor ? demanda Gisella. Il est là ?

— Non. Il travaille.

— Rozi... Tu as l'air...

Elle scruta les traits tirés de sa cousine.

— Tu l'aimes ?

Rozi ferma les yeux.

— C'est arrivé comme ça. Je ne voulais pas tomber enceinte. Nous avions fait le serment de...

— Arrête, Rozi ! Je ne te juge pas ! J'ai couché avec Kaine, alors je sais exactement comment ça arrive. C'était stupide, ce serment que nous avons fait autrefois. Ce que je veux dire, c'est que... si tu n'es pas amoureuse de lui... On n'est plus à l'époque de mamie. Tu peux revenir parmi nous et nous nous occuperons de toi, tu le sais.

— Et vous ferez *comment* ? s'exclama Rozi en levant les yeux au ciel. Barsi on Fifth est en train de sombrer.

Elle renifla et reprit plus calmement :

— Viktor et moi avons des projets. Pour le bébé – et pour mamie –, je dois essayer le mariage, voir ce que ça donne. Elle aussi, elle a épousé papy par nécessité, non ? Alors, ça peut fonctionner.

Rozi essayait de s'en convaincre, comprit Gisella.

— Il faut aussi qu'on parle des boucles d'oreilles, Rozi.

— Oui, je sais, mais je crois que je vais encore vomir... Je dois te laisser. Je suis désolée de te raconter toutes mes histoires et de te demander de n'en toucher mot à personne. J'avais besoin de t'en parler, mais je préfère que tout le monde croie que je suis coincée ici...

— C'est à toi de décider, Rozi. Je t'embrasse très fort. Tu me manques.

— Moi aussi, je...

Portant la main à sa bouche, Rozi mit brutalement fin à l'appel sans pouvoir achever sa phrase.

Gisella battit des paupières. Elle se sentait triste, et envieuse. De son côté, elle n'était pas enceinte. Elle en avait eu la preuve deux jours après avoir quitté l'appartement de Kaine.

Rozi et elle avaient grandi, évolué, franchi les différentes étapes de leur vie en même temps. Et le fait que Rozi vive un événement aussi important sans elle lui donnait un sentiment d'abandon.

Toutefois, son inquiétude pour sa cousine l'emportait sur la mélancolie. Que ressentait Rozi à la perspective d'épouser un quasi-inconnu ? Alors qu'elle traversait des turbulences dues aux chamboulements émotionnels et hormonaux ?

Au diable l'enquête. Elle irait à Budapest, décida Gisella.

Restait à trouver l'argent pour le billet. Réinstallant son ordinateur portable sur ses genoux, elle consulta son compte bancaire en ligne pour voir combien elle pourrait tirer en liquide et vit sa bague briller dans la lumière de la lampe. La bague créée par Rozi pour elle.

Refermant son ordinateur, elle ôta son pantalon de yoga et enfila un jean, mit sa veste, prit son sac à main et sortit.

Mais elle était désormais si méfiante qu'au lieu de prendre le métro, pourtant plus économique, elle héla un taxi au coin de la rue et donna au chauffeur l'adresse de Jerry, prêteur sur gages qu'elle connaissait bien.

Sa cousine, son oncle et elle fréquentaient ce genre d'endroits pour récupérer des pierres précieuses et des petits objets en or. Comme Jerry était honnête et fin connaisseur, ils y dénichaient souvent de véritables trésors.

Alors qu'elle s'apprêtait à sceller l'affaire d'une poignée de main, un autre client entra.

— Kaine… !

Elle fut si surprise que la tête lui tourna.

— Qu'est-ce que tu fais ici ? demanda-t-elle, le cœur battant à tout rompre.

— J'allais chez toi quand je t'ai vue monter dans un taxi.

Fronçant les sourcils, il contempla la bague restée sur le petit tapis de velours noir posé sur le comptoir.

— Tu es folle ? lança-t-il d'un ton accusateur. Tu ne vends pas cette bague.

— J'ai besoin d'argent pour aller retrouver Rozi…

— Elle est toujours en Hongrie ? demanda-t-il en sortant son portefeuille.

D'un geste brusque, il plaqua sa carte de crédit sur le comptoir.

— Je vous en donne le prix que vous voulez, dit-il à Jerry.

Gisella prit le ticket dans sa poche et le lui montra.

— Tu ne peux pas l'acheter ! J'ai un mois pour la racheter avant que… Hé !

Kaine lui ôta le ticket de la main et le tendit à Jerry.

— Réglons cette affaire, voulez-vous ?

Sans attendre la réaction de Jerry, il prit la bague, puis la main de Gisella, et voulut lui enfiler l'anneau, en se trompant de doigt.

— Celui-ci, murmura-t-elle. Et je vais te donner ce que…

— Garde ton argent, l'interrompit Kaine en remettant la carte dans son portefeuille.

D'un geste presque brutal il lui prit le bras et, quelques instants plus tard, ils étaient installés à l'arrière de sa voiture.

— Qu'est-ce qui t'a pris ? demanda-t-il, l'air vraiment furieux. Rozi va bien ? Pourquoi n'est-elle toujours pas rentrée ?

Gisella appuya la nuque contre le repose-tête en soupirant.

— C'est une longue histoire. Oui, elle va bien. Mais elle doit encore rester là-bas pour l'instant et... elle me manque.

— Et tu es tellement à court d'argent que tu allais vendre la bague qu'elle a créée pour toi.

— Cesse de me faire des reproches ! Je ne *voulais* pas la vendre. Mais c'était l'une des seules choses qui soient...

— Tu aurais dû venir me voir. Me demander de t'aider.

— Tu connais ma position là-dessus, et je connais la tienne. Alors, prends ça, s'il te plaît.

Elle sortit l'argent donné par Jerry et le lui tendit, mais Kaine la foudroya du regard, prit les billets et les fourra dans le sac resté ouvert sur ses genoux.

— Pourquoi es-tu venu ? bougonna-t-elle en le refermant.

— Pour voir ta mère. Elle est chez elle ?

— Maman ? Non. Elle fait partie des rares membres de la famille à avoir encore son job. Pourquoi veux-tu la voir ?

Il se passa la main sur le visage sans répondre. Puis, le chauffeur se garant devant la maison, il sortit du véhicule et lui tint la portière ouverte.

— Tu veux boire quelque chose ? Un café ? proposa Gisella après l'avoir fait entrer.

— Vous avez dû vous séparer de l'employée de maison ? demanda Kaine en la suivant dans la cuisine.

— Non. C'est son jour de congé. Mais ma mère l'a prévenue qu'elle devrait peut-être chercher une autre place.

— La situation n'est pas terrible.

— Comme tu dis...

— Je regrette que tu ne m'aies pas appelé, Gisella.

Elle tassa le café moulu dans le filtre de la machine à expressos.

— Tu sais pourquoi je ne l'ai pas fait, Kaine. Si je t'avais demandé quelque chose, tu aurais aussitôt pensé que je me servais de notre... relation.

Silence.

Après avoir mis les deux petites tasses à leur place, elle appuya sur le bouton.

— En fait, nous n'avons même pas de *relation*, ajouta-t-elle.

— Bien sûr que si ! Et tu as *besoin* de mon aide. Reconnais au moins cela. Quand ta mère reviendra, je lui demanderai combien il vous faut pour rester à flot. Je pourrais aller voir Benny ou son père, mais je pense que leur amour-propre ne le supporterait pas. Ta mère est plus réaliste. Si elle refuse, j'irai trouver ta grand-mère.

Gisella déglutit avec difficulté.

— Tu ne me dois rien, Kaine.

— Ce n'est pas une transaction. Ni même un cadeau. C'est...

Il se passa nerveusement la main dans les cheveux.

— Le jour où je t'ai forcée à te faire passer pour ma maîtresse, à San Francisco, tu as dit que tu acceptais pour atténuer ou détourner la souffrance qui, sinon, s'abattrait sur ta famille. Tu as dit aussi que tu étais prête à en payer le prix. Je veux faire la même chose pour toi.

Ses genoux tremblaient si fort, son cœur battait si vite, que Gisella se raccrocha au plan de travail.

— Mais... Dois-je comprendre que tu...

— Ai-je détruit ce que tu éprouvais pour moi, Gisella ? Cette pensée me terrifie.

Un espoir insensé se déploya dans son cœur, dans tout son être.

— Mon amour n'est pas si fragile, Kaine. Tu m'as blessée, et je t'en ai terriblement voulu, mais je t'aime toujours. J'ai essayé de te prouver mon amour...

— Et moi, j'essaye de te prouver le mien. C'est pour cela que je suis ici.

Elle se mit à trembler de la tête aux pieds.

— Tu m'aimes ?

— Comme un fou. Je t'aime si fort que je n'ai pas de mots pour le dire.

— Je m'en fiche, murmura Gisella. Cela me suffit que tu sois là.

Se rapprochant de lui, elle lui posa la main sur la poitrine et sentit le cœur de Kaine battre à tout rompre sous sa paume.

— Ne refuse pas ma proposition, Gisella, dit-il en refermant la main sur sa nuque. En famille, on s'entraide, non ? Alors si je veux faire partie de la tienne...

Elle baissa les yeux, comprenant qu'il lui tendait quelque chose de sa main libre. Le petit écrin de velours défraîchi.

— En guise de bague de fiançailles, murmura-t-il, les yeux étincelant des beaux reflets mordorés. Mais je viens déjà de t'en offrir une, qui est magnifique et que tu adores...

— Kaine..., chuchota-t-elle en souriant à travers ses larmes.

— Tu acceptes ? Tu veux bien m'épouser ?

— Oui, toi et seulement toi. Pas ta fortune.

— Je crains qu'il ne s'agisse d'une offre globale..., répliqua-t-il avec un petit sourire espiègle.

— Si je n'ai pas le choix, alors... tant pis, j'accepte !

Comme elle se jetait dans ses bras, il la serra contre lui à l'étouffer.

— Tu m'as tellement manqué, murmura-t-elle.

— Toi aussi, tu m'as manqué, mon amour, chuchota-t-il dans ses cheveux.

Ils s'embrassèrent avec passion, presque avec frénésie, comme s'ils n'arrivaient pas encore à y croire.

— Nous avons tout notre temps, murmura Gisella quand leurs bouches se séparèrent.

— Oui, acquiesça Kaine avec un sourire. Nous avons toute la vie.

Deux semaines plus tard, l'enquête avait avancé et, apparemment, Benny pourrait éviter l'incarcération. La boutique étant par ailleurs autorisée à rouvrir ses portes, Gisella pouvait de nouveau travailler. Mais elle se contentait d'achever les projets en cours et ne prenait pas de nouvelles commandes.

C'était même son dernier jour puisque, aussitôt après leurs fiançailles qui seraient fêtées ce soir-là, elle partirait s'installer à San Francisco avec Kaine.

Sa mère trouvait qu'elle précipitait les choses, mais avait

néanmoins accepté d'héberger la fête. Toute la famille était attendue, y compris le père de Gisella et Susan. Sa grand-mère avait été folle de joie en apprenant la nouvelle. Elle était tombée sous le charme de Kaine dès leur première visite, avait-elle dit avec sa franchise habituelle.

Même Rozi leur fit la surprise de venir, les traits tirés, mais un grand sourire aux lèvres. Elles tombèrent dans les bras l'une de l'autre. Mais quand, après qu'elle fut passée de bras en bras, quelqu'un l'interrogea sur ce qui lui était arrivé en Hongrie, elle refusa de répondre.

— Je vous raconterai tout plus tard, dit-elle en souriant. Concentrons-nous sur les stars de la soirée, Gisella et Kaine !

Un peu plus tard, un autre visiteur surprise arriva : Viktor Rohan. La plus troublée et la plus émue fut alors Eszti, frappée par la ressemblance de Viktor avec son cher Istvan. Elle bavarda un moment avec lui et Rozi, sous le regard attendri de Gisella. Viktor fit la connaissance de tout le monde, se montra charmant et poli avec chacun, et s'entretint quelques instants avec elle, puis avec Kaine.

Rozi étant fatiguée, ils partirent de bonne heure, après que Viktor eut invité Gisella et Kaine à venir prendre le brunch avec eux le lendemain.

— Que penses-tu de lui ? demanda Gisella à son fiancé beaucoup plus tard, après qu'ils eurent fait longuement l'amour dans le lit où elle avait toujours dormi seule.

— Il vous ressemble, à toi et ta mère.

— Tu trouves ? Moi il m'a plutôt fait penser à un garde du corps, tant il serrait Rozi de près...

— Tu as fait la même chose, répliqua-t-il, pince-sans-rire.

— Ah ! Si tu ne l'avais pas coincé pour lui demander s'il était toujours intéressé par la boucle d'oreille, je n'aurais pas pu être seule avec elle une minute. Vous avez réussi à vous entendre, au fait ?

— Oui. Comment ça s'est passé, avec Rozi ?

— Nous n'avons pas eu le temps de nous dire grand-chose, soupira Gisella. Je voudrais tant qu'elle soit aussi heureuse que moi… Si je suis encore inquiète après le brunch de demain, je lui dirai qu'elle peut venir vivre avec nous à San Francisco.

— Pas de problème.

— Je plaisantais. Elle a l'intention de repartir en Hongrie.

— Ça va être dur pour toi d'être aussi loin d'elle.

— Ce sera dur d'être loin de tout le monde. Mais je t'ai, murmura-t-elle en lui embrassant la poitrine.

— Je crains de ne pas pouvoir remplacer une famille entière, dit-il avec humour. Surtout la tienne. Mais je vais tâcher d'être à la hauteur.

— Tu l'es déjà, mon chéri, murmura Gisella avec malice. Tu me fais une petite démonstration de tes fabuleux talents… ?

Épilogue

Gisella dit au revoir à Christina, la gérante de la boutique.

— Oui oui, tu peux y aller, je ferme ! insista-t-elle.

Après avoir poussé le verrou, elle alla retrouver son mari qui remplissait à nouveau les flûtes de champagne, posées sur la vitrine sous laquelle étaient exposées les boucles d'oreilles d'Eszti.

Prêt de la famille Rohan, était-il imprimé sur le petit carton ivoire placé devant.

— Tu travailles trop, ma chérie, dit Kaine. Barsi on the Bay est lancée, à présent. Alors, souffle un peu. Christina peut très bien s'occuper seule de la boutique.

— Tu es drôle ! s'exclama Gisella en riant. Tu me demandes de me reposer alors que toi tu travailles comme un forcené ! Quant à Christina, elle est parfaite, non ?

— C'est de famille, répliqua-t-il avec un petit sourire en coin.

— Hum... bien sûr, acquiesça-t-elle, pince-sans-rire.

Elle avait encouragé Kaine à reprendre contact avec sa tante et, sa cousine Christina travaillant à Sacramento, ils étaient allés la voir et s'étaient entendus à merveille d'emblée. Christina avait le même âge que Gisella, était drôle, intelligente et franche. En fait, elle avait souffert d'une leucémie infantile, complètement guérie depuis longtemps, et c'était pour cela que ses parents avaient refusé d'accueillir Kaine après la mort de sa mère. Christina ayant retrouvé sa trace grâce à Internet, elle avait demandé à sa mère de l'inviter à venir fêter ses quinze ans, sincèrement désireuse de faire la connaissance de son cousin.

Ses parents étaient des gens adorables, assez âgés et ne voyageant pas beaucoup. D'autre part, elle avait un frère plus jeune, qui viendrait passer l'été avec elle et était impatient de pouvoir partager un peu de temps avec Kaine, qui le fascinait.

Lorsque Gisella avait cherché quelqu'un pour tenir la boutique, Christina s'était proposée. Vu ses solides études de gestion et sa personnalité, Gisella n'avait pas hésité longtemps et ne le regrettait pas.

— Tu n'en veux pas plus ? demanda Kaine en la regardant reposer la flûte de champagne à laquelle elle avait à peine touché.

Il fronça les sourcils.

— Pour ma part, je le trouve excellent. Et nous ne conduisons ni l'un ni l'autre, ce soir.

— Non, c'est vrai. Et il est excellent, en effet. Mais… tu te souviens du jour où nous sommes allés à New York, lorsque Rozi est venue avec son bébé et que, lorsque je l'ai pris dans mes bras, mamie a dit qu'elle espérait que c'était contagieux ?

— Oui…

Une expression confuse envahit les traits de son mari, vite remplacée par une autre, franchement ahurie. Il lâcha son verre qui se brisa sur le sol, le champagne se répandit sur leurs pieds, les faisant sursauter tous les deux.

— Tu ne devrais pas être surpris, mon chéri. Nous étions d'accord pour que j'arrête de prendre la pilule, non ?

— Oui, mais c'était il y a à peine trois semaines ! Ça ne peut pas arriver aussi vite…

— Si. Pense à ce qui s'est passé pour Rozi.

Kaine avait l'air si ébahi qu'elle ne savait trop comment interpréter sa réaction.

— Tu es toujours d'accord, n'est-ce pas ?

— Je n'aurais jamais cru pouvoir être aussi heureux, murmura-t-il, encore sous le choc. Tu me donnes tellement, Gisella. Je ne sais pas comment…

— Tu m'as aidée à ouvrir cette boutique ! l'interrompit Gisella. Tu as aidé Benny et toute la famille. Chaque jour, tu me donnes du bonheur. Et maintenant tu me donnes un enfant. Mamie sera si heureuse ! Et moi je le suis tellement…

Quand il prit son visage à deux mains et l'embrassa, elle se pressa contre lui et sentit des morceaux de verre s'écraser sous ses semelles.

— J'avais prévu de baptiser Barsi on the Bay d'une tout autre façon, dit Kaine en la soulevant dans ses bras. Pas en répandant du champagne et du verre brisé partout. Et, comme tu es enceinte, je crois qu'un lit serait plus indiqué.

— Il y a un sofa, dans mon bureau…

— J'ai toujours adoré ta capacité à résoudre tous les problèmes, murmura-t-il d'une voix suave.

Plus tard, après avoir fait l'amour et s'être rhabillés, ils demandèrent au chauffeur de les conduire à la plage.

Là, ils s'installèrent sur un banc et, serrés l'un contre l'autre et les doigts enlacés, ils regardèrent le soleil se coucher dans un flamboiement d'orangé, de rose et de pourpre qui embrasait le ciel.

Une journée de plus s'achevait, songea Kaine. Demain, la lumière renaîtrait et un nouveau jour se lèverait, plus beau encore que le précédent. À l'image de l'amour qu'il avait la chance de partager avec la femme merveilleuse rencontrée un an plus tôt, grâce à une boucle d'oreille solitaire échouée en Amérique, loin de sa semblable restée dans leur pays d'origine, la Hongrie.

DANI COLLINS

Le prix d'un scandale

Traduction française de
LOUISE LAMBERSON

HARLEQUIN

Titre original :
INNOCENT'S NINE-MONTH SCANDAL

Ce roman a déjà été publié en 2020.

1

— C'est une propriété privée. Vous ne pouvez pas entrer, mademoiselle.

Le garde posté devant les grilles de Kastély Karolyi parlait à Rozalia sans lui prêter attention. Il la prenait probablement pour une banale touriste, depuis qu'elle avait photographié la façade de la magnifique demeure des Rohan.

Flanquée de chaque côté de grands chênes à l'abondante frondaison, la majestueuse bâtisse aux murs recouverts de vigne vierge se dressait au bout d'une allée dont les pavés formaient des motifs géométriques. Un large escalier de pierre menait à l'entrée couverte. De hautes fenêtres étaient réparties régulièrement au rez-de-chaussée, celles de l'étage étant agrémentées pour certaines de balcons en fer forgé finement ouvragé. Quant au pignon à volutes, il complétait à merveille l'image paraissant sortie d'un livre de contes.

— J'ai rendez-vous avec Mara Rohan, dit-elle en hongrois.

— Votre nom ?

— Rozalia Toth. Mme Rohan attendait ma cousine, Gisella Drummond. Je suis venue à sa place.

Après avoir d'abord songé à envoyer un mail pour prévenir Mara Rohan de ce changement de dernière minute, Rozalia avait pensé qu'elle aurait plus de chances d'être reçue si elle se présentait en personne.

Elle contempla de nouveau la maison, tandis que le garde sortait son portable. Si seulement Gisella avait pu être là aussi...

Cela faisait si longtemps qu'elles rêvaient de partir à la découverte du pays de leurs aïeuls.

Rozalia avait toujours été curieuse d'en savoir davantage sur l'histoire de leur famille. Mais plutôt que de partir à la conquête des rues de la capitale hongroise, à la recherche de l'endroit où était née leur grand-mère, elle s'était sentie irrésistiblement attirée vers Kastély Karolyi.

S'il n'avait pas été tué au cours de l'insurrection de Budapest, Istvan Karolyi aurait été son grand-père, pas seulement celui de Gisella. Leur grand-mère, Eszti, l'avait rencontré à l'université. Quand elle était tombée enceinte, Istvan lui avait demandé de l'épouser et, en guise de bague de fiançailles, lui avait offert des boucles d'oreilles appartenant à sa famille. Puis il l'avait envoyée en Amérique, comptant l'y rejoindre peu après. Hélas, il était mort avant, et Eszti avait épousé plus tard le grand-père de Rozalia, mais sans jamais oublier son premier amour.

Cette histoire avait toujours terriblement ému Rozalia, aussi désirait-elle en connaître *tous* les détails.

Et puis, Gisella et elle cherchaient depuis des années à retrouver les fameuses boucles d'oreilles, lesquelles avaient été séparées, à l'instar d'Eszti et Istvan. Toutes deux rêvaient de rendre à leur grand-mère le précieux présent de son fiancé d'autrefois.

Apparemment, Mara Rohan avait quitté Budapest, comprit Rozalia, se concentrant de nouveau sur le garde. Celui-ci demandait à son interlocuteur si quelqu'un d'autre devait recevoir la visiteuse à sa place.

Peut-être allait-elle avoir affaire au *sublime* Viktor...

Dès qu'elle avait entrepris ses recherches sur le fils de Mara Rohan, Rozalia avait été profondément troublée par sa beauté ténébreuse. Grand, sombre, il avait les cheveux noirs coupés court, un haut front et des mâchoires au dessin volontaire rasées de près. Le plus fascinant, c'était sa bouche. La lèvre supérieure mince mais au tracé ciselé. Celle du bas pleine, charnue, donnant envie de la mordiller... Non que Rozalia ait jamais *mordillé* la lèvre inférieure de quiconque, mais c'était néanmoins la pensée qui lui avait traversé l'esprit.

Quant à la photo prise sur la plage, le représentant vêtu en tout et pour tout d'un minislip de bain noir, elle avait fait naître en Rozalia quantité de fantasmes plus évocateurs et plus perturbants les uns que les autres. Elle avait dévoré des yeux le torse musclé, les abdominaux parfaits, le ventre plat... Cependant, une expression de profond dégoût empreignait les traits virils, traduisant sa répulsion envers celui ou celle qui prenait la photo.

— Votre rendez-vous est annulé, lui dit le garde en anglais.

Refoulant sa déception, Rozalia lui adressa son sourire le plus aimable.

— Serait-il possible d'en programmer un autre ?

— Non, répondit l'homme d'un ton catégorique.

Et sans même prendre la peine de se renseigner.

— Je peux laisser un mot ?

Il tiqua, mais la laissa sortir son carnet et un stylo. Rozalia écrivit à la hâte qu'elle était désolée de n'avoir pu s'entretenir avec un membre de la famille, précisa qu'elle resterait à Budapest quelques jours, puis indiqua le nom de son hôtel, son numéro de portable et son adresse mail.

Après avoir déchiré la page du carnet, elle tendit celle-ci au garde sans se faire d'illusions. Son petit mot finirait sans doute à la poubelle... Elle remercia toutefois l'homme peu amène et reprit le chemin de l'hôtel, bien résolue à ne pas s'avouer vaincue.

Viktor Rohan quittait les bureaux de Rika Corp pour se diriger vers sa voiture, lorsqu'il aperçut une jeune femme en train de bavarder avec son chauffeur.

La brise légère plaquait le T-shirt sur le buste menu de l'inconnue et soulevait ses cheveux bruns, dévoilant un teint de porcelaine et des traits fins dépourvus de tout maquillage. Elle n'en avait pas besoin. Il suffirait d'un peu de soleil pour donner un éclat doré à cette belle peau claire.

Viktor ne voyait aucun inconvénient à ce que son chauffeur ait une vie privée, mais le fait que, de toute évidence, Joszef trouve cette jeune femme ravissante à son goût, lui déplut profondément.

Elle était pour lui.

Pourtant, cela faisait bien longtemps que séduire des inconnues, en vue d'aventures sans lendemain, ne l'intéressait plus. Passé l'adolescence, il avait préféré les liaisons avec des femmes fréquentant les mêmes milieux que lui et connaissant les règles du jeu : ni engagement ni obligations ; du plaisir et rien que du plaisir. Hélas, à l'approche de la trentaine, Viktor voyait sa liberté de plus en plus menacée, y compris par des partenaires qu'il avait crues jusque-là inoffensives. Sans parler du véritable harcèlement qu'il subissait de la part de sa mère, impatiente de le voir se marier et produire un héritier.

Peut-être était-ce à cause de cette pression constante qu'il se sentait attirée par cette adorable touriste. Peut-être cédait-il au refus instinctif de se soumettre à la volonté maternelle.

— Joszef.

Son chauffeur se redressa aussitôt et s'empressa d'aller ouvrir la portière arrière. La jeune femme se tourna vers Viktor et se figea, l'air suffoqué. Puis un lent sourire se dessina sur sa bouche pulpeuse avant d'éclairer tout son visage, offrant une vision angélique des plus enchanteresses.

— Ravie de vous rencontrer, monsieur Rohan, dit-elle en se dirigeant vers lui la main tendue. J'allais entrer et demander s'il était possible de vous voir quelques instants.

Elle parlait parfaitement le hongrois, sans accent, mais Viktor aurait été prêt à parier qu'elle était américaine. Il prit la main fine qui tressaillit dans la sienne.

— Je suis Rozalia Toth, poursuivit-elle de sa voix mélodieuse. Auriez-vous un peu de temps à m'accorder ?

Lorsqu'il lui lâcha brutalement la main, Rozalia le dévisagea en silence, interloquée. Elle n'avait pas rêvé, un courant brûlant était passé entre eux tandis que leurs regards restaient soudés l'un à l'autre. Mais à présent, les yeux dardés sur les siens avaient pris un éclat métallique, dur.

— Certainement pas, répondit Viktor Rohan avec hauteur. Comment osez-vous me poursuivre de cette façon ?

En chair et en os, il était encore plus somptueux, et plus intimidant que sur les photos. Une énergie formidable émanait de lui, une aura de virilité et de puissance redoutable doublée d'une autorité si implacable, que Rozalia dut faire un effort pour ne pas se laisser intimider.

— J'avais rendez-vous avec votre mère. Elle avait promis de me montrer une boucle d'oreille qui a appartenu autrefois à ma grand-mère, mais elle a annulé notre rencontre à la dernière minute.

— Ce n'est pas vous qui aviez pris ce rendez-vous et je lui ai déconseillé de vous recevoir, étant donné que vous n'avez même pas daigné présenter vos excuses.

Sur ces mots, il se détourna et s'avança vers la portière ouverte de la luxueuse voiture noire.

— Vous avez raison. Je suis désolée. J'aurais dû la prévenir que je venais à la place de Gisella.

Il se retourna vers elle pour lui décocher un regard noir.

— Je parlais d'excuses au nom de votre grand-mère, qui nous a dérobé un bien précieux.

— Pardon ? Ma grand-mère n'a pas *dérobé* ces boucles d'oreilles ! protesta Rozalia, interdite.

— Vraiment ? fit-il en plissant les yeux.

Puis il s'installa sur la banquette en cuir gris anthracite.

— Hé ! Attendez ! Vous vous trompez !

Rozalia se glissa entre la portière et l'habitacle, empêchant ainsi le chauffeur de la refermer.

— Votre grand-oncle les lui a données quand il lui a demandé de l'épouser, reprit-elle en se penchant vers Viktor.

— Comment aurait-il pu ? Il était déjà mort quand elles ont disparu. Joszef ?

Le chauffeur, qui l'avait draguée quelques instants plus tôt, lui posa fermement la main sur le bras. Elle le foudroya du regard, comme elle avait appris à le faire avec les types qui la serraient d'un peu trop près dans le métro. Puis, profitant de la stupeur de l'homme, elle s'engouffra dans le véhicule et entreprit d'enjamber Viktor comme elle put.

Celui-ci la saisit alors par la taille, l'immobilisant devant lui, pratiquement sur ses genoux. Inutile de chercher à se libérer. De toute façon, Rozalia se sentait pétrifiée. L'espace d'un instant, ils restèrent face à face, les yeux dans les yeux, quelques centimètres à peine séparant leurs bouches.

Le regard gris prit une nuance ombrageuse, menaçante. Et mon Dieu, ces lèvres sensuelles...

Rozalia avait posé la main sur la banquette en cuir, juste à côté de la cuisse musclée, mais elle brûlait de lever le bras et de la refermer sur l'épaule de Viktor, de la laisser glisser sur son cou pour savourer la chaleur de sa peau. Des effluves boisés et épicés émanaient de cet homme superbe, mêlés d'une senteur plus personnelle, plus mâle.

Un vertige la gagna. Elle s'interdit de fermer les yeux.

— Monsieur ? demanda Joszef, immobile derrière la portière toujours ouverte.

D'un mouvement leste, Viktor souleva Rozalia et l'assit brutalement à côté de lui.

— Fermez la portière.

Lorsque celle-ci claqua, il allongea le bras sur le dossier et tourna la tête vers Rozalia.

Elle se retrouvait prise à son propre piège. Seule avec un redoutable prédateur.

— Je peux vous offrir un verre ? lança-t-elle après avoir dégluti avec peine. J'aimerais discuter de tout cela avec vous. J'ai toujours cru qu'Istvan était mort *après* avoir offert les boucles d'oreilles à ma grand-mère.

— Eh bien, vous étiez dans l'erreur, répliqua-t-il d'un ton péremptoire. Elle s'est présentée à Kastély Karolyi après la mort d'Istvan, a dérobé les boucles d'oreilles ayant appartenu à mon arrière-grand-mère, en a vendu une pour s'enfuir en Amérique, puis la seconde à son arrivée là-bas.

— Ma grand-mère est quelqu'un de bien, protesta Rozalia d'une voix ferme. Et de foncièrement honnête. Elle ne volerait jamais ni ne mentirait – surtout à sa propre famille. Je ne sais pas comment la vérité a pu être déformée ainsi. Quoi qu'il en soit, j'aimerais bien savoir quand et de quelle façon vous avez récupéré l'une de ces boucles d'oreilles...

— Ma grand-mère Dorika était férue d'art. Elle est tombée sur ce bijou par hasard et a tout de suite compris sa valeur, même s'il manquait sa moitié.

— Elle n'a pas reconnu la boucle d'oreille ayant appartenu à sa mère ? s'étonna Rozalia, sceptique.

— Il s'agit de ma grand-mère paternelle. C'est ma mère qui descend des Karolyi. Mais, oui, Dorika a tout de suite reconnu la boucle de Cili Karolyi et l'a mise de côté.

— Par intérêt personnel ?

— En prévision du mariage de son fils avec celle qui devait devenir ma mère, acquiesça-t-il. Elle savait que Mara Karolyi voudrait la récupérer puisque celle-ci aurait dû en hériter de sa propre mère.

— Dorika Rohan a *planifié* le mariage de vos parents ? s'exclama Rozalia, stupéfaite.

— Un tel niveau de réussite ne tombe pas du ciel, répliqua Viktor, pince-sans-rire. Il résulte d'une succession d'alliances stratégiques.

Il s'interrompit un bref instant avant de demander d'une voix dure :

— Qu'espériez-vous obtenir en venant ici, mademoiselle Toth ? Vous me faites perdre mon temps.

Elle rassembla tout son courage.

— J'aimerais vous faire une offre pour la boucle d'oreille.

— Non, décréta-t-il d'un ton sans appel.

— Laissez-moi au moins la voir !

— Non.

— Pourquoi pas ? Même si ma grand-mère l'avait volée... ce qui n'est *pas* le cas, à quoi bon me punir moi, alors que je n'y suis pour rien ?

— Pourquoi désirez-vous la voir ?

— Pour la prendre en photo. Faire quelques croquis, si vous voulez bien.

— À quoi bon ? fit-il, l'air surpris.

— Je suis joaillière et gemmologue.

En effet, elle avait fait son apprentissage auprès de l'oncle Ben, à Barsi on Fifth, la boutique ouverte par son grand-père quelque temps après son arrivée en Amérique.

— Je crée des bijoux chaque jour. J'aimerais étudier cette boucle d'oreille de près, en mesurer les éléments, les évaluer. Si je ne peux pas acquérir l'original, je pourrais en faire une copie pour ma grand-mère, qui est assez âgée.

En outre, Eszti avait eu des problèmes de santé qui avaient alarmé toute la famille l'hiver passé, rendant ainsi la recherche des boucles d'oreilles plus urgente que jamais.

— Si j'y parvenais, elle serait vraiment très heureuse.

— Non seulement le bonheur de votre grand-mère m'indiffère complètement, mais il est hors de question que vous fassiez une *copie* de cette boucle d'oreille ! Ma mère l'a envisagé plusieurs fois, mais elle préférerait de loin posséder la paire d'origine. Je m'occupe actuellement d'acquérir la seconde et je crois pouvoir dire que je suis en bonne voie de mener à bien la transaction.

— Vous croyez ? fit Rozalia d'un ton dubitatif.

— Vous ne l'avez pas en votre possession, que je sache.

— Pas encore, répliqua-t-elle avec un haussement d'épaules. Mais ma cousine est à San Francisco en ce moment même.

Et probablement s'était-elle fait éconduire par l'homme que Gisella considérait comme son pire ennemi, mais ça, Viktor l'ignorait.

— À votre place, je lui conseillerais de renoncer à cette démarche et de rentrer à New York, déclara Viktor, les yeux étincelant de fureur contenue.

— Dans ma famille, les femmes sont très persuasives, répliqua Rozalia avec un sourire suave.

— Je n'en doute pas.

— Nous sommes également très têtues, enchaîna-t-elle en

redressant le menton. Je pourrais l'appeler, mais Gisella est aussi déterminée que moi. Et que vous, probablement, étant donné qu'elle *aussi* descend d'Istvan. Ce qui lui donne droit à ces boucles d'oreilles autant que *vous*.

— Et est-elle aussi téméraire que *vous* ? Assez inconsciente pour s'opposer à un homme aussi puissant que moi ?

Un mélange de peur et d'excitation traversa Rozalia, la faisant frissonner de la tête aux pieds.

— Puisque la boucle d'oreille appartient à votre mère, c'est à elle de décider si elle est disposée à me la vendre ou non. Je suis venue vous trouver uniquement parce qu'elle avait annulé notre rendez-vous. Vous pourriez l'appeler pour lui demander de m'en accorder un autre ? C'est une affaire à régler entre femmes, acheva-t-elle en le défiant du regard.

— Ma mère a dû se rendre d'urgence à Visegrád. Elle y restera au moins une semaine.

— Elle est allée voir Bella ? La sœur d'Istvan ?

Istvan avait eu deux sœurs, Bella et Irenke, la défunte mère de Mara et grand-mère de Viktor. Rozalia envisageait d'ailleurs de rendre visite à Bella, si elle en avait le temps. La grand-tante de Viktor serait peut-être heureuse de savoir que la fille et la petite-fille de son frère vivaient à New York…

— Ne tentez pas de vous immiscer dans notre famille, mademoiselle Toth, sinon je vous rendrai la vie impossible.

Il sortit son smartphone de la poche de sa veste et appuya sur une touche.

— Envoyez un SMS à Kaine Michaels, ordonna-t-il. Écrivez : « Si vous vendez la boucle d'oreille à quelqu'un d'autre que moi, vous le paierez très cher, je vous le garantis. »

Rozalia frémit à la pensée de la complication qu'elle venait de causer à sa cousine.

— Écoutez, je ne suis pas venue avec des intentions hostiles, dit-elle d'un ton conciliant. Est-ce si surprenant que je veuille voir la boucle d'oreille ? Votre mère était disposée à parler avec moi. Pourquoi refuser de prendre un verre avec moi et de répondre à quelques questions ?

— Parce que je n'aime pas les menteuses, mademoiselle Toth.

— Quand vous ai-je menti ? Je ne suis qu'une parente de…

— Vous n'êtes pas parente avec moi, coupa-t-il sèchement.

Mais lorsque leurs regards se croisèrent, un courant brûlant passa de nouveau entre eux. Ses paroles prirent soudain un sens différent, apportant une précision capitale.

Sa grand-mère avait mis au monde la fille d'Istvan Karolyi, la mère de Gisella. Tandis que la mère de Rozalia était le fruit du mariage d'Eszti avec Benedek Barsi. Par conséquent, la fascination de Rozalia pour les Karolyi était causée uniquement par le parfum de romantisme et de mystère entourant l'histoire d'Eszti et Istvan. Aucun lien de parenté ne la reliait aux Karolyi, et encore moins aux Rohan.

Ce qui la laissait libre de fantasmer sur Viktor à sa guise. C'était stupide, mais pas immoral.

Une sensation délicieuse et chaude naquit au plus intime de sa féminité, se propageant bientôt dans tout son être. Une lueur étrange brillait dans les yeux de Viktor.

Soudain, Rozalia se rendit compte qu'elle lui offrait ses lèvres et laissa échapper un petit halètement. Lentement, le regard gris descendit sur son T-shirt en coton, son jean délavé. Elle sentit sa poitrine se serrer, ses seins tressaillir, leurs pointes se dresser sous l'étoffe. La chaleur s'amplifia, presque insoutenable. Avec la même lenteur, le regard pénétrant remonta sur sa gorge, son cou, son visage.

— Où logez-vous ? demanda-t-il d'une voix rauque.

Le cœur battant la chamade, elle le dévisagea un instant en silence, puis reprit ses esprits et lui indiqua le nom de son hôtel.

Une moue dédaigneuse se dessina sur la bouche sensuelle.

— Allons plutôt dîner chez moi. De cette façon, vous aurez tout le loisir d'exercer vos prétendus talents de persuasion.

2

L'intrépide Mlle Toth se raidit, l'air soudain désarçonné, alors que quelques instants plus tôt elle avait paru prête à *toutes* les audaces. Son parfum délicat lui caressait les narines, mélange d'effluves vanillés et d'herbe fraîchement coupée, auxquels s'ajoutaient des senteurs plus sensuelles, ainsi qu'une fragrance qui n'appartenait qu'à elle.

— Vous me montrerez la boucle d'oreille ? demanda-t-elle en l'observant du coin de l'œil.

— Il faudra d'abord m'expliquer pourquoi je devrais le faire.

Silence, puis petit hochement de tête.

— Je comprends.

Ah ? Vraiment ? Parce que de son côté, Viktor ne comprenait pas du tout ce qui lui arrivait. Non seulement il ne se livrait plus à ce genre d'aventure d'un soir, mais sous ses dehors décontractés et spontanés, cette femme représentait un véritable danger.

Les tentatrices aux faux airs de vierge ne l'avaient jamais attiré, pourtant la façon dont elle se mordillait la lèvre, avec une feinte nervosité, ne faisait qu'attiser le désir qui avait pris possession de lui dès l'instant où il l'avait aperçue.

Au moment où elle avait contemplé sa bouche, en lui offrant la sienne, il avait vraiment failli céder à l'invite… Quand avait-il éprouvé pareille impatience face à une femme ? Pareille exaltation ? Tous ses élans de jeunesse avaient été enterrés autrefois et pour toujours, avec son frère. Quelques instants plus tôt, cependant, face au désir incendiant les yeux fixés sur sa bouche, il avait éprouvé quelque chose d'inhabituel. Une sensation oubliée.

Étrangement, Viktor avait entrevu une voie ouverte sur la liberté, alors que toutes les autres femmes semblaient être devenues de simples appâts destinés à l'attirer dans une cage.

Rozalia Toth devait elle aussi être un piège. Un leurre. Elle venait d'une famille douteuse, se rappela-t-il, retrouvant sa propension au scepticisme. Elle était bien la petite-fille de celle qui avait dérobé les boucles d'oreilles, vu la façon dont elle s'était présentée au rendez-vous à la place de sa cousine. Ces airs de biche effarouchée, cette comédie de l'innocence avait sans aucun doute pour but de lui faire perdre la tête, avant d'obtenir de lui tout ce qu'elle convoitait.

Cette attitude ressemblait étonnamment à celle de la jeune étudiante d'autrefois qui avait profité d'Istvan, son grand-oncle. D'après la légende familiale, elle était venue voir les parents de son prétendu fiancé et avait déclaré qu'elle portait un bâtard Karolyi.

La mère de Viktor, Mara, avait accepté de recevoir Gisella Drummond uniquement pour s'assurer qu'il n'y aurait pas de revendications éhontées – et injustifiées de la part de la famille de celle-ci. Il suffirait d'un test ADN pour débouter les prétentions erronées de Gisella, et Mara avait bien l'intention d'obtenir de sa visiteuse qu'elle se plie à cette formalité indispensable.

Était-ce pour cette raison que Rozalia Toth était venue à la place de sa cousine ? Que désirait-elle *vraiment*, s'interrogea Viktor. Elle ne pouvait pas avoir fait pareil voyage pour se contenter de *regarder* une boucle d'oreille !

Un peu avant d'arriver à Kastély Karolyi, il demanda à Joszef de s'arrêter pour enjoindre au garde de se débarrasser des paparazzis agglutinés devant les grilles.

Lorsque le véhicule s'engagea dans l'allée, Viktor surprit le regard ironique que lui lançait Rozalia.

— Ce sont de simples touristes ! s'exclama-t-elle. La maison est répertoriée dans les guides comme l'un des plus beaux exemples d'architecture classique d'Europe de l'Est. Je l'ai prise moi-même en photo quand je suis venue tout à l'heure, avant d'être refoulée par votre cerbère.

Si seulement il s'était agi de simples touristes ! À cause des fichues tendances de marieuse de sa mère, la presse à scandale le harcelait en permanence !

Impatiente de le voir produire un héritier, Mara Rohan avait en effet sélectionné pour lui la fille d'amis de la famille. Trudi, héritière autrichienne, avait le pedigree adéquat – en vertu des critères déterminés par la mère de Viktor, naturellement – et avait été éduquée dans l'un des pensionnats les plus huppés d'Autriche. Femme du monde accomplie, elle s'était vite fait remarquer au sein des cercles fréquentés par la haute société européenne, pour sa discrétion et son charme. Pas le moindre parfum de scandale dans son sillage. Elle écrivait des articles de mode en free-lance, organisait des galas de charité pour l'entreprise automobile de son père – laquelle était liée à Rika Corp par des intérêts dans l'acier.

Viktor avait dû dîner avec elle à deux reprises. À chaque fois, la soirée s'était passée de manière courtoise et agréable, et achevée sur un baiser décevant.

Mais cela n'avait pas empêché sa mère d'encourager les rumeurs concernant l'annonce prochaine de fiançailles, histoire de le manipuler à sa guise. De son côté, Trudi avait sous-loué un appartement à Budapest, le temps d'« aider » une amie styliste à lancer sa toute dernière collection. Aide qui consistait principalement à se montrer dans des clubs réservés à l'élite et autres boîtes à la mode, histoire d'habituer les paparazzis à son nom et à sa physionomie, avant la grande nouvelle qui ferait la une de la presse et le buzz sur les réseaux sociaux.

Si bien que, à l'affût du scoop de l'année, les journaleux de tous bords épiaient Viktor jour et nuit. La sensation d'être pris au piège en était décuplée chez lui, et son besoin de liberté, tout autant.

— Waouh ! s'exclama Rozalia en s'avançant devant lui dans le vaste hall d'entrée. On se croirait dans un musée.

D'ordinaire, Viktor faisait peu de cas de la somptuosité des lieux, mais subitement il remarquait les planchers aux incrustations de marbre, œuvre d'un maître italien du XIXe siècle. Les finitions raffinées des meubles en acajou, les impressionnants cadres dorés des miroirs ornant les murs. Les trois lustres suspendus au plafond décoré de superbes fresques et autour duquel couraient des moulures aux motifs sophistiqués.

— Le but était manifestement d'éblouir les visiteurs, murmura-t-elle en contemplant l'imposant escalier. J'imagine les femmes en toilette de bal, les perruques poudrées... Ma cousine est régulièrement invitée aux diverses manifestations mondaines organisées par le Met, mais pour ma part je me contente d'événements bien plus ordinaires, comme des mariages. Vous songez parfois à ce qu'ont dû être les soirées, ici ?

Elle s'interrompit en riant.

— Vous n'avez pas besoin de les imaginer, puisque vous les vivez ! Vous en organisez souvent ?

— De temps en temps, répondit Viktor d'un ton détaché.

Lorsqu'elle éclata franchement de rire, le son coula en lui comme une source rafraîchissante. Jamais il n'avait entendu un rire aussi pur, aussi cristallin. À quand remontait la fois où quelqu'un avait ri dans ce hall ? À son enfance. Le rire clair et mélodieux sembla résonner jusqu'au plafond. L'espace d'un instant, Viktor crut même entendre les lustres en cristal tintinnabuler en écho.

Sans l'arrivée d'Endre, le majordome, Viktor se serait lui aussi mis à rire de bon cœur, comme autrefois.

Après avoir salué Rozalia, Endre lui proposa de la débarrasser du grand sac en toile qu'elle portait à l'épaule.

— Pour l'emmener où ? demanda-t-elle en haussant les sourcils.

L'instant d'après, elle souriait au majordome.

— Merci, je le garde avec moi.

Dès qu'ils entrèrent dans le petit salon, elle laissa choir l'horrible sac informe sur le sofa, sous le regard interdit d'Endre. Le pauvre, il ressemblait à un chien à qui on aurait marché sur la queue...

Lorsqu'il demanda à Rozalia ce qu'elle désirait boire, elle

répondit qu'elle prendrait de la *pálinka*, eau-de-vie traditionnelle hongroise.

— Ce n'est pas parce que vous êtes à Budapest que vous..., commença Viktor.

— Nous en buvons lors des dîners en famille, l'interrompit-elle en souriant.

Elle embrassa la pièce du regard et soupira.

— J'ai du mal à réaliser que vous vivez dans cette maison. J'aimerais tellement que Gisella soit là...

En réalité, Rozalia avait l'impression d'être une intruse. L'éternelle cousine pauvre vivant à l'ombre de Gisella sur laquelle convergeaient tous les regards.

Elle *adorait* Gisella. De bien des façons, elle se sentait même plus proche d'elle que de sa propre sœur. Toutes deux avaient le même âge et partageaient la même passion pour la métallurgie et la gemmologie. Ainsi que la même détermination à retrouver les boucles d'oreilles de leur grand-mère.

Fille unique, Gisella avait été terriblement gâtée enfant. En outre, elle possédait une beauté et un charme glamour doublés d'une intelligence et d'une culture immenses. Dans cette demeure extraordinaire, elle ne s'extasierait pas sans cesse. Elle n'éclaterait pas de rire bêtement comme une gamine. Elle se sentirait chez elle – à juste titre.

Tandis qu'elle, Rozalia, n'y avait pas sa place.

Détournant les yeux des larges fenêtres donnant sur les jardins, elle se rendit compte que Viktor l'observait avec attention, tel un chat prenant tout son temps avant de bondir sur la souris convoitée.

Elle avait beau se concentrer, elle ne voyait aucune ressemblance entre lui et Gisella, hormis leur haute taille. En outre, il affichait une froideur totalement étrangère à celle-ci. Froideur que sa cousine aurait su vaincre, *elle*. D'autant que Viktor ne serait pas resté longtemps insensible à son charme.

Les hommes n'étaient pas attirés par Rozalia. La plupart de

ceux qui avaient feint de s'intéresser à elle ne faisaient que se *servir* d'elle pour approcher sa cousine. Rozalia ne lui en tenait pas vraiment rigueur, consciente que ce n'était pas la faute de Gizi si elle avait une silhouette de rêve qui faisait fantasmer tous les hommes qu'elle rencontrait, éclipsant à chaque fois sa personnalité plus effacée – et son physique affreusement banal.

D'où sa stupeur lorsque Viktor l'avait invitée à dîner. Dans la voiture, Rozalia était certaine d'avoir été la seule à ressentir un trouble puissant. Or il avait réussi à donner une tonalité vaguement sexuelle à sa proposition.

Pas question pour autant de se faire la moindre illusion : s'il éprouvait ne serait-ce qu'un minimum d'attirance pour elle, c'était uniquement parce qu'elle était là, à sa portée et disponible. Viktor Rohan avait une réputation de play-boy, et de son côté Rozalia avait suffisamment d'expérience pour reconnaître les hommes à femmes. Pour ne pas dire les coureurs.

Ce qui était nouveau pour elle, c'était d'éprouver une telle fascination pour l'un d'entre eux.

Elle se concentra sur les tableaux anciens, cela lui éviterait peut-être de se conduire comme une idiote. Son regard fut attiré par une peinture figurant un groupe de jeunes femmes nues batifolant dans un jardin clos, vues de dos. Les autres tableaux consistaient en natures mortes, marines et scènes champêtres.

— Vous avez dit tout à l'heure que votre grand-mère était passionnée d'art. Je ne connais pas ces œuvres, mais il s'agit de tableaux de maîtres, j'imagine ?

Il hocha la tête.

— Et les meubles, s'agit-il de copies ou d'originaux ?

— Les deux. Ceux que nous utilisons le plus souvent sont des copies.

Elle se dirigea vers le secrétaire en bois de rose, un authentique Louis XV.

— Je raffole des tiroirs minuscules et des compartiments secrets, avoua-t-elle. J'imagine toutes sortes de choses, que l'un d'entre eux contient la clé d'un passage secret, par exemple.

— Il en existait un, en effet. Mais nous avons dû le murer pour empêcher les fantômes de hanter la maison.

Rozalia se retourna vers lui, surprise.

Était-il possible que Viktor ait le sens de l'humour ?

— Merci, je suis rassurée, dit-elle, pince-sans-rire.

Les lèvres sensuelles tressaillirent, mais le retour du majordome portant un plateau mit un terme à cet intermède *presque* détendu.

— Asseyez-vous, proposa Viktor après son départ.

Lorsqu'elle fut installée sur l'un des sofas recouverts de soie damassée, il s'assit en face d'elle, puis leva son verre.

— *Egészségére !*

— *Egészségére*, dit Rozalia en l'imitant. Serait-ce abuser que de vous demander de me faire visiter la maison ? lança-t-elle avant de boire une gorgée d'eau-de-vie.

— Pour repérer les lieux ?

— Bien sûr que non ! protesta-t-elle, indignée. Parce qu'elle m'intéresse, en tant qu'artiste.

— Ah..., fit-il, l'air sceptique.

— Je travaille à plein temps pour mon oncle et crée des bijoux qui sont vendus dans la boutique ouverte par mon grand-père. Vous n'avez jamais entendu parler de Barsi on Fifth ? À New York, la maison est très réputée.

— Je sais qui est votre oncle, dit Viktor avec un haussement d'épaule nonchalant.

— Alors, vous savez également que je n'ai pas été embauchée par népotisme. Il s'est toujours montré très exigeant avec Gisella et moi, et nous a toujours encouragées à poursuivre nos études afin de nous spécialiser. Mais tous les arts sont une source d'inspiration pour mon travail. Et je m'en voudrais terriblement de ne pas profiter de cette opportunité d'étudier les maîtres qui m'ont précédée, même si leurs disciplines sont différentes de la mienne.

Nouveau petit hochement de tête, un peu réticent. Puis il se leva et l'invita à le suivre dans le hall d'entrée duquel partaient plusieurs couloirs. Il l'emmena d'abord dans un salon de musique où les tuyaux en bois et cuivre d'un orgue montaient jusqu'au haut plafond. Au fond de la pièce, une double porte ouvrait sur une salle de bal, qui aurait été parfaitement à sa place dans *La Belle et la Bête*.

— En réponse à votre question de tout à l'heure, commença Viktor d'un ton neutre, nous hébergeons des galas de charité et, de temps en temps, le tournage de films d'époque.

— J'adore ! s'exclama Rozalia en s'avançant sur le parquet ciré.

Arrivée au centre, elle tourna sur elle-même, admirant les murs blancs sur lesquels ressortaient de grands miroirs aux cadres de bronze, les rideaux de velours bleu, les lustres en cristal majestueux.

— Ça doit être fabuleux, d'habiter ici...

— Cela revient surtout très cher. Je me contenterais volontiers d'un endroit plus modeste.

Par « endroit modeste », il entendait probablement un appartement tout différent de celui, minuscule, qu'elle occupait à New York. Sans compter qu'il possédait d'autres résidences un peu partout dans le monde.

— J'avoue que je suis très romantique, répliqua-t-elle en le suivant dans un nouveau couloir.

Quelques instants après, il la faisait entrer dans une salle à manger gigantesque où il faisait plutôt frais. La pièce, presque entièrement vide, ne contenait qu'une table ronde entourée de huit chaises.

— Il y a un compartiment sous le plancher, où sont entreposées une table pour quarante convives et des chaises. À certaines périodes, il a servi de cachette.

— Vous y jouiez à cache-cache, enfant ?

Rozalia se serait giflée. Viktor avait eu un seul frère, un peu plus âgé que lui, qui était mort dans un accident de voiture.

— Vous vouliez dire en temps de guerre ? reprit-elle à la hâte.

— Aussi, répondit-il d'un ton neutre. Il a par ailleurs servi de refuge à quelques couples d'amants.

— J'adore les histoires de squelettes dans le placard...

— Je n'en ai jamais découvert aucun. Ils semblent passer beaucoup de temps à l'extérieur.

Ainsi, Viktor avait *réellement* le sens de l'humour, songea Rozalia, soulagée de le voir se détendre. On ne pouvait pas dire qu'il se montrait aimable, mais c'était déjà ça.

— Ce doit être une conséquence des mariages arrangés. Les amants, je veux dire.

— Ou plutôt un trait inhérent à la nature humaine, répliqua-t-il tranquillement.

Ils n'étaient pas proches l'un de l'autre, mais soudain elle *sentit* la chaleur de son corps viril, tandis que Viktor la contemplait les yeux mi-clos.

Prendrait-il une maîtresse, s'il devait se marier par convenance ?

Et comment réagirait-il si elle lui disait qu'à vingt-quatre ans, elle était encore vierge ? Adolescente, elle avait fait un pacte avec Gisella : elles attendraient de connaître le grand amour pour vivre leur sexualité.

— Vous êtes le fruit d'un mariage d'amour, je suppose ? demanda Viktor en l'emmenant dans la pièce voisine.

Il s'agissait d'un petit salon, où il faisait nettement plus chaud, et dont il se dégageait une atmosphère beaucoup plus accueillante, notamment grâce aux fleurs arrangées avec goût dans de hauts vases en verre irisé placés çà et là.

— Mes parents sont follement épris l'un de l'autre, acquiesça Rozalia en s'avançant vers l'une des hautes fenêtres. Mais je reconnais que cela n'a pas que des bons côtés. En fait, mes parents sont un peu fous !

— Un peu fous ?

Viktor vint s'arrêter à côté d'elle devant la fenêtre qui donnait sur l'arrière de la propriété.

— Comme ce pavillon – qui, en architecture, porte d'ailleurs le nom de *folie* ? ajouta-t-il.

— Qu'est-ce que c'est ?

— La serre. Ma mère tient absolument à la conserver en l'état, même si nous dépensons des fortunes pour la chauffer.

— Je peux la visiter ?

Sans dire un mot, il sortit du petit salon et traversa un vestibule où étaient suspendues des vestes de travail couleur kaki, au-dessus d'un banc de bois sous lequel étaient alignées plusieurs paires de bottes en caoutchouc. Ensuite, il ouvrit la porte de ce qui était sans doute l'entrée de service à laquelle on accédait de l'extérieur par un escalier.

Rozalia descendit les marches derrière Viktor et se retrouva bientôt dans une véranda bordée d'une haie.

Toujours en silence, il s'avança vers le pavillon de style rococo, tandis qu'elle refermait nerveusement les bras autour de son buste. Pas à cause de la fraîcheur de la soirée, mais pour dissimuler les pointes de ses seins se dressant sous le fin T-shirt.

Jamais elle n'avait réagi ainsi à la proximité d'un homme. Eszti avait-elle autrefois ressenti le même trouble à proximité d'Istvan ? Cette attirance inexorable, ce désir absurde et incontrôlable affectant tous les sens ?

À l'intérieur de la serre, il faisait humide et une odeur de terre empreignait l'atmosphère, combinée aux puissants arômes montant des plantes tropicales et à des parfums d'agrumes.

— J'aime ce mélange d'odeurs, dit-elle en se tournant vers Viktor.

Il la dévisagea un instant en silence, puis il inhala profondément.

— Je n'étais pas venu ici depuis des années.

— Si je vivais à Kastély Karolyi, j'y viendrais tous les jours.

Rozalia leva les yeux vers le plafond de verre transparent en partie obscurci par les feuilles des plantes exotiques.

— Oh ! des papillons ! C'est magique !

— Il y a même eu des oiseaux, un jour.

Il désigna des châssis vitrés.

— Les tomates se trouvaient là. Et les baies à côté. Mon frère et moi avons laissé les portes ouvertes. Les oiseaux se sont précipités sur les baies et le chat sur les oiseaux. Après cet épisode, nous n'avons plus eu le droit de mettre les pieds dans la serre.

Elle sourit, émue de l'entendre lui confier un souvenir aussi personnel. Mais Viktor avait déjà repris son air distant et fermé, comme s'il regrettait d'avoir partagé avec elle cette réminiscence de l'enfance.

— Ma mère faisait des conserves tous les étés, dit-elle. Même si cela revient moins cher d'acheter des pêches au sirop au supermarché.

— Elle ne travaillait pas ?

— Elle avait quatre enfants à élever. Et c'est du travail, croyez-moi.

S'approchant de la sauge, elle en frotta une feuille entre ses doigts et pencha la tête pour en respirer le parfum.

— En fait, elle avait toujours rêvé d'être femme au foyer. Fille d'émigrants, elle avait grandi dans l'arrière-boutique, élevée en grande partie par sa demi-sœur – Alisz, la fille d'Istvan.

Elle s'interrompit, s'attendant à une riposte cynique de la part de Viktor, mais il se contenta de hausser un sourcil.

— Ma mère voulait nous donner ce dont elle avait l'impression d'avoir été privée. Elle s'est même occupée de Gisella en plus de ses propres enfants. Alisz a eu beau insister pour la rémunérer, ma mère a toujours refusé d'être payée. Elle trouvait normal de s'occuper de sa nièce. Et peut-être voyait-elle là un moyen de remercier sa demi-sœur d'avoir pris soin d'elle. Mais ma tante n'a jamais eu *besoin* de travailler. Son ex-mari était plutôt à l'aise. Elle a quand même voulu poursuivre sa carrière universitaire, et ma mère l'a soutenue en s'occupant de sa fille, Gisella.

— Que fait votre père ? demanda Viktor.

— Il dirige une association à but non lucratif qui se charge de trouver des logements aux sans-abri.

— Les idéaux c'est bien, mais cela ne nourrit pas son homme.

— Je suis bien d'accord avec vous ! Pourtant, nous avons quand même un peu le sens des réalités. Mon frère aîné est vulcanologue. Il voyage beaucoup, mais il réussit à se faire embaucher régulièrement. Mon petit frère fait de la natation. Il vit encore à la maison et s'entraîne pour les jeux Olympiques. C'est un job à plein temps, je vous assure. La petite dernière de la famille, Bea, a posé sa candidature pour intégrer la Julliard School, dans la section danse. Non seulement c'est sa passion, mais elle est très douée. Alors, nous l'encourageons à vivre son rêve.

Viktor la dévisagea de nouveau en silence, une lueur indéchiffrable au fond de ses yeux gris.

— Et vous, vous avez choisi de garder un équilibre entre l'art et une activité rentable.

Une douce chaleur envahit Rozalia. Il ne s'agissait pas d'un compliment, mais si peu de gens faisaient attention à elle, la voyaient. Dans sa famille, elle avait toujours été celle du milieu, la médiatrice qui s'effaçait dès qu'il le fallait.

— C'est plutôt ma vocation qui m'a choisie. En partie parce que j'ai grandi à proximité de l'entreprise familiale. Ma mère nous laissait souvent à la boutique pendant qu'elle allait faire les courses. Et j'adorais ces moments passés avec l'oncle Ben. Alors ça c'est décidé tout seul, en quelque sorte. Si, au lieu de me soutenir, mes parents m'avaient orientée vers des études de commerce, j'aurais été très malheureuse.

— J'ai fait des études de commerce et de gestion.

— Et vous aimez votre travail ?

— J'aime mon niveau de vie, répondit-il, pince-sans-rire. Je n'ai pas besoin de peindre ou de sculpter pour m'épanouir. Il me suffit de savoir que mes décisions, et les risques que j'ai pris, ont payé.

— Prendre des risques, ce n'est pas mon fort.

— J'aurais pensé le contraire…, fit-il en plissant les yeux.

Il avait raison. En venant chez lui, elle avait pris un risque. Lequel, exactement ? Rozalia n'aurait su le dire précisément, mais, seule avec Viktor, elle se sentait… en péril.

Ne serait-ce qu'à cause de l'alchimie qui continuait de palpiter entre eux. Là, maintenant. Pour une fois, Rozalia avait l'impression d'être elle-même. D'être une femme qu'un homme somptueux et mystérieux trouvait un tant soit peu intéressante. Et de son côté, elle désirait ardemment apprendre à le connaître.

Cependant, Viktor appartenait à un univers totalement étranger au sien. Et puis, elle ne ressemblait en rien aux créatures sophistiquées avec lesquelles il passait sans doute la plupart de ses soirées, voire de ses nuits.

Soudain, il cueillit une fleur d'hibiscus rose tendre et la lui glissa derrière l'oreille. Alors, Rozalia sut qu'elle allait prendre le risque de vivre ces instants à fond, quoi qu'il lui en coûte. Parce que sinon, elle le regretterait toute sa vie.

Quand il lui glissa la fleur derrière l'oreille et qu'elle baissa timidement les yeux, Viktor se permit de caresser une mèche bouclée et soyeuse.

Puis il laissa retomber sa main, se rappelant que la perfidie pouvait se dissimuler sous les airs innocents. Rozalia l'avait déjà amené à se trahir en faisant allusion à son frère. Kristof. Il s'était laissé aller à évoquer un souvenir douloureux qu'il préférait garder enfoui au plus profond de sa mémoire.

Cette femme était décidément plus dangereuse qu'elle ne le paraissait. Les beaux cheveux bruns chatoyaient de reflets couleur de miel. Dans les yeux noisette, des éclats de bronze et d'or pétillaient.

Rozalia Toth possédait à n'en pas douter une sensibilité artistique. Elle s'était arrêtée devant des objets dont la valeur ne se devinait pas au premier coup d'œil, mais qui comptaient parmi les biens les plus précieux de la famille. Elle était vive, curieuse et réceptive, elle aimait toucher, sentir. Savourer les sensations.

Elle était... fascinante. À travers le regard qu'elle portait sur son univers – auquel lui-même ne prêtait plus attention –, Viktor redécouvrait celui-ci.

Le désir de l'embrasser le consumait. Il brûlait de voir sa réaction. C'était plus fort que lui.

Doucement, il lui souleva le menton, la forçant à le regarder. Un petit bout de langue rose passa sur les lèvres pulpeuses. Un frisson le traversa de part en part. Il pencha la tête, lentement, lui qui, d'ordinaire, était plutôt prompt à l'action. Mais il s'agissait d'un cas particulier. Unique. Il ne reverrait jamais Rozalia par la suite. Il ne l'embrasserait plus jamais *pour la première fois*. Aussi préférait-il prolonger ces instants délicieux.

Il effleura ses lèvres avec les siennes jusqu'à ce qu'un petit halètement franchisse la belle bouche offerte. Les yeux noisette s'écarquillèrent, les pupilles se dilatèrent. Tout en lui protestait, réclamait, mais Viktor réussit à attendre encore un peu. Jusqu'à ce que le désir de l'embrasser ait raison de lui.

Sa bouche se referma d'elle-même sur celle de Rozalia. Il sentit le tremblement qui parcourut les lèvres douces, chaudes, et ne put réprimer la plainte qui monta de sa gorge. D'une main légèrement tremblante, il caressa le contour des lèvres sensuelles, avant de les mordiller délicatement l'une après l'autre.

Puis il la goûta. Avec délice. Tandis qu'elle gémissait, attisant l'ardeur qui avait pris possession de lui. Confusément, il sentit les mains fines se poser sur sa poitrine, les ongles s'enfoncer dans sa chair.

Elle en voulait davantage. Et il était plus que disposé à la satisfaire.

Lui passant un bras autour de la taille, il l'attira contre lui et savoura la sensation des seins s'écrasant contre son torse. Plus elle s'abandonnait, fondait, plus il sentait se réveiller ses instincts les plus primaires.

Viktor enfouit les doigts dans les cheveux bouclés et dévora la bouche au goût de nectar. Il fit l'amour à Rozalia avec ses lèvres, sa langue, tout en la pressant farouchement contre lui. Son érection le lancinait, presque douloureuse.

Quand elle lui referma les mains sur la nuque pour l'encourager, il suça voluptueusement la langue mutine taquinant maladroitement la sienne. C'était divin. Torride. Il oublia tout, excepté cette femme singulière. Elle *était* à lui. Il brûlait de l'étendre là, à même le sol, pour la faire sienne. Mais il désirait aussi rester ainsi, debout, à se repaître du baiser le plus passionné, le plus délectable qu'il eût jamais partagé avec une autre. La femme qu'il tenait dans ses bras était la plus sensuelle de toutes celles rencontrées jusque-là.

Lorsqu'il voulut lui soulever la jambe pour l'arrimer sur sa hanche, Rozalia faillit perdre l'équilibre. Elle n'aurait pas pu tomber car il la maintenait fermement contre lui, mais cela suffit à les faire émerger de la spirale brûlante qui les avait emportés tous deux.

Elle le regarda, l'air incrédule et émerveillé à la fois. Le souffle court, le cœur lui martelant les côtes, Viktor la dévisagea en silence.

— Je..., murmura-t-elle en se dégageant avec précaution.

Puis elle recula et lui fit face, à distance respectueuse.

— Je n'étais pas venue pour... pour ça..., poursuivit-elle, la voix tremblant encore de désir.

Non, pour la boucle d'oreille, évidemment.

Un goût amer lui monta aux lèvres. Même les femmes capables de prodiguer les baisers les plus doux, les plus passionnés, pouvaient nourrir de sordides arrière-pensées.

3

Le dîner fut servi sur la véranda, avec le jardin et la serre en toile de fond. Les flammes des bougies projetaient des reflets rosés sur la nappe blanche. Des grenouilles croassaient dans le bassin où flottaient des nénuphars, comme pour accompagner la musique douce diffusée par des haut-parleurs invisibles.

On se serait cru à la campagne. Et ça aurait pu être un vrai conte de fées si un regain de tension n'avait séparé à nouveau Rozalia de son hôte.

Elle avait désiré qu'il l'embrasse, mais sans s'attendre à un tel chamboulement de tous ses sens. Au véritable incendie qui l'avait consumée tout entière. À l'ivresse qui avait pris possession d'elle, corps et âme.

Depuis cet embrasement total, ils s'étaient à peine adressé la parole, mais elle sentait encore l'empreinte de la grande main chaude sur ses reins. Les mets avaient beau être exquis, ils n'effaçaient pas le goût épicé et mâle de Viktor. Le goût de la bouche experte qui avait littéralement pris possession de la sienne.

Ce n'était pourtant pas son premier baiser. Rozalia avait eu quelques petits amis, mais jamais elle n'avait ressenti de telles sensations. Avec Viktor, elle avait cédé à un abandon inconnu, un désir incontrôlable de se fondre dans lui. Lorsqu'il lui avait passé le bras autour de la taille pour la serrer contre son corps viril, Rozalia avait eu l'impression de découvrir une autre dimension, un univers totalement étranger à celui où elle avait évolué jusque-là.

Elle s'était crue adulte, indépendante. Mais soudain elle se rendait compte qu'elle se tenait à un moment charnière de son existence, entre sa vie de jeune fille et celle de la femme qu'elle allait devenir. D'instinct, Rozalia pressentait que faire l'amour avec Viktor représenterait pour elle bien davantage qu'un simple rapport sexuel.

Elle n'aurait su comment l'expliquer, mais Viktor était différent de ceux qu'elle avait connus avant lui. Les baisers échangés avec eux n'avaient été que de fades avant-goûts de celui qu'elle venait de partager avec cet homme superbe.

Au fond d'elle-même, elle avait toujours su que l'attirance relevait de la magie. Qu'il s'agissait de magnétisme, d'une force à laquelle on ne pouvait résister. Or Viktor l'attirait si puissamment que, même si elle l'avait souhaité, elle n'aurait pu lutter contre le courant qui l'entraînait vers lui.

Alors que les aventures d'un soir n'avaient jamais été son truc, elle envisageait d'en vivre une avec Viktor. Sans crainte. Avec une détermination aussi incongrue qu'évidente.

— Pourquoi cette boucle d'oreille est-elle aussi importante pour toi ? demanda-t-il soudain, rompant le silence.

Sidérée, Rozalia se rendit compte qu'elle avait complètement oublié la boucle d'oreille. Soulevant son verre de vin, elle le porta à ses lèvres et en but une gorgée.

— Depuis le jour où nous avons appris l'histoire de ces boucles, Gisella et moi, nous nous sommes démenées pour les retrouver dans le but de les rendre à notre grand-mère.

— Et d'après l'histoire qu'elle vous a racontée, Istvan les lui avaient offertes, répliqua Viktor en haussant un sourcil.

— Oui, comme cadeau de fiançailles. Il lui a dit d'en vendre une pour s'en aller, en lui promettant de la rejoindre en Amérique, mais il a été tué au cours d'une manifestation avant de pouvoir mettre son projet à exécution. Quand ma grand-mère s'est retrouvée sans argent, elle est allée voir celui qui est devenu mon grand-père, Benedek Barsi. Plutôt que de lui acheter la boucle d'oreille, il lui a proposé le mariage. Et il a vendu la boucle pour ouvrir sa boutique.

— Elle a bien prouvé la profondeur de ses sentiments envers Istvan, fit-il d'un ton sarcastique.

— Elle l'aimait profondément ! protesta Rozalia avec force. Mais elle était seule, célibataire avec un enfant, et dans un pays étranger. Ils avaient besoin l'un de l'autre.

— Autrement dit, ils ont trouvé un arrangement qui les satisfaisait tous les deux. Mais tu dois bien comprendre que sans test ADN, je n'ai aucune raison de croire que ta cousine est la descendante d'Istvan. Cette histoire n'était peut-être qu'un joli conte destiné à éblouir deux petites filles curieuses.

Comment pouvait-elle être attirée par un individu aussi cynique ?

— Il y a trop de chagrin dans sa voix et dans ses yeux quand mamie parle d'Istvan, dit-elle en secouant la tête.

En fait, Rozalia ne se rappelait même pas pourquoi Eszti leur avait parlé de lui, la première fois. C'était arrivé après la mort de Benedek. À ce moment-là, Gizi avait appris que celui-ci n'était pas son vrai grand-père. Choquées, elles avaient interrogé leur grand-mère qui leur avait raconté l'histoire de son grand amour de jeunesse, récit romanesque et tragique qui avait profondément marqué Rozalia.

Quant à la tristesse d'Eszti, elle avait été bien réelle.

— J'enverrai un message à Gizi – Gisella –, tout à l'heure pour lui demander de faire un test. Je ne sais pas pourquoi nous n'y avons pas pensé. Sans doute parce que nous avons cru notre grand-mère sur parole.

Il lui adressa un léger sourire condescendant. De toute évidence, il la trouvait affreusement naïve.

— Pourquoi aurait-elle menti ? insista-t-elle en fronçant les sourcils. Pourquoi aurait-elle inventé que ton grand-oncle était le père de son enfant ? Dans quel intérêt ? Quel but ?

— Pour revenir plus tard nous réclamer sa part de la fortune familiale, par exemple ?

— Nous ne demandons rien. Je suis venue vous faire une offre légitime pour la boucle d'oreille. La seule chose que je désire, c'est restituer à ma grand-mère le gage d'amour offert par celui qu'elle a tant aimé autrefois.

— Et elle ? Elle désire les récupérer ?

— Pourquoi ne le désirerait-elle pas ?

— Elle n'est peut-être pas aussi sentimentale que toi.

— Quel mal y a-t-il à être sentimentale ? Tu n'es pas attaché à certains lieux, certains objets ?

Rozalia tourna les yeux vers la serre.

— Tu n'éprouves jamais de nostalgie quand tu repenses au jour où tu as mangé les baies avec ton frère ?

L'expression de Viktor se durcit, l'avertissant qu'elle s'engageait sur un terrain dangereux.

— Cela n'a pas besoin d'être un objet de valeur, continua-t-elle. Ou un lieu spectaculaire. Je pourrais travailler n'importe où, mais j'ai choisi l'atelier de la boutique créée par mon grand-père. En partie par loyauté envers la famille, et aussi parce que mon oncle m'a permis de faire mon apprentissage auprès de lui - ce dont je lui suis extrêmement reconnaissante. Mais j'aurais pu m'adresser à quelqu'un d'autre. Je veux travailler dans cet atelier parce que pour moi, il est spécial. J'habite un tout petit appartement, mais je m'en fiche. C'est Barsi on Fifth, ma vraie maison.

Ses paroles n'impressionnèrent manifestement pas Viktor.

— OK, dit-elle. Je vais prendre un autre exemple. Tout à l'heure, j'ai demandé de la *pálinka* parce que lorsque j'en bois, cela me fait penser à ma famille et que ça m'aide à sentir le soutien de mes proches.

— Pourquoi as-tu besoin de leur soutien ? lança-t-il en plissant les yeux.

— Parce que toute cette histoire est... perturbante ! Je ne m'étais jamais aventurée seule aussi loin de chez moi. Je n'avais jamais rencontré quelqu'un comme toi ni mis les pieds dans une maison comme celle-ci. Et toi, tu n'as jamais l'impression que ta famille te soutient ?

L'ombre d'un sourire passa sur la bouche sensuelle.

— J'ai une mère et une grand-tante, que *je* soutiens.

Surprise, elle le dévisagea en battant des cils.

— Mais…

Et lorsque tu as perdu ton frère ?

— Elles sont ta seule famille ? Il faut vraiment que tu fasses la connaissance d'Alisz et de Gisella, alors.

— Pour avoir encore plus de responsabilités ? Merci, très peu pour moi.

— Pour élargir ta famille.

— Ces femmes ne sont pas ma famille, déclara-t-il d'une voix ferme. Même si Istvan était bien le géniteur de ta tante. Tu es décidément *très* romantique…

Oui, c'est vrai, se retint-elle d'acquiescer.

— Ainsi, tu n'as aucun lien émotionnel avec… quoi que ce soit ?

— Mes émotions sont des plus basiques. J'apprécie la nourriture de qualité et j'éprouve de la satisfaction lorsque j'ai atteint mes objectifs. Parfois, j'aime regarder des compétitions sportives à la télévision ou pêcher depuis mon yacht. J'aime le sexe.

Il avait prononcé la dernière phrase en la regardant d'une telle façon que Rozalia frisssonna.

— Mais les complications et les drames – voire les chantages ou les menaces – qui vont de pair avec les histoires d'amour, ne m'intéressent absolument pas.

— C'est ridicule, rétorqua Rozalia. Si tu savais à quel point tu me fais penser à ma tante Alisz, pour qui divertissement est synonyme de perte de temps, tu serais forcé de reconnaître que vous êtes parents.

S'interrompant un instant, elle redressa les épaules.

— Si tu ne tiens pas plus que cela à cette boucle d'oreille, pourquoi refuser de me la vendre ?

— Parce que je ne veux pas qu'elle passe entre tes mains, tout simplement. Ta grand-mère l'a volée et a bien profité de son larcin. Je suis encore étonné que tu aies eu le culot de venir ici pour me la demander.

Il souleva tranquillement son verre et but une gorgée de vin.

— Mais puisque je suis là, tu veux bien me la montrer ?

— Je ne sais pas encore.

— Je ne l'ai vue qu'en photo, dans un catalogue, soupira Rozalia, excédée. Je sais que je ne t'impressionnerai pas en te disant que si je pouvais la voir en vrai, je considérerais cela comme un honneur et un privilège, mais j'espère que tu voudras bien satisfaire ma curiosité d'artiste.

— Tu n'es peut-être pas très convaincante, mais je dois reconnaître que tu es plutôt… divertissante, Rozalia Toth.

— On ne peut pas avoir toutes les qualités, riposta-t-elle, le menton haut.

Appuyé à son dossier, le verre à la main, Viktor la dévisageait, l'air parfaitement détendu. Et très sûr de lui.

— Entendu. Allons dans mon bureau, dit-il en reposant son verre.

Le cœur battant à tout rompre, elle le regarda se lever.

— Tu vas peut-être m'annoncer que c'est une copie et que nous nous disputons pour rien, ajouta-t-il.

Quelques instants plus tard, il la faisait entrer dans un bureau où flottait une odeur de cendres et de cuir. Elle contempla les livres reliés alignés bien droit sur les rayonnages couvrant entièrement deux des murs de la pièce, le meuble imposant en chêne derrière lequel se trouvait un fauteuil ancien, les hautes fenêtres donnant sur le jardin de devant.

Au-dessus de la cheminée trônait un imposant portrait et elle fut frappée par la ressemblance entre le beau jeune homme mince et athlétique, et Viktor.

— C'est ton père ?

— Non, c'est Istvan.

Ah… Pas étonnant que sa grand-mère soit tombée folle amoureuse de lui. Istvan exsudait la même assurance, le même charisme que son petit-neveu.

— Et voici Cili, continua Viktor en décrochant un autre tableau derrière lequel était dissimulé un coffre-fort.

Rozalia se rapprocha du portrait de la femme en robe jaune paille à la jupe ample. Un sourire rêveur et tendre aux lèvres, elle était assise sur une chaise en acajou à dossier droit et caressait un petit chien installé sur ses genoux.

— Poser pendant des heures, ça doit être épuisant, fit-elle remarquer. Et pourtant, cette femme paraît si heureuse…

— Le peintre était son amant.

— Ils allaient s'ébattre sous le plancher de la salle à manger ? Dans le cagibi secret ?

Viktor referma le coffre et remit le tableau en place.

— Sans doute, répondit-il, laconique. Cili n'avait pas choisi son époux, il s'agissait d'un mariage arrangé. Et il avait beau lui avoir offert d'élégantes boucles d'oreilles en guise de cadeau de noces, leur relation était quelque peu tendue. C'est entre autres grâce à cette union mal assortie que Bella a pu échapper au mariage. Sa mère a refusé de lui faire subir ce qu'on lui avait imposé de force.

— Ta grand-tante ne s'est jamais mariée ?

— Les élus de son cœur étaient toujours considérés comme inappropriés. Elle a eu plusieurs compagnons au fil des années. À présent, elle vit seule.

— Mais ta mère s'est laissé persuader d'épouser ton père lorsque ta grand-mère lui a offert la boucle d'oreille de Cili.

— Oui, celle-ci, dit-il en ouvrant un petit écrin de velours.

Un halètement échappa à Rozalia. Fascinée, émue aux larmes, elle contempla la boucle d'oreille reposant sur un coussinet de satin pourpre.

Viktor l'observait, surpris par son attitude. Quand elle avait parlé d'honneur et de privilège, il avait pensé qu'elle exagérait. Lui n'avait jamais ressenti, ne serait-ce que de loin, le mélange de fascination et de révérence qu'il lisait sur les traits de Rozalia.

— Elle est plutôt jolie, dit-il en reportant son attention sur la boucle d'oreille. Mais d'après les experts elle a une valeur toute relative : or à vingt-deux carats, pierres de qualité mais sans plus. Le saphir central est plus intéressant.

— C'est le travail du créateur, qui fait sa valeur.

Elle leva les yeux vers le portrait de Cili.

— J'ai lu que le bleu violet était assorti à la couleur de ses yeux. Tu as une loupe ? demanda-t-elle en se tournant vers lui. J'aimerais...

— Quatre-vingts diamants, dix saphirs, l'interrompit-il. Sans compter les plus petits.

— Tous enchâssés, murmura Rozalia. Et regarde cette granulation. À l'époque, c'était très difficile à réaliser.

Les yeux brillants, elle se lança dans un véritable cours de métallurgie, lui expliquant avec force détails le processus de ladite granulation, technique dans laquelle excellaient les Étrusques, dit-elle.

En fait, Viktor la regardait plus qu'il ne l'écoutait, captivé par le kaléidoscope d'émotions passant sur son visage au fur et à mesure qu'elle décrivait maintenant une technique de soudure mise au point par les Grecs au Ier siècle de notre ère. Lorsqu'elle eut terminé ses passionnantes explications, il leva à son tour les yeux vers le tableau.

— Cili portait ces boucles d'oreilles lors de toutes ses apparitions publiques, dit-il. C'est pour cette raison que leur disparition n'est pas passée inaperçue.

— Et si Istvan les avait bien offertes à ma grand-mère ? demanda Rozalia avec une curiosité apparemment sincère.

— Il les aurait volées à sa propre mère ?

— Il manifestait contre le régime et la politique imposés par les Soviétiques, n'est-ce pas ? Il devait traverser une phase de rébellion. Ou être un rebelle dans l'âme.

— À moins qu'il n'ait subi l'influence de ta grand-mère.

— C'est ce qu'on t'a raconté ? Qu'il s'était laissé dévoyer par Eszti ? J'ai entendu une tout autre version de l'histoire. Il en voulait à son père de collaborer avec l'ennemi. Ma grand-mère avait très peur pour lui et aurait voulu qu'il cesse de participer aux manifestations. Elle avait été conquise par les idées du jeune homme qu'elle aimait, mais elle était très inquiète de voir qu'il prenait de plus en plus de risques.

Elle redressa le menton avant de poursuivre.

— Ce que tu dis concernant ses motivations ne tient pas debout. Tu crois qu'elle aurait choisi délibérément un fils de bonne famille avant de l'encourager à manifester dans le seul but de voler les boucles d'oreilles de sa grand-mère ? Et comment s'y serait-elle prise, d'après toi ?

Viktor posa l'écrin sur son bureau, puis la regarda, frappé par l'intensité de l'éclat doré illuminant les yeux noisette.

— Je crois que son but était d'épouser un riche étudiant. Et qu'elle l'a endoctriné pour qu'il...

— Tu ne réponds pas à ma question ! Comment s'y serait-elle prise ? Peut-être Istvan a-t-il été ému par sa détresse. Elle était *enceinte*, Viktor...

— Nous ne savons pas si l'enfant était bien de lui.

— Pourquoi aurait-elle inventé cette histoire ?

— Nous pourrions en discuter toute la nuit, mais sans arriver à aucune conclusion irréfutable tant que ta cousine n'aura pas fait de test ADN.

Même s'il était persuadé de déjà savoir quel serait le résultat du test en question.

— Je n'aime pas la façon dont tu dépeins ma grand-mère, répliqua Rozalia avec une moue déçue.

— Nous ne nous connaissons même pas. Pourquoi te soucierais-tu de ce que je pense d'elle ?

Elle se mordit la lèvre, l'air soudain consterné.

— Ah, je comprends, enchaîna Viktor. Ce qui t'importe, c'est ce que je pense de *toi*.

— Oui, reconnut-elle avec un haussement d'épaules. Mais je ne sais pas vraiment pourquoi... Tu n'es pas le genre d'homme que je fréquente d'habitude.

— Et ils sont comment, ceux que tu fréquentes d'habitude ?

Une lueur blessée traversa les yeux de Rozalia.

— Ils prennent ce qui les intéresse. Ils ne sont pas sérieux.

— Je suis très sérieux, en effet.

Il y avait sérieux et sérieux, bien sûr. Mais, de toute évidence, ils ne parlaient pas de la même chose. Sa remarque parut même l'amuser, car elle se mit soudain à sourire. D'un sourire espiègle qui enchanta Viktor.

— Tu es différente des femmes que je fréquente d'ordinaire.

Tu es joueuse. Impulsive. Et *très* sensuelle. Tu m'intrigues, admit-il. Et après un baiser aussi… ardent, Je suis curieux de voir comment tu réagis au lit.

Rozalia retint un petit gloussement nerveux.

— Je…, commença-t-elle.

Mon Dieu, elle devait être écarlate…

— Ce n'est pas mon mode de fonctionnement habituel.

D'où, sans doute, le désintérêt rapide de ses petits amis. À son âge, la plupart des femmes couchaient probablement après quelques rendez-vous. Voire dès le premier. Tandis qu'elle posait toujours une limite. Parce qu'elle ne s'était jamais sentie suffisamment attirée par aucun homme, elle avait respecté le serment fait avec Gizi.

Jamais encore Rozalia n'avait éprouvé ce qu'elle éprouvait *maintenant*. Viktor fixait ses lèvres et elle ne pouvait penser qu'à une chose, au baiser échangé avant le dîner. Le souvenir de ces instants fabuleux suffisait à faire naître une excitation insensée en elle. Un désir irrésistible de s'offrir à l'amant expert qui venait de lui dire qu'il la voulait dans son lit. Elle qui n'avait aucune expérience en matière de sexe.

Son seul guide, son seul repère, c'était son instinct. Lequel la poussait inexorablement vers ce mâle superbe.

Elle s'y fia, avec le sentiment de se jeter à l'eau. Se rapprochant de Viktor, Rozalia lui posa la main sur la poitrine et sentit son cœur battre sous sa paume, à coups réguliers et puissants. Elle y perçut une invite, un signal.

Une plainte franchit les lèvres de Viktor, rauque et sensuelle, en même temps qu'il la prenait par les hanches et l'attirait vers lui.

Le corps viril était ferme, chaud. Doucement, Viktor appuya le nez contre le sien, puis prit possession de sa bouche.

Une myriade de sensations vertigineuses se répandit aussitôt en Rozalia, plus intenses encore que lors du premier baiser. Un courant brûlant la traversa de part en part. Ses seins devinrent ultrasensibles, ses lèvres réagissaient à la moindre caresse de celles de Viktor, frémissaient, réclamaient.

Une émotion inexplicable lui étreignit soudain la gorge. Entre ses jambes, le désir se mit à pulser. Une étrange faiblesse se propagea dans tout son être.

Tout cela à cause d'un baiser. Du mélange de douceur et d'autorité avec lequel Viktor câlinait sa bouche, sa langue. Il prenait possession d'elle tout entière et ce constat la ravissait.

Il redressa soudain la tête et lui prit la main en la regardant droit dans les yeux. Si elle souhaitait en rester là, elle devait le dire maintenant, comprit Rozalia.

Au lieu de lui demander d'arrêter, elle se laissa entraîner sans prononcer un mot.

C'était fou. Absurde. Dangereux, se répéta-t-elle en gravissant les marches avec lui. Mais, cette fois, elle irait jusqu'au bout.

Après avoir traversé un salon, il poussa une double porte ouvrant sur une chambre spacieuse au centre de laquelle trônait un lit immense. Posée sur l'une des tables de chevet, une lampe diffusait sa lumière tamisée dans la pièce.

Viktor referma la porte, tourna la clé dans la serrure d'un geste rapide et revint vers Rozalia.

Lorsque, doucement, il la prit dans ses bras, elle fondit, se délectant de sa merveilleuse chaleur.

Du désir brut brillait dans le regard rivé au sien, et c'était cela qui la sidérait le plus. Qu'il la désire, elle, Rozalia Toth.

Elle ferma un instant les yeux pour mieux sentir la puissante érection pressée contre son ventre. Puis les rouvrit et tressaillit en voyant l'expression tendue du beau visage de Viktor. De toute évidence, il avait du mal à garder son contrôle.

Lui passant les bras autour du cou, Rozalia s'abandonna à sa force et à sa chaleur. À lui.

Il reprit sa bouche avec avidité, comme s'il partageait son impatience. Comme s'il avait besoin d'elle autant qu'elle avait besoin de lui pour combler le manque qui la consumait.

Le doute resurgit dans son esprit. Était-elle censée se montrer plus audacieuse ? Moins ? Plus entreprenante ? Elle *brûlait* de le toucher, de sentir sa peau contre la sienne.

Les mains tremblantes, elle entreprit de déboutonner les boutons de la chemise blanche.

Que pensait-il de sa maladresse ? De son impatience ?

Coupant court à ses interrogations muettes, Viktor tira d'un coup sec sur l'étoffe.

Lentement, Rozalia promena les mains sur la peau chaude et hâlée. Et manifestement ses caresses ne déplurent pas à Viktor, car il laissa de nouveau échapper une plainte rauque et insinua les doigts sous son T-shirt. Quand ils lui effleurèrent les reins, elle fut parcourue par un violent frisson.

L'instant d'après, Viktor lui fit lever les bras et lui ôta son T-shirt avant de dégrafer son soutien-gorge d'un geste expert. Ensuite, il la repoussa légèrement pour faire glisser les bretelles sur ses bras.

Puis il la tint devant lui et contempla son buste.

Rozalia déglutit, s'interdit de penser qu'elle n'était pas assez féminine…

Les yeux maintenant soudés aux siens, il posa les mains sous ses seins et en frôla les pointes gonflées du bout des pouces. Avec un art à peine supportable, il se mit ensuite à les caresser, les cajoler, lui arrachant des petits halètements entrecoupés de soupirs de volupté.

Il gardait le regard rivé au sien pour s'assurer qu'elle appréciait ses caresses, devina Rozalia. Elle avait du mal à soutenir ce regard pénétrant. Le désir ondoyait dans les moindres cellules de son corps. Une chaleur sauvage se répandait entre ses cuisses, impossible à endiguer. Le plaisir atteignit une telle intensité qu'elle referma les mains sur les siennes en poussant un gémissement.

— Laisse-toi aller, ordonna-t-il.

— Non, murmura-t-elle en secouant la tête.

Elle ne pouvait pas s'abandonner ainsi. Elle avait besoin d'être dans ses bras pour se laisser aller complètement.

Fermant les yeux, elle noua de nouveau les doigts sur la

nuque chaude. Aussitôt, Viktor la prit par les hanches tandis que d'instinct Rozalia lui enroulait les jambes autour de la taille. Puis elle rouvrit les yeux et l'embrassa. Sans retenue. Elle lui mordilla la lèvre, la suça goulûment, enlaça sa langue à la sienne, l'entraînant dans un ballet torride.

Jusqu'à ce que soudain, elle se retrouve allongée sur le dos, au milieu du lit immense. Viktor se redressa devant elle, défit la ceinture de cuir noir, ouvrit sa braguette, et se débarrassa rapidement de son jean.

Avec la même hardiesse, Rozalia souleva les hanches pour ôter sa petite culotte en coton blanc... ultra-confortable mais pas du tout sexy.

Complètement nu, Viktor s'étendit à côté d'elle et glissa un genou entre ses jambes en lui caressant la cuisse. La main chaude remonta bientôt sur sa hanche, sa taille, son sein...

La sensation du corps viril pressé contre le sien la faisait gémir et trembler. Viktor était si beau... Mais il ne lui laissa pas le temps de l'admirer. Penchant la tête, il aspira le mamelon durci entre ses lèvres, arrachant un cri de plaisir à Rozalia.

Égarée dans un univers insoupçonné jusqu'alors, enivrée par les caresses des mains et des lèvres de son merveilleux amant, elle promena fiévreusement ses mains sur le dos musclé, les reins souples. Elle continuait à agir d'instinct, sans même savoir ce qu'elle faisait. Mais apparemment ses explorations maladroites ne déplaisaient pas à Viktor.

Il se redressa, les yeux étincelants, un sourire approbateur et rapace aux lèvres, puis se concentra sur l'autre sein.

Le désir déferlait en elle, tel un torrent indomptable et impérieux. Soudain, Viktor la fit glisser légèrement sous lui. Ensuite, il caressa ses seins, descendit sur sa hanche, son ventre, avant d'approcher, enfin, de l'endroit où elle se consumait pour lui.

Rozalia ferma les yeux, serra les paupières, tandis que la main experte s'immisçait entre ses cuisses. Il laissa échapper de nouveau une plainte rauque, presque animale, et s'aventura dans l'endroit le plus secret de son corps.

Une sensation étrange se déploya en elle, aussi mystérieuse

que… naturelle. Sans réfléchir, elle creusa les reins, offrant ses lèvres, ses seins, ses lèvres, son sexe. Elle s'offrit tout entière.

Viktor l'embrassa doucement, sa main continuant son ensorcelant manège. Il savait vraiment s'y prendre, faisant monter le plaisir mais ne la laissant jamais sombrer dans l'abîme. Les doigts habiles l'exploraient, la conduisaient au bord du précipice, ralentissaient, recommençaient, encore et encore.

S'il continuait ainsi, elle allait devenir folle. De désir.

Les yeux toujours clos, Rozalia glissa la main vers l'érection pressée contre l'intérieur de sa cuisse et tressaillit. Le membre ferme et chaud était doux comme de la soie.

Une plainte gutturale jaillit des lèvres de Viktor.

— Oui…, dit-il d'une voix sourde. Maintenant…

Elle retint son souffle. Elle savait ce qui allait se passer, mais ne l'avait jamais vécu. Viktor guida la puissante érection en elle, exacerbant le désir qui la ravageait. Elle aurait voulu l'absorber tout entier en elle. Il donna un premier coup de reins, la faisant haleter, se retira, recommença, avec plus de vigueur…

Un petit cri de douleur jaillit de sa gorge. Son amant redressa la tête et s'immobilisa, un voile d'incompréhension obscurcit un instant son regard, puis il se remit à bouger.

Une stupeur émerveillée envahit Rozalia.

Elle avait perdu sa virginité et ils faisaient l'amour.

Gagnée par une infinie tendresse, elle caressa le dos moite et musclé, tandis que Viktor l'embrassait avec une telle délicatesse qu'elle sentit les larmes lui monter aux yeux.

Peut-être cédait-elle à son incorrigible penchant pour le romantisme, voyant de la beauté là où il ne s'agissait que de sexe, mais peu importait. Ils étaient seuls au monde, concentrés uniquement sur leur étreinte, et elle aurait voulu que ces instants magiques ne s'achèvent jamais.

Après s'être retiré, il s'enfonça doucement en elle, les yeux mi-clos, observant ses réactions.

La douleur avait disparu, remplacée par une sensation incroyable. Des frissons de volupté parcouraient Rozalia, se répandaient dans tout son corps. Elle enroula les jambes autour de la taille de son amant et ondula avec lui. Viktor l'embrassait, la caressait, lui mordillait la peau en murmurant des mots qu'elle ne comprenait pas, parce qu'elle avait atteint un lieu où les mots n'existaient plus.

Plus rien n'importait hormis le plaisir qui ruisselait en elle et la farouche possession à laquelle elle se soumettait librement.

La jouissance les emporta au même instant, dans une harmonie parfaite. Ce fut un éblouissement, une apothéose, un embrasement de tous les sens.

Une expérience unique dont elle ressortirait changée à tout jamais, comprit Rozalia en redescendant sur terre, comblée.

4

Ce ne fut qu'au moment où Viktor voulut ôter le préservatif qu'il se rendit compte qu'il n'en avait pas mis.

Un frisson glacé le traversa, le tirant brutalement de sa léthargie post-coïtale.

Comment avait-il pu *oublier* ? Il utilisait *toujours* un préservatif !

Il roula sur le dos, encaissant ce nouveau choc après celui, aussi violent qu'inattendu, provoqué par l'intensité de l'expérience qu'il venait de vivre avec Rozalia.

Et elle avait été *vierge*, en plus...

Abandonnée et réactive, d'une sensibilité inouïe, elle avait réuni toutes les qualités qu'il pouvait attendre d'une maîtresse. Sans parler de la beauté et de la douceur de son corps aux courbes minces si féminines.

Avant même de la voir nue, il avait compris qu'une fois ne lui suffirait pas. Le désir qui le possédait était trop puissant pour se satisfaire d'une seule étreinte. Et quand elle avait pris son membre viril entre ses doigts fins, Viktor n'avait plus songé qu'à une chose : s'enfouir dans sa chaleur de femme.

Le cri poussé au deuxième coup de reins avait témoigné de la surprise de Rozalia. Et peut-être aussi de sa douleur. Il avait été sidéré, choqué, de s'être trompé sur celle qu'il croyait expérimentée, mais n'avait pu se résoudre à s'arrêter. Il ne l'aurait pas supporté.

Observant le beau visage, il avait vu alors des émotions

inconnues se succéder sur les traits délicats. À cet instant, il avait connu Rozalia au niveau le plus intime parce qu'il avait partagé le même émerveillement devant l'inconnu, la même impression de magie.

Pendant ces moments sublimes, Viktor avait oublié l'urgence de son désir. Les caresses échangées le ravissaient, le grisaient, de même que les gémissements qui s'échappaient des lèvres entrouvertes. Il serait resté enfoui en elle jusqu'à la fin des temps, si son orgasme n'avait provoqué le sien. À ce stade, toute pensée avait déserté son esprit. Toute velléité de contrôle ou de domination.

Mais à présent…

— Tu étais vierge, commença-t-il d'un ton neutre. Dois-je en déduire que tu n'utilises pas de moyen de contraception ?

— Hum… ? fit-elle en tournant la tête vers lui.

Ils étaient allongés côte à côte sur le couvre-lit froissé, le corps de Rozalia luisait doucement dans la lumière tamisée. Les cheveux bruns épars auréolaient son visage ovale, elle avait les joues roses, les lèvres gonflées.

Elle le regarda un instant en battant des cils.

— Je vais prendre la pilule du lendemain.

— Tu as intérêt, acquiesça Viktor.

La retombée était dure. Les soupçons anéantissaient tout souvenir des instants fabuleux partagés avec elle. Comment avait-il pu perdre la tête ainsi ? Il se croyait pourtant immunisé contre les sourires innocents et les douces caresses !

— Nous n'allons tout de même pas commettre la même erreur que…, commença-t-elle d'une voix enjouée.

— Non, ce n'est pas mon intention, coupa-t-il sèchement.

Il ne referait certes pas l'erreur de croire une femme amoureuse de lui, avant d'être trahi par elle de sang-froid.

— Espérais-tu obtenir la boucle d'oreille en échange de cet agréable intermède ? Si c'est le cas, tu as raté ton coup. Je n'ai toujours pas l'intention de te la céder.

— Pardon ? s'exclama Rozalia d'une voix étranglée.

Son corps frémissait encore de plaisir et lui, il *l'accusait* d'avoir...

Elle se redressa et referma les bras autour de son buste.

— Tu plaisantes ? demanda-t-elle, atterrée.

— Tu as vingt-quatre ans, n'est-ce pas ? La plupart des gens perdent leur virginité bien plus tôt, de nos jours.

Non, ce n'était pas possible... Après lui avoir fait vivre des moments fabuleux, Viktor l'accusait froidement d'avoir *profité* de lui ? En se servant de son corps ? De sa virginité ?

— Et alors ? rétorqua-t-elle, les joues en feu. Tu me trouves anormale, c'est cela que tu veux dire ?

En se laissant guider par son instinct, peut-être avait-elle fait preuve de maladresse. Elle avait peut-être été ridicule. Sa poitrine se serra douloureusement à cette pensée.

— Ce que je veux dire, c'est que manifestement tu n'as pas l'habitude de te livrer à ce genre d'expérience et que par conséquent tu dois avoir une bonne raison de m'avoir choisi comme premier amant, alors que tu me connaissais depuis quelques heures à peine. D'où ma question : qu'attends-tu de moi en échange ?

— Pourquoi es-tu aussi méprisant ? Aussi brutal ?

Rozalia descendit précipitamment du lit pour rassembler ses vêtements. Du coin de l'œil, elle vit Viktor se redresser et s'appuyer avec nonchalance sur un coude, tel un modèle prenant la pose. Ou un cheikh arrogant congédiant l'une de ses concubines.

Elle s'interdit de le regarder et se pencha pour ramasser son soutien-gorge.

— Réponds à ma question, ordonna-t-il d'une voix glaciale. Pourquoi moi ? Qu'espérais-tu obtenir en échange ?

— Et pourquoi *pas* toi ? riposta-t-elle. Mais apparemment, je connais déjà la réponse. Bravo pour la prestation, mais en ce qui concerne l'après, il y a sans doute mieux.

— Tu voudrais me faire croire qu'après être restée vierge jusqu'à vingt-quatre ans, tu as soudain décidé de t'offrir une passade avec un étranger ? repartit-il sans se troubler.

— N'inverse pas les rôles, s'il te plaît. C'est *toi* qui m'as invitée ici dans l'intention de me séduire, ne dis pas le contraire ! Je me demande vraiment comment j'ai pu me laisser manipuler ainsi !

Elle enfila rapidement son jean et remonta la fermeture Éclair.

— Tu veux que je t'emmène dans une pharmacie ? Que je te donne de l'argent pour la pilule ?

— Quel gentleman ! fit-elle d'un ton ironique. Non, merci.

S'il sortait son portefeuille, elle le frapperait !

— Il y en a une à deux pas de mon hôtel, justement.

— Je vais demander à mon chauffeur de te reconduire.

— Oh ! ne te donne surtout pas cette peine !

Ravalant ses larmes, Rozalia acheva de se rhabiller à la hâte. Comment avait-elle pu se laisser aller ainsi ? Se jeter dans les bras d'un play-boy, d'un habitué des conquêtes faciles ? Dire qu'elle avait cru avoir affaire à un amant généreux, attentionné... Quelle idiote ! Elle aurait mieux fait de se souvenir du serment fait avec Gizi. Attendre de rencontrer un homme partageant les mêmes sentiments, la même attirance, un être sincère qui s'intéresse vraiment à sa personne, au lieu de la voir comme un simple objet sexuel.

— Ne sois pas stupide, il fait nuit.

Du coin de l'œil, elle le vit tendre le bras vers le téléphone posé sur la table de chevet.

— Je suis sûre que le gardien sera ravi de m'appeler un taxi, déclara-t-elle en redressant le menton.

Mon Dieu, elle se sentait tellement *ridicule* !

Sans tenir compte de ses paroles, il appuya sur une touche et Rozalia l'entendit parler. Mais elle franchissait déjà le seuil de la pièce et s'avançait dans le couloir, sans un regard en arrière.

Viktor se réveilla à l'aube avec un mal de tête épouvantable et sans le moindre appétit. Mais il se leva d'un bond comme d'habitude et se dirigea vers la salle de bains en s'efforçant de refouler le profond dégoût qui l'habitait depuis le départ de Rozalia.

La douche n'améliora en rien son humeur. Il en avait déjà pris une dès qu'elle avait claqué la porte derrière elle au milieu de la nuit. Mais il avait eu beau se frictionner énergiquement, il n'était pas parvenu à effacer la culpabilité et le profond mépris de lui-même d'avoir succombé ainsi aux exigences de sa libido.

Cependant, après que Rozalia fut partie comme une furie, il avait éprouvé une sorte de regret.

L'avait-il désirée au premier regard ? Oui. Mais il ne l'avait pas *manipulée*. Il ne jouait pas avec les femmes. Il aimait se voir comme un amant généreux, au lit et en dehors du lit, et il avait cru qu'ils étaient sur la même longueur d'onde.

Était-il possible qu'elle ait été emportée par la même folie qui s'était emparée de lui ?

Depuis quand cédait-il à ce genre d'égarement ? Il était un homme expérimenté, pas un adolescent en proie à ses premiers émois sexuels. Il aurait dû renvoyer Rozalia au lieu de l'amener ici. Mais, dès l'instant où il était sorti des bureaux de Rika Corp et l'avait aperçue, il s'était senti…

Il ne voulait plus penser à cette femme. Ni ressasser la soirée passée avec elle, afin de comprendre à quel moment il s'était trompé sur son compte.

Après avoir appelé une seconde fois le gardien de nuit pour s'assurer que le chauffeur l'avait bien reconduite à son hôtel, il demanda à Endre de lui servir le café dans son bureau un peu plus tard et s'efforça d'éliminer la sensation étrange qui frémissait dans sa poitrine.

Cependant, elle était toujours là quand il s'habilla puis descendit à son bureau.

Pourquoi Rozalia s'était-elle donnée à lui ? Pourquoi lui avait-elle offert sa virginité ? *Pourquoi*, bon sang ?

Viktor décida de travailler quelques heures à la maison, où le calme et la solitude lui permettraient de se débarrasser de son mal de tête. Il se rendrait au siège de Rika Corp plus tard. Là-bas, il n'avait pas une minute de paix. Ni en semaine, ni le week-end.

Lorsqu'il reposa sa tasse vide sur la soucoupe, il se rappela tout à coup que la veille il n'avait pas remis la boucle d'oreille dans le coffre.

Or l'écrin et son précieux contenu ne se trouvaient plus sur son bureau, là où il l'avait laissé. Il n'était pas non plus tombée sur le parquet. Viktor regarda partout : la boucle d'oreille avait bel et bien disparu.

À présent, il savait pourquoi Rozalia s'était donnée à lui.

Rozalia fut réveillée en sursaut par des coups impérieux frappés à la porte de sa chambre.

Elle portait encore ses vêtements de la veille, s'étant jetée tout habillée sur le lit en arrivant, à minuit passé, épuisée et le cœur meurtri. Après une aventure avec un vulgaire don Juan qui ne méritait vraiment pas qu'elle se laisse affecter ainsi par son comportement odieux.

— Ouvrez, mademoiselle Toth. C'est la police.

La porte fut déverrouillée et ouverte avant même que Rozalia n'ait eu le temps de se lever.

Affolée, elle bondit du lit. Il devait être arrivé quelque chose à l'un ou l'autre membre de sa famille.

— Que se passe-t-il ? demanda-t-elle au directeur de l'hôtel qui s'effaçait pour laisser entrer deux policiers en uniforme, un homme et une femme.

Celle-ci pria le directeur d'attendre dans le couloir, puis son collègue désigna une chaise à Rozalia.

— Asseyez-vous.

De son côté, la policière entreprit de fouiller dans les affaires de Rozalia.

— Mais… Qu'est-ce que vous faites… ? protesta-t-elle, ahurie.

— Parlez-moi de cette boucle d'oreille que M. Rohan vous a montrée hier soir, ordonna le policier.

Au lieu de se réveiller d'un cauchemar, Rozalia se retrouva au poste de police une heure plus tard. Là, on prit ses empreintes, elle fut soumise à un nouvel interrogatoire, au terme duquel elle fut accusée d'avoir volé la boucle d'oreille dans le bureau de Viktor avant de quitter Kastély Karolyi.

Elle eut beau répéter encore et encore qu'elle s'était contentée de récupérer son sac resté dans le salon avant de sortir de la maison, rien n'y fit.

— La propriété n'est pas équipée de caméras de surveillance ? demanda-t-elle. Et puis, si j'avais pris la boucle d'oreille, vous l'auriez trouvée dans mes affaires.

Peu importait qu'elle s'exprime dans un hongrois parfait, c'était comme s'ils ne l'entendaient pas. Ils lui permirent de garder son T-shirt chiffonné et son jean, mais lui prirent tout le reste, blouson, smartphone...

Ils l'autorisèrent à passer un unique coup de fil, au moment où elle se sentait presque à bout de résistance. En proie à une anxiété sans nom et privée de son répertoire, Rozalia ne se rappelait que le numéro de la boutique. Or, vu qu'il était plus de minuit à New York, son oncle serait rentré chez lui. À moins qu'il ne soit encore en Floride ? Elle n'arrivait plus à s'en souvenir.

Impossible d'appeler ses parents. Elle les connaissait : quand ils apprendraient la situation, ils paniqueraient. Ils tenteraient bien de la rassurer, mais ne sauraient pas comment s'y prendre pour trouver un avocat. D'autre part, ils n'avaient pas les moyens de payer la caution.

Au prix d'un suprême effort de concentration, elle crut se souvenir du numéro de Gisella et le composa, sous le regard peu encourageant du policier chargé de sa surveillance.

Mon Dieu, pourvu que ce soit le bon numéro...

Lorsqu'une voix d'homme lui répondit, Rozalia crut qu'elle allait s'effondrer sur place.

— Oh ! non ! Je me suis trompée de numéro ! s'exclama-t-elle, découragée. Excusez-moi...

— Attendez. Vous voulez parler à Gisella ? Vous êtes Rozi ?

— Oui ! Et vous ? Qui êtes-vous ?

— Ne quittez pas, je vous la passe.

— Allô !

Rozalia se sentit tellement soulagée d'entendre la voix de sa cousine qu'elle fondit en larmes. Et lorsque quelques instants plus tard elle tendit le téléphone au policier – pour qu'il donne les précisions nécessaires à Gisella –, elle avait déjà oublié ce qu'elle-même avait dit. Elle ne se rappelait que les paroles de Gizi :

« Je réserve un billet d'avion et j'arrive. »

— Comment cela, elle a été *arrêtée* ? s'exclama Viktor, scandalisé.

Décidément, la situation ne faisait qu'empirer !

— Et où l'ont-ils emmenée, bon sang ? rugit-il dans le combiné.

Depuis combien de temps se trouvait-elle au poste de police ? En garde à vue ? Huit heures s'étaient écoulées depuis qu'il avait découvert la disparition de la boucle d'oreille. Huit heures durant lesquelles il avait chargé Endre d'appeler la police et de leur demander *d'interroger* Rozalia. Puis de fouiller sa chambre si nécessaire, de manière à s'assurer qu'elle ne quitte pas le pays avec la boucle.

Il ne leur avait pas demandé de *l'arrêter*, bon sang !

Deux agents de police s'étaient présentés à Kastély Karolyi, avaient pris sa déposition et relevé les empreintes dans son bureau. Ils avaient également interrogé le personnel de jour, Endre et le gardien de nuit.

C'était grâce à ces derniers que Viktor avait appris le passage de Trudi.

— Que voulait-elle ? avait-il demandé au gardien.

— Son nom était inscrit sur la liste, en tant qu'invitée. Alors je l'ai laissée entrer, avait répondu celui-ci. Si vous voulez bien me suivre jusqu'à la loge, je peux vous...

Inutile, Viktor le croyait sur parole. Ce qu'il avait souhaité entendre, c'était que sa mère avait inscrit le nom de Trudi sur la liste en question.

Il avait aussitôt appelé la jeune femme, qui l'avait d'abord pris de haut.

— Ta mère m'a dit qu'elle était obligée de quitter Budapest.

Et elle pensait que tu aimerais avoir de la compagnie. Mais apparemment, tu t'étais déjà arrangé pour ne pas dîner seul.

Les derniers mots avaient été prononcés avec dépit, détail qui n'avait pas échappé à Viktor.

Endre avait essayé de renvoyer la visiteuse, apprit-il ensuite. Le majordome lui avait dit que Viktor était avec une invitée. Sur l'insistance de Trudi, Endre était monté à l'étage, et il expliqua qu'il avait laissé la jeune femme dans le salon suffisamment longtemps, afin qu'elle comprenne que Viktor s'était retiré pour la nuit. Ne sachant si Rozalia était encore là, il n'avait pas voulu le déranger.

Or la porte séparant le salon du bureau n'était pas fermée à clé. Lorsque Viktor questionna Trudi et lui demanda sans ménagement si elle avait vu la boucle d'oreille, il eut droit à un silence éloquent.

— Les policiers ont relevé les empreintes dans mes appartements, précisa-t-il, gardant son calme à grand-peine. Si tu as quelque chose à me dire, c'est le moment.

— Je suis entrée dans ton bureau pour voir si tu travaillais, dit-elle d'un ton détaché. Et j'ai pensé qu'il n'était pas prudent de laisser traîner un bijou d'une telle valeur. Alors je l'ai mis en sûreté, dans le tiroir de la console en acajou du salon.

En réalité, elle l'avait *caché*. Par pure méchanceté.

— Je n'apprécie pas du tout ce genre de plaisanterie, Trudi. Ni la possessivité, surtout quand elle est aussi déplacée. Ne t'attarde pas à Budapest pour moi, conclut-il avant de raccrocher sans même la saluer.

Si jamais elle restait dans les parages et tentait à nouveau de l'approcher, elle aurait affaire à lui.

Quand il se rendit à l'hôtel où était descendue Rozalia, le directeur l'informa en bégayant qu'il avait fouillé *lui-même* la chambre une seconde fois, dans l'espoir de lui restituer *personnellement* la boucle d'oreille. La police avait emmené Mlle Toth parce qu'elle refusait de leur dire où elle l'avait cachée, expliqua-t-il. Ou à qui elle l'avait vendue.

Viktor quitta l'hôtel en maudissant Trudi, remonta en voiture et appela son avocat en chemin pour lui demander de le rejoindre au poste de police central.

Rozalia était à bout de forces, mais elle n'essaya même pas de dormir. Les épaules et le dos raides, elle resta assise sur le lit en fer, épiant le moindre bruit, le moindre mouvement provenant de l'une ou l'autre de ses codétenues qui paraissaient profondément endormies. En fait, elle s'imposait une discipline de fer pour dominer la terreur qui l'habitait.

Gisella allait venir à son secours, se répéta-t-elle à nouveau. Il suffisait d'être patiente.

Au bout d'un temps qui lui parut interminable, un gardien ouvrit la porte et lui demanda de le suivre. Une avocate l'attendait, ajouta-t-il avant de s'avancer dans le couloir.

Une joie indicible envahit Rozalia, si intense qu'elle se mit à trembler. Les jambes mal assurées, elle s'interdit de vaciller et redressa les épaules pour se donner du courage.

Le gardien la fit entrer dans une pièce où se trouvaient quatre personnes, deux hommes en costume sombre et une femme en tailleur gris perle, ainsi qu'un policier en uniforme. Attirée par son sourire bienveillant, Rozalia s'avança vers celle qui devait être l'avocate envoyée par Gizi,

Pas question de regarder l'homme en costume noir coupé sur mesure et au charisme sensuel et viril. L'individu qui l'avait tenue dans ses bras, embrassée partout. Celui auquel elle s'était donnée tout entière, corps et âme.

Rozalia refoula la douleur sourde qui lui étreignait la poitrine. C'était à cause de ce salaud qu'elle avait été arrêtée.

— Je me présente : Sophie Balogh, dit l'avocate en lui tendant la main.

— C'est ma cousine, Gisella Drummond, qui vous a demandé de venir ? s'enquit Rozalia en serrant la main tendue.

— En réalité, je suis mandatée par Kaine Michaels. C'est à lui que j'enverrai mes honoraires par l'intermédiaire de notre filiale américaine, mais je suis ici à la demande de Gisella Drummond, en effet.

Kaine Michaels ? Il ne fallait surtout pas que, à cause d'elle, Gizi se retrouve dépendante de cet homme !

Cédant à une impulsion déraisonnée, elle se hasarda à regarder Viktor l'espace d'une seconde.

Les yeux gris étaient dardés sur elle. Une expression figée et impénétrable se lisait sur ses traits, mais elle *sentit* la fureur émaner de lui et l'atteindre en plein cœur.

— Je ne l'ai pas prise ! s'écria-t-elle d'une voix rauque.

— On l'a retrouvée, répliqua-t-il, crispé. Chez moi.

— Pourquoi suis-je ici, alors ? s'exclama Rozalia, stupéfaite.

— M. Rohan s'est déjà occupé de votre libération, intervint Sophie Balogh en lui posant brièvement la main sur le bras.

Rozalia soutint le regard bleu de l'avocate.

— Je désire que ce soit vous qui vous en occupiez, lui dit-elle. Je ne veux pas devoir quoi que ce soit à M. Rohan. Et c'est à moi que vous enverrez vos honoraires. Kaine Michaels n'a rien à voir dans cette histoire.

— Tout est déjà réglé, répliqua gentiment Sophie Balogh. Il reste quelques formalités à remplir et il se peut que vous deviez comparaître devant un juge pour que l'affaire soit définitivement classée. Sinon, vous pourriez avoir des ennuis lorsque vous quitterez la Hongrie. Je m'occuperai de cette partie de la procédure avec plaisir, mais vous êtes déjà...

Elle adressa un regard sévère aux deux hommes.

— ... vous êtes déjà plus ou moins libre de vous en aller.

— Qu'entendez-vous par *plus ou moins* ? s'enquit Rozalia, paniquée.

— Le directeur de l'hôtel a profité de l'occasion pour se faire de la pub gratuite, dit Viktor avec mépris. Les journalistes font le siège. J'ai proposé de t'emmener...

— Je préfère retourner dans ma cellule.

— Mademoiselle Toth..., commencèrent d'une seule voix l'avocate et l'homme en costume anthracite demeuré silencieux jusqu'à présent.

Ils s'interrompirent en voyant Viktor se diriger vers la porte et l'ouvrir, sans que le policier ne s'y oppose.

— Viens, dit-il en se retournant vers Rozalia. C'est à cause de moi que tu t'es retrouvée ici, laisse-moi au moins t'en sortir.

— Où comptes-tu m'emmener ? riposta-t-elle, le menton haut.

— Je possède un chalet dans la montagne où personne n'ira t'importuner.

S'interdisant de trembler, elle s'avança vers la porte, passa devant Viktor sans le regarder et prit la direction de la sortie.

Avant de quitter le poste de police, ils durent toutefois s'arrêter devant un comptoir où ses affaires lui furent restituées. Rozalia fouilla nerveusement dans son grand sac pour vérifier que porte-monnaie, portefeuille, passeport, tablette, carnet et smartphone s'y trouvaient bien.

L'agent de service lui tendit un stylo en lui demandant d'apposer sa signature à différents endroits du document qu'il plaça devant elle, mais au lieu de s'exécuter Rozalia recommença à fouiller fiévreusement son sac.

— Où est ma bague ? Le policier qui a pris mes affaires l'avait mise dans une enveloppe.

L'agent de service haussa les épaules et Viktor eut le culot de lui poser la main sur l'épaule en disant :

— Pas de panique. Je suis sûr qu'elle est là.

Se dégageant brutalement, elle frappa du poing sur le comptoir.

— J'ai été soupçonnée à tort et arrêtée indûment pour vol. Et je n'ai pas l'intention de faire plus longtemps les frais de cette méprise lamentable. Alors *rendez-moi ma bague* !

— Hé, doucement…, fit l'agent, l'air mauvais.

Viktor et celui qui était en fait son avocat, s'interposèrent et réussirent à les calmer tous les deux.

Quelques instants plus tard, l'enveloppe portant son nom et contenant la précieuse bague lui fut rendue, mais Rozalia tremblait si fort qu'elle n'arrivait pas à la glisser à son doigt. Viktor proposant de l'aider, elle le repoussa à nouveau.

Sa bague enfin au doigt, ses affaires dans son sac, elle adressa un petit salut raide à l'agent et franchit le seuil du poste de police la tête haute.

Elle était manifestement épuisée, avait les yeux cernés et le visage blême, mais elle avait tenu bon – jusqu'à l'incident de la bague.

De son côté, Viktor n'avait même pas craint d'avoir perdu la fameuse boucle d'oreille quand il avait constaté sa disparition. Pas vraiment. Le vol le rendait furieux, sous quelque forme que ce soit, mais il n'était pas attaché aux biens matériels, précieux ou non.

En revanche, il s'était senti profondément trahi par Rozalia et avait été furieux contre lui-même, de s'être laissé duper ainsi. Avant de découvrir l'identité de la vraie coupable.

Le comportement de Trudi ne faisait que renforcer sa méfiance envers les femmes. Mais la détresse de Rozalia l'affectait cependant davantage qu'il ne l'aurait souhaité.

Dès qu'ils furent installés à l'arrière de sa voiture, Viktor se tourna vers elle.

— Lorsque j'ai constaté la disparition de la boucle d'oreille, j'ai demandé à la police d'aller t'interroger à ton hôtel. Ils ont fait un excès de zèle en t'arrêtant. Cela dépassait de loin ma requête.

— Ah ? fit-elle avec dédain, le regard obstinément fixé devant elle. Je pensais qu'il s'agissait d'une nouvelle attention de ta part, dans la lignée de celles dont tu m'as gratifiée cette nuit, après avoir bien profité de ma stupidité.

Viktor la regarda sortir son smartphone de son sac informe et remarqua que ses doigts tremblaient. Il admira sa force de caractère. Il s'en réjouit.

— Je suis sur le point de partir à l'aéroport, dit l'interlocutrice de Rozalia.

Jetant un regard en biais à l'écran du téléphone, il supposa qu'il s'agissait de Gisella Drummond. Dire que le visage lui parut familier aurait été exagéré, mais il y avait quelque chose dans ses traits, sa voix, qui lui rappelait ceux de sa mère.

— Tant mieux, je voulais te joindre avant ton départ. Ça y est, je suis libre. Tout va bien. Ce n'est pas la peine que tu viennes.

— Tu es en route pour l'aéroport de Budapest ? Tu rentres à New York ?

— Non, il faut que je reste encore un peu ici. Mais d'après l'avocate, ce ne sera pas long, juste le temps de régler les derniers détails.

— Je viens quand même te rejoindre, Rozi, et je resterai avec toi jusqu'à ce que tout soit terminé.

Rozi. Ce diminutif affectueux plut à Viktor.

— Non, ce n'est vraiment pas la peine. Tu ne pourrais rien faire de plus, de toute façon.

L'échange se poursuivit dans la même tonalité, jusqu'à ce qu'un signal sonore n'avertisse Rozalia qu'un correspondant cherchait à la joindre.

— Oh ! j'ai un appel de maman – je te laisse, Gizi. Je t'embrasse !

Cette fois, la conversation fut plus larmoyante – côté maternel –, Rozalia ne parvenant pas à rassurer sa mère qu'elle allait bien et s'excusant d'avoir ameuté tout le monde. Il s'agissait d'un malentendu, insista-t-elle.

— Pourquoi continuez-vous à rechercher ces boucles d'oreilles ? demanda Mme Toth. Je croyais que vous en aviez terminé avec cette histoire !

— Je n'ai presque plus de batterie, maman. Je te rappelle plus tard, après avoir pris une douche et dormi un peu.

Elle glissa l'appareil dans son sac, puis se raidit en s'apercevant que la voiture franchissait les barrières d'un aéroport privé.

— Je croyais que tu m'emmenais à la gare routière !

— La gare routière, répéta lentement Viktor. J'apprécie vraiment ton sens de l'humour, Rozi. Je n'ai jamais pris un bus de ma vie.

5

Secondé par un copilote, Viktor pilotait lui-même l'hélicoptère, si bien que Rozalia n'avait pas l'opportunité de lui parler – ce qui ne la dérangeait pas le moins du monde.

Elle n'allait tout de même pas le remercier de l'avoir fait sortir de prison alors que c'était à cause de lui qu'elle s'y était retrouvée !

Avant d'appeler la police, il aurait pu au moins la prévenir. Bien sûr, s'il lui avait demandé si elle avait volé la boucle d'oreille, elle aurait nié et il ne l'aurait pas crue. Par conséquent, cela n'aurait pas changé grand-chose. Mais elle refusait de considérer la situation sous cet angle. Elle préférait camper sur ses positions, pas du tout prête à oublier les accusations qu'il lui avait balancées à la figure alors qu'ils venaient de faire l'amour avec passion. Ou du moins l'avait-elle cru, à tort.

Elle rumina ces sombres pensées durant tout le vol, jusqu'au moment où elle vit le soleil descendre au-dessus du massif du Nord, situé sur les contreforts des Carpates, lesquels grossissaient à vue d'œil au fur et à mesure qu'ils s'en approchaient.

L'hélicoptère se posa en douceur derrière un ravissant chalet niché sur un petit plateau qui s'étalait à mi-hauteur du versant sud et surplombait la vallée.

— Tes bagages ont été enlevés à ton hôtel, dit Viktor en l'aidant à descendre de l'appareil. Je vais les porter à l'intérieur. Si la gouvernante est là, elle s'en occupera…

— Je préfère m'en occuper moi-même, l'interrompit Rozalia d'un ton sec en entrant dans la maison.

Tandis que Viktor se dirigeait vers la cuisine ouverte, elle alla vers l'escalier conduisant à une véranda qui courait autour de la maison et dominait un profond ravin. D'un autre côté, elle donnait sur la vallée, au centre de laquelle un lac s'étirait tout en longueur. L'eau paraissait presque noire sous le ciel violet foncé où s'effilochaient les dernières traînées roses et mauves. Au loin, Rozalia aperçut un petit village dont les maisons de pierre entouraient une église.

Alors qu'elle admirait la majesté de la vue, elle entendit soudain le ronronnement de l'hélice provenant de l'arrière du chalet. L'instant d'après, l'appareil s'élevait dans le ciel et repartait vers Budapest.

Il ne lui avait même pas dit au revoir... Et alors ? Pourquoi ressentait-elle une horrible sensation d'abandon ? C'était exactement ce qu'elle désirait : être seule et réfléchir sereinement à ce qu'elle avait traversé depuis sa rencontre avec Viktor la veille. Mais son départ ne faisait que confirmer l'impression qu'elle gardait de leur brève aventure. Il s'en allait sans lui dire un mot, parce qu'elle ne représentait rien pour lui.

La porte communiquant avec l'intérieur de la maison s'ouvrit derrière elle, la faisant sursauter.

— Je croyais que tu étais parti ! s'exclama-t-elle en voyant Viktor s'avancer vers elle.

Après s'être sentie abandonnée lâchement, elle paniquait à la perspective de cohabiter avec lui...

— Tu... Tu comptes rester ici avec moi ?

— Évidemment. La gouvernante a rempli les placards et le réfrigérateur, et laissé des plats à réchauffer. Si nous avons besoin de quelque chose, elle nous l'apportera quand elle reviendra dans quelques jours.

Dans quelques jours ?

Rozalia contempla les toits distants du village dont les contours s'estompaient. Combien de temps lui faudrait-il pour marcher jusqu'à là-bas, dans l'obscurité ? Il devait bien y avoir un hôtel, ou une maison d'hôtes. Mais auraient-ils une chambre de libre ? Y avait-il des taxis dans un aussi petit village ?

Et combien lui restait-il sur son compte ? Que lui demanderait-ton pour la conduire jusqu'à Budapest ? À supposer qu'il y ait bien des taxis. Ne serait-ce qu'un.

— Tu as dit à ta mère que tu désirais prendre une douche et dormir, lui rappela Viktor. Je te montre ta chambre ?

Elle acquiesça d'un petit hochement de tête. Subitement, elle n'éprouvait plus aucun désir de partir.

Peut-être à cause du charme du chalet, et du fait qu'elle ait sa propre chambre. Et puis, Rozalia se sentait soudain exténuée et prête à s'écrouler sur le premier lit venu...

Construite par un architecte ingénieux, la maison était agrémentée de baies vitrées, si bien que l'on avait l'impression que celle-ci flottait à mi-hauteur du ravin. Des meubles anciens et des œuvres d'art étaient mis en valeur par un éclairage subtil, mais ce qui se dégageait surtout de la vaste pièce, c'était une impression de confort et d'harmonie.

On se sentait bien dans ce chalet. Chez soi.

— C'est la chambre de ta mère ? lança-t-elle, frappée par le raffinement de la pièce dont Viktor venait d'ouvrir la porte.

— Elle a fait décorer cette maison à distance, en recourant uniquement à sa tablette. Je suis le seul à venir ici. Mais elle a conçu l'ensemble dans le but de m'accueillir un jour avec femme et enfants.

— Tu ne préfères pas que ta future épouse soit la première à étrenner cette chambre ?

Il la dévisagea un instant en silence.

— Tu as faim ? demanda-t-il, esquivant sa question.

— Je suis surtout fatiguée, avoua Rozalia.

Et elle avait besoin de temps pour se retrouver. La proximité de Viktor la troublait trop. Il avait une façon de la regarder qui la perturbait. Comme s'il avait pitié d'elle.

Et, surtout, le fait de se retrouver seule avec lui dans une chambre lui rappelait beaucoup trop le moment où il l'avait emmenée dans la sienne, à Kastély Karolyi.

— J'aimerais prendre un bain et recharger mon téléphone. Il y a le wi-fi ?

Il lui indiqua le mot de passe, puis s'en alla en disant qu'ils se retrouveraient plus tard, quand elle serait reposée.

Après s'être enfermée à double tour, Rozalia se déshabilla et prit un bon bain chaud dans la salle de bains ultra-moderne attenante à la chambre, mais sans vraiment parvenir à se détendre.

Une fois allongée dans le grand lit – au matelas ferme mais pas trop, exactement comme elle les aimait –, elle ne parvint pas à trouver le sommeil avant longtemps. Les pensées tourbillonnaient dans son esprit sans répit. Les images défilaient, tour à tour torrides ou terrifiantes.

Elle finit néanmoins par s'endormir et se réveilla le lendemain… à midi.

Repoussant le moment de se retrouver face à Viktor, elle resta au lit et répondit aux SMS envoyés par la famille, rassura tout le monde et affirma qu'elle allait bien. Mais elle s'inquiétait pour Gisella qui, apparemment, voyait beaucoup Kaine et s'était rendue dépendante de lui à cause de son arrestation.

Rozalia s'en voulait tellement d'avoir mis Gizi dans cette situation… Fermant les yeux, elle se promit de tout arranger dès son retour à New York.

Une seconde plus tard, elle se sentait dériver à nouveau dans le sommeil.

Quand elle se réveilla, elle mourait de faim et se leva, déterminée à trouver quelque chose à manger sans rien demander à quiconque. C'est-à-dire à Viktor.

Enfilant son pantalon de yoga et un long T-shirt, elle descendit au rez-de-chaussée sur la pointe des pieds. Dans la cuisine, elle aperçut une assiette, une fourchette et un couteau posés dans l'évier.

La machine à café était éteinte, mais il en restait suffisamment pour remplir une tasse. Soulevant le couvercle d'une sorte de corbeille posée sur le plan de travail, elle y trouva du pain grillé.

Ensuite, elle s'aventura dans la vaste pièce à vivre déserte et remarqua une porte entrebâillée au fond à gauche. Tendant l'oreille, elle entendit Viktor parler en italien. Sans doute au téléphone.

Retournant à la cuisine, Rozalia mit assiette, tasses et couverts sales dans le lave-vaisselle, puis se dirigea vers la baie vitrée. Il y avait quelque chose de féerique dans le paysage environnant. Une sorte de magie à laquelle il était impossible de rester insensible. Alors qu'elle aurait préféré détester tout ce qui avait trait de près ou de loin à Viktor Rohan !

Un bruit de pas la fit se retourner vivement.

Quand on parlait du loup...

Rasé de près, il était... somptueux dans ce jean bleu indigo et cette chemise blanche entrouverte à l'encolure. Les effluves désormais familiers de son eau de toilette lui caressèrent les narines, ravivant des souvenirs malvenus.

Il portait une tasse vide et une assiette sur laquelle traînaient quelques miettes de pain grillé.

— Bonjour, dit-il tranquillement.

La voix de baryton fit naître des frissons partout en elle.

— Bonjour. J'allais refaire du café, si tu en veux...

— Volontiers.

Rozalia se détourna et s'avança vers les placards.

— Deuxième à droite, dit-il.

Ravie d'avoir quelque chose à faire – et de lui tourner le dos –, elle suivit ses indications et prépara le café. Mais elle demeurait terriblement consciente du regard pénétrant suivant le moindre de ses gestes. Elle sentait la chaleur virile se propager en elle en ondes délicieuses.

Elle attendit que le café soit prêt pour se retourner.

— Je te sers ? demanda-t-elle sans regarder Viktor.

— Oui, merci, répliqua-t-il en tendant sa tasse vers elle.

Mon Dieu, on aurait dit un dialogue de pièce de théâtre, jouée par des comédiens amateurs...

— Où était la boucle d'oreille ? demanda Rozalia avec calme après avoir rempli la tasse de Viktor.

Le cœur battant dans sa poitrine, elle versa le liquide à l'arôme puissant dans sa propre tasse.

— Elle avait été déplacée.

— Par un membre du personnel ?

— Par une femme que ma mère voudrait me voir épouser.

Rozalia faillit en lâcher sa tasse.

— Tu es fiancé ?

— Pas du tout. Il faut que tu manges, dit-il en tirant une chaise pour elle.

Comme il se dirigeait vers le réfrigérateur, elle se laissa tomber sur la chaise, horrifiée.

— Quand est-elle venue ? Elle...

— Ne t'inquiète pas, l'interrompit-il d'un ton neutre. Ne sachant pas si tu étais encore là, le majordome n'a pas voulu me déranger et l'a renvoyée.

— Je vois..., murmura-t-elle.

Tout en parlant, Viktor avait sorti du réfrigérateur de la salade composée et un assortiment de fromages appétissants. Après avoir posé le tout sur la table, il se dirigea vers l'un des placards et y prit une miche de pain qui paraissait sortir du four.

— Tu l'avais invitée ?

— Moi, non. Ma mère s'en était chargée.

Il s'assit en face d'elle et l'engagea à se servir, avant de couper de larges tranches de pain.

— Ma mère a fait croire à Trudi qu'elle avait toutes les chances de devenir ma femme. Mais Trudi nous a vus ensemble sur un site people – un paparazzi a réussi à nous prendre en photo à notre arrivée à Kastély Karolyi –, et elle a été vexée de me voir rentrer chez moi avec une femme alors qu'elle croyait avoir rendez-vous avec moi.

— C'est à cause d'elle que j'ai été arrêtée ? Elle a cherché délibérément à me faire passer pour une voleuse ?

— Elle prétend avoir mis la boucle d'oreille en sûreté pour éviter qu'elle ne soit volée, justement. Mais je comprends ton indignation. Ta réaction est tout à fait légitime.

Rozalia le dévisagea en silence, interloquée. Comment pouvait-on faire une chose pareille ? Heureusement qu'elle ne risquait pas de rencontrer cette Trudi...

— Tu tiens beaucoup à ta bague, manifestement, reprit Viktor. C'est l'une de tes créations ?

— Non, elle a été créée pour moi par Gisella, répondit-elle en baissant les yeux sur la bague qu'elle ôtait rarement.

— Je peux ? demanda-t-il en tendant la main.

Après un instant d'hésitation, Rozalia le laissa prendre la sienne et frémit au contact des longs doigts qui l'avaient explorée, caressée...

Arrête ça ! Tout de suite !

Lui tenant doucement la main, il contempla l'anneau d'or rose fait d'entrelacs de feuilles de vigne, certaines serties de petits diamants évoquant des gouttelettes de rosée, d'autres entourant l'opale noire placée au centre, comme pour la protéger.

Du bout du pouce, Viktor poussa légèrement la bague, faisant jouer les feux multicolores de la pierre bleu-violet foncé.

— La plupart des gens pensent que c'est une banale bague d'humeur, ce qui me va très bien. Sinon, on risquerait de me la piquer, dit-elle d'un enjoué.

En réalité, elle s'efforçait de rester insensible à la chaleur de la main enserrant la sienne.

— C'est une opale ?

— Oui, la moins aisée à travailler des pierres, répondit Rozalia. Elles se brisent facilement, mais Gizi les adore. La façon dont elle a taillé et enchâssé celle-ci devrait toutefois la protéger des chocs.

— On ne se rend pas compte de sa beauté au premier coup d'œil, dit Viktor en redressant la tête. C'était un cadeau d'anniversaire ?

L'accent colorant sa voix la fit tressaillir.

— Non, de fin d'apprentissage.

Dégageant sa main d'un mouvement brusque, elle reprit sa fourchette et se concentra sur le contenu de son assiette afin de dissimuler son trouble.

— Nous avons le même âge et faisons quasiment tout en même temps. L'école, l'apprentissage... Notre oncle nous a demandé de créer une bague l'une pour l'autre en guise d'examen probatoire.

Viktor haussa les sourcils, l'air sincèrement intéressé. Puis il souleva sa propre fourchette et son couteau, mais sans cesser de regarder Rozalia avec attention, l'encourageant ainsi à poursuivre son récit.

— Quand on crée en se fiant à sa propre inspiration, ses goûts personnels, on finit toujours par trouver un acheteur, avec un peu de patience. Mais quand on vit de son travail de créateur, il faut mettre de côté ses préférences et proposer aux clients des bijoux qui soient susceptibles de leur plaire. Gisella ne ferait jamais ce genre de bague pour elle-même.

Rozalia fit pivoter son poignet.

— Elle l'a créée pour moi, en se concentrant sur mes goûts, ma personnalité, et comme elle me connaît bien, elle était sûre de ne pas rater son coup. Alors j'ai dit à mon oncle qu'elle avait réussi le test et que par conséquent elle était prête à exercer son métier.

— Et toi, quel genre de bague as-tu créé pour elle ?

Impossible de prétendre qu'elle n'avait pas son smartphone sous la main, il était là, sur le plan de travail.

Dissimulant son embarras, Rozalia fit défiler les photos de ses créations et cliqua sur celle de la bague de Gizi.

— L'anneau de platine est serti de sept pierres précieuses de couleurs différentes, commença-t-elle en tendant l'appareil à Viktor. Elles représentent notre génération de cousins. Gisella a parfois l'impression de ne pas vraiment être des nôtres parce que son grand-père était Istvan, pas Benedek.

— De cette façon, elle a toujours avec elle la preuve de votre soutien, enchaîna Viktor en activant le zoom.

Le cœur de Rozalia fit un bond dans sa poitrine.

— Oui.

— Très belle, dit-il en lui rendant son téléphone.

Pour la première fois, Rozalia eut l'impression qu'il la voyait vraiment. Pas sa bague ou ses seins. *Elle*. Viktor découvrait des facettes insoupçonnées de sa personnalité.

— Je suis inquiète pour Gisella, murmura-t-elle. Je ne comprends pas pourquoi elle s'est tournée vers Kaine Michaels pour lui demander de l'aide quand elle a appris ma situation.

— Je réglerai les honoraires de l'avocate.

— Ce n'est pas cela qui me préoccupe. Je disais ça juste…

Pour meubler le silence. Elle reposa sa fourchette, ses mains étant saisies de tremblements. Face à Viktor, elle se sentait complètement désarmée.

Elle ne pouvait penser qu'à une chose, leurs ébats passionnés. Elle avait cédé à une attirance irrésistible qui la poussait de nouveau vers lui, là, maintenant. Elle était en proie au même désir inexorable. Et elle n'avait pas envie d'y résister. Elle aurait pourtant dû savoir s'arrêter, ne pas espérer l'impossible. Parce que cette histoire n'avait aucun avenir et déboucherait uniquement sur de la souffrance. Pour elle. De toute façon, elle n'était pas allée chez Viktor dans l'espoir d'entamer une relation à long terme avec lui. Elle avait su dès le départ qu'il ne s'agirait que d'une nuit. C'était d'ailleurs pour cette raison qu'elle…

— Oh ! non ! s'écria-t-elle, atterrée.

— Qu'y a-t-il ? demanda Viktor en regardant autour de lui.

Rozalia fut parcourue par des frissons glacés. Elle blêmit.

— Rozi, reprit-il en se penchant vers elle. Dis-moi ce qui se passe !

— Quand je suis rentrée à l'hôtel, il était trop tard, commença-t-elle d'une voix à peine audible. J'avais l'intention d'y aller le lendemain matin, mais la police est venue m'arrêter et ensuite, tu m'as emmenée ici.

Le visage de Viktor se ferma. Il s'appuya au dossier de sa chaise, une lueur dure au fond des yeux.

— J'ai *oublié*, Viktor. Il faut que tu me croies !

Il n'était pas surpris le moins du monde.

Immobile sur sa chaise, Viktor laissa l'information s'installer dans son esprit, conclusion inéluctable des événements survenus au cours des deux derniers jours. Rozalia Toth avait menacé son équilibre dès l'instant où elle lui était apparue. Il la revit en train de faire du baratin à Joszef, puis essayant son charme sur lui. Sa vraie proie.

— Je ne l'ai pas fait exprès, insista-t-elle. Je ne t'ai pas tendu un piège dans le but de te forcer à m'épouser ou à me soutenir financièrement. Tu m'as fait *arrêter* !

— Cela n'a jamais été mon intention, décréta-t-il.

Il avait des défauts, certes, mais il n'avait pas pour habitude d'envoyer des innocents en prison.

Le regard noisette s'assombrit tandis qu'elle s'efforçait en vain de le toiser avec mépris. Vaincue, elle finit par détourner les yeux en tressaillant.

— Ton amie est responsable de tout, dit-elle avec amertume. Si je n'avais pas été arrêtée, je serais allée à la pharmacie. J'avais *vraiment* l'intention d'y aller.

Étrangement, Viktor se souciait peu qu'elle mente ou non. De toute façon, Rozalia n'était pas aussi innocente qu'elle le paraissait. Il demeurait en effet persuadé que leur étreinte n'avait eu qu'un seul but : le convaincre de lui céder la boucle d'oreille.

Elle n'avait toutefois pas profité plus que cela de la situation. Au lieu d'insister, elle était partie en furie au beau milieu de la nuit, feignant l'indignation. Alors qu'en réalité elle jouait la comédie.

Lorsqu'il avait demandé à son personnel d'appeler la police, il avait exulté en secret à l'idée d'avoir un prétexte pour revoir Rozalia. Puis il avait été choqué d'apprendre qu'elle était non seulement innocente, mais en prison par sa faute !

Faisant reporter rendez-vous et réunions, il avait alors tout mis en œuvre pour organiser sa libération, avant de l'emmener dans son refuge, saisissant l'opportunité de passer un peu plus de temps avec elle afin de savoir à quel genre de femme il avait vraiment affaire.

Elle s'était enfermée dans sa chambre et avait dormi si longtemps qu'il avait commencé à s'inquiéter. En attendant son réveil, il s'était occupé de quelques dossiers restés en attente, tout en repensant à la réaction de Rozalia, après leur folle étreinte.

Au bout d'un certain temps, il s'était presque convaincu de s'être trompé sur son compte. Assis là, en face d'elle dans la cuisine du chalet, il avait cherché les mots adéquats pour excuser le comportement de Trudi.

Et maintenant, ce soi-disant oubli…

Mais où étaient les signaux d'alarme qui auraient dû se déclencher en lui ? La colère et le dégoût devant cet acte prémédité de sang-froid ?

Tout cela était annihilé par un sentiment primaire d'orgueil mâle à l'idée que Rozalia pourrait être liée à lui pour toujours. Viktor la connaissait à peine et n'avait pas confiance en elle, pourtant une force barbare, un désir de possession sauvage rugissaient en lui, accompagnés des souvenirs torrides de leur brève expérience sensuelle et de la volonté farouche de la renouveler.

— Si tu portais mon enfant, le garderais-tu ? demanda-t-il d'un ton faussement détaché.

Une myriade d'émotions se succédèrent sur les traits fins, telles les multiples nuances de l'opale. Le choc, la crainte et la timidité, la culpabilité – l'impuissance, aussi. Puis une expression apaisée envahit soudain le visage ovale, toute de tendresse et de désir.

Un tel étalage de sentiments et de vulnérabilité n'aurait pas dû le fasciner, mais ce fut le cas. Viktor sentit ses défenses s'ébranler. Les murs de protection érigés avec soin au fil des années se fissurer.

— Oui, je voudrais garder *mon* enfant, dit-elle d'une voix douce.

Son cœur lui martelait les côtes, mais il sourit. Ce fut plus fort que lui.

— Et le mien ?

— Je ne comprends pas où tu veux en venir.

— Non, bien sûr.

Elle le dévisagea en plissant le front.

— Sous-entendrais-tu que je voudrais garder cet enfant parce que tu es riche ? Que j'ai couché avec toi avec cette idée en tête ?

— Dans quel but l'aurais-tu fait, sinon ?

Le souvenir de la première fois qu'il l'avait pénétrée rejaillit dans son esprit. Elle avait laissé échapper un petit cri avant de soupirer d'aise, réveillant ses instincts les plus protecteurs.

— J'ai été emportée par la passion, répondit-elle crânement. Cela ne m'était encore jamais arrivé.

Pas question de lui révéler qu'il avait vécu la même chose. Pour la première fois de sa vie. Il faut toujours se garder de confondre intimité sexuelle et sentiment. Viktor le savait.

Elle fouilla son regard, comme pour y chercher la réponse aux questions qui la hantaient, puis redressa le menton.

— Et toi ? Pourquoi as-tu couché avec moi ? Parce que j'étais là, disponible et consentante ? De mon côté, j'étais attirée par toi, au moins. J'ai bien dit *j'étais*, insista-t-elle en se levant.

D'un geste brusque, elle rassembla son assiette et ses couverts. Elle tentait de se protéger, comprit Viktor. De sauver la face. Aussi ne se sentait-il nullement offensé par son attitude. Et puis, son ego en avait vu d'autres. Cependant, il ne put faire autrement que de lui saisir le poignet pour l'empêcher de se détourner.

— Tu voudrais me faire croire que tu as perdu tout contrôle à cause de l'intensité du plaisir qui t'a submergée ?

Il *désirait* le croire, réalisa Viktor.

Les lèvres pulpeuses tremblèrent, puis elle redressa de nouveau le menton.

— C'était toi, l'amant expérimenté, et tu as oublié d'utiliser un préservatif. Vas-y, continue, fais-moi passer pour une intrigante, une créature bassement intéressée, mais dans ce cas, cela fait de toi un imbécile, pour ne pas dire un pigeon. C'est ce que tu es ?

Cette fois, la pique fit mouche. Il s'était fait *pigeonner* autrefois, le terme n'était pas abusif. Et s'était bien juré que cela ne lui arriverait plus jamais.

Se levant à son tour, il prit le visage de Rozalia entre ses mains et la regarda dans les yeux.

— Tu as sombré dans la passion ? demanda-t-il d'une voix rauque. C'est cela que tu es en train de me dire ? Vérifions l'intensité de la chose, d'accord ?

Les pupilles des yeux noisette se dilatèrent. Et pas à cause de la peur. Rozalia ne tenta ni de reculer ni de le repousser. Elle se contenta de rester immobile, comme envoûtée par son regard. Viktor sentait le désir exsuder du corps mince et souple, en réponse à celui qui le dévorait.

Incapable de résister, il referma la bouche sur la sienne et fut aussitôt grisé par le bouquet de senteurs printanières, par le goût unique et enivrant de Rozalia.

L'attirant contre lui, il caressa la nuque délicate d'une main tandis que l'autre trouvait un sein doux et ferme. Le mamelon durci frémit dans sa paume à travers l'étoffe. Il le titilla, le cajola, recueillant avec ravissement les petits soupirs de Rozalia dans sa bouche... Lorsque soudain, l'assiette et les couverts tombèrent sur le sol pavé à grand fracas.

Rozalia laissa échapper un halètement et recula d'un bond.

Viktor portait des mocassins, elle était pieds nus. Il la souleva dans ses bras et pivota sur lui-même pour l'asseoir sur le plan de travail. Puis il se pencha et lui souleva les pieds pour vérifier qu'elle ne s'était pas blessée.

— Je n'ai rien, dit-elle en se dégageant, prête à sauter de son perchoir.

— Reste là, répliqua-t-il.

Après avoir récupéré les couverts, Viktor trouva le balai et la pelle, puis ramassa rapidement les bris de porcelaine. Cela fait, il passa un coup d'éponge sur le sol lorsque Rozalia dit avec calme :

— J'ai couché avec toi parce que je me sentais prête à toutes les audaces et que j'ai cédé à une impulsion, comme une idiote. Mais je ne tiens pas à me ridiculiser une seconde fois, alors je ne souhaite pas répéter l'expérience.

Il se redressa, encore excité par leur baiser. Encore imprégné du goût délicieux de sa bouche, de la sensation de leur langues enlacées, du mamelon gonflé réagissant à la moindre caresse de ses doigts.

— Ah bon ? fit-il en haussant un sourcil.

Incapable de soutenir le regard de Viktor, Rozalia s'éclaircit la gorge et s'agrippa au plan de travail en marbre.

— Mon but n'était pas de tomber enceinte de toi. Je vais aller au village dès que tu me laisseras descendre de ce perchoir. Il y a forcément une pharmacie, non ?

— Si cela s'appelle la pilule du lendemain, c'est parce qu'elle est destinée à être prise le plus rapidement possible après un rapport sexuel non protégé, répliqua-t-il d'un ton laconique. Alors il est un peu tard pour réagir. Et puisque tu as dit que si tu étais enceinte, tu garderais l'enfant...

— Cela ne veut pas dire que je désire... *avoir* un enfant, l'interrompit-elle, luttant contre la panique qui l'envahissait. Je ne veux pas être accusée d'avoir planifié délibérément une grossesse, Viktor. C'est toi qui as...

— Je sais ce que j'ai fait, ou plutôt ce que j'ai *omis* de faire, coupa-t-il à son tour, péremptoire. Je me suis moi aussi laissé emporter par la passion. D'ordinaire, j'ai assez de jugeote pour ne pas prendre de risques stupides, qu'il s'agisse de ma santé ou de tout le reste.

Par « tout le reste », il entendait ce chalet, ses possessions, sa réputation, sa fortune, sa famille, comprit Rozalia.

— Je ne fuirai pas mes responsabilités, conclut-il en jetant le contenu de la pelle dans la poubelle.

Quand, après s'être lavé les mains, il se retourna et lui tendit le bras pour qu'elle s'y appuie, Rozalia se laissa glisser au bas de son perchoir.

— Nous nous sommes laissé emporter tous les deux, dit-elle.

Elle posa la main sur son ventre.

— Si jamais je me révèle enceinte, tu n'auras pas à en endosser la responsabilité.

— Ne sois pas naïve, Rozi.

La façon dont il se servait désormais du diminutif utilisé par Gizi et sa famille la déconcertait et la rassurait en même temps. Dans la bouche de Viktor, ces deux syllabes prenaient un accent différent. Plus intime, plus sensuel.

— Je ne suis pas naïve, protesta-t-elle.

— OK. Quoi qu'il en soit, nous attendrons ensemble de savoir si la nuit que nous avons passée tous les deux a eu des conséquences.

— Il n'y a pas de *nous*. Bientôt, je serai de retour à New York.

— Si tu es enceinte, tu ne repartiras pas en Amérique, déclara-t-il avec une assurance époustouflante. Tu resteras ici et tu m'épouseras.

6

— Tu as perdu l'esprit ? Je dois absolument rentrer à New York ! protesta Rozalia en le suivant dans la grande pièce à vivre. Quoi qu'il arrive, je prendrai l'avion vendredi comme prévu. Mon oncle m'attend à l'atelier lundi matin.

— Tu vas devoir changer tes plans et rester ici jusqu'à ce que nous sachions si tu es enceinte ou pas. Quand devrais-tu en avoir le cœur net ?

Rozalia fronça les sourcils.

— Dans environ... dix ou douze jours.

Un frisson la traversa. Ils avaient fait l'amour durant la période la plus risquée.

— Évidemment, fit-il, cynique.

Mais il y avait une lueur de *satisfaction*, dans son regard.

— C'est bien pour cela que je ne veux pas rester là à *attendre*, riposta-t-elle. J'étais vierge. J'ai couché avec toi et quelques heures après, j'ai été arrêtée. Ensuite tu m'as emmenée dans cet endroit isolé. Mais tu continues à m'accuser d'avoir cherché délibérément à t'attirer dans un piège. Je ne veux pas me retrouvée liée à un homme qui me prend pour une femme intéressée.

— Je refuse de croire que j'aie pu être faible au point de te laisser profiter de moi, répliqua-t-il avec impatience. Mais peu importent tes motivations. J'ai commis une erreur en couchant avec toi sans prendre mes précautions. Je ne peux pas tourner le dos aux éventuelles conséquences de cet acte inconsidéré. Alors tu restes ici jusqu'à ce que nous sachions à quoi nous en tenir.

— Tu serais vraiment prêt à épouser une femme en qui tu n'as aucune confiance ?

— Ne le prends pas personnellement. Je n'ai confiance en personne.

— Tu n'éprouves pas le moindre respect à mon égard ! insista-t-elle.

— J'ai plus d'estime pour toi que pour Trudi, répondit-il avec une moue de mépris.

— Je devrais sans doute être flattée rétorqua Rozalia avec hauteur. Alors que cette femme a...

— Que *veux*-tu, Rozalia ? l'interrompit-il, excédé. Je te répète que je n'ai pas l'intention de fuir mes responsabilités, alors je ne comprends pas pourquoi tu...

— Il n'est pas question que je me retrouve dans une situation proche de celle qu'a vécue ma grand-mère ! Dire que ma cousine et moi, nous nous étions promis de ne pas coucher avec un homme avant d'être certaine que c'était le bon !

— J'ai dit que je t'épouserais.

— Tu parles !

— Pardon ? fit-il, l'air offusqué. D'après ce que j'ai cru comprendre, tu n'as pas grandi dans le luxe. Notre mariage t'apporterait la sécurité et le confort matériel.

— C'est bien ce que je veux dire ! Tu crois que mon seul but est de m'enrichir, de profiter de toi, alors que c'est complètement faux ! Qu'ai-je fait pour t'amener à croire que je m'intéresse uniquement à ton argent ?

— En dehors de cette potentielle grossesse ?

Rozalia leva les yeux au ciel, à bout de patience et d'arguments.

— Tout le monde agit par intérêt, poursuivit-il, implacable. Certains sont en quête d'avancement professionnel, d'autres, parmi les plus dévoués, sont motivés par une hausse de salaire. Même ma mère espère s'élever socialement grâce à mon mariage. Je serais vraiment stupide de croire que tu m'as offert ta virginité en échange d'un orgasme.

— Désolée de te contredire, mais à mon avis, c'est la meilleure chose à espérer d'une première fois, riposta-t-elle. Qu'attendais-tu de moi ? Un peu de nouveauté dans ta vie sexuelle bien remplie ? De quoi s'agit-il vraiment, Viktor ? Où est le problème ? Tu penses que j'ai investi davantage dans notre transaction et tu crains de t'être fait avoir ?

Il serra les mâchoires.

— C'est ça, hein ? demanda-t-elle, suffoquée. Écoute, je t'ai offert ma virginité parce que je le désirais. Alors accepte mon cadeau. Ce n'est pas un piège. Essaie de comprendre que j'ai passé la majeure partie de ma vie à travailler dur pour arriver là où j'en suis professionnellement. Avoir ma place dans l'atelier familial a toujours été mon seul désir, mon seul but. Alors je ne prendrais jamais le risque de perdre mon travail. Si j'étais enceinte, je resterais ici, bien sûr, et j'élèverais mon enfant à proximité de son père. Mais tu crois vraiment que j'ai envie de perdre ce que j'ai acquis grâce à mon travail ? Que je pourrais désirer élever mon enfant loin de ma famille ? De ma mère ?

Envahie par une émotion incontrôlable, Rozalia se mordit la lèvre et tourna les yeux vers la baie vitrée. Sa vie entière tenait en équilibre au-dessus d'un gouffre, comme ce chalet.

— Je ne suis pas en train de rêver à la façon dont je dépenserais ton argent, Viktor, reprit-elle d'une voix rauque. Je suis terrifiée à la pensée d'avoir peut-être fichu ma vie en l'air et de ne jamais réussir à retrouver mon équilibre.

Silence. Un silence mortel qui renforçait son sentiment d'isolement, de nostalgie envers sa vie à New York, sa famille, l'atelier. Gizi...

Le téléphone de Viktor vibra, la faisant se retourner.

— C'est ma mère. Je prends l'appel dans mon bureau. Profites-en pour passer tes coups de fil.

Autrement dit : *Occupe-toi de ton billet d'avion. Et préviens ton oncle et ta famille que tu prolonges ton séjour.*

Comme il s'y attendait, Viktor dut supporter les récriminations de sa mère. Elle était *très* inquiète de le voir passer *autant* de temps avec l'Américaine qui avait attiré l'attention des paparazzis, non seulement en s'affichant avec lui, mais en se retrouvant *arrêtée pour vol*.

Après lui avoir fait remarquer que le vol en question était en réalité l'œuvre de Trudi, il ajouta d'un ton détaché :

— Si tu préfères que je divulgue cette information, pas de problème, je m'en occupe tout de suite.

Changeant de tactique, sa mère lui reprocha alors d'avoir emmené Rozalia au chalet.

— Si Trudi ne te convient pas, enchaîna-t-elle, je connais une jeune femme *très* charmante qui...

— Je n'ai plus besoin de ton aide, mère, coupa-t-il d'une voix ferme.

— Tu ne vas pas épouser cette fille ! Lorsque Gisella Drummond a pris contact avec moi, je me suis renseignée. Elle, passe encore. Je pourrais l'accepter – à condition qu'elle ne soit pas ta cousine, évidemment. Mais cette Rozalia Toth ? Jamais de la vie ! C'est une vulgaire prolétaire.

Il ne mentionna pas l'éventualité que le futur héritier Rohan puisse être déjà en gestation dans le ventre de la susnommée prolétaire. Il savait comment réagirait sa mère : elle dirait qu'il s'était fait avoir comme un gamin. Ou un imbécile.

Était-ce le cas ? Viktor se sentait partagé entre la certitude – acquise au prix fort quelques années plus tôt – que personne n'est digne de confiance, et l'impression plus viscérale que Rozi ne mentait pas en affirmant qu'elle avait succombé au désir.

Pourquoi ne pas la croire, puisqu'il y avait succombé lui-même... ? À ce désir incontrôlable auquel il brûlait de céder à nouveau. Encore et encore.

Quant à l'épouser... Il avait toujours pensé se marier un jour, mais sans être pressé de passer à l'acte. Voulait-il de l'enfant qu'elle portait *peut-être* ? Oui, sans la moindre hésitation. En théorie. Ce qu'il désirait partager avec Rozi était beaucoup plus concret. Plus primaire. Et s'il fallait en passer par là pour satisfaire ce désir, il était prêt à l'épouser. C'était aussi élémentaire, aussi ridicule que cela.

De son côté, elle paraissait réellement anxieuse à la perspective de devoir l'épouser. Ce que, en dépit de son cynisme invétéré, Viktor pouvait comprendre. Parce que s'ils se mariaient et fondaient une famille, sa vie à elle serait chamboulée de façon plus radicale que la sienne.

Il le comprenait si bien que, pressé de retrouver Rozalia, il prit congé de sa mère. Mais, en ne la trouvant pas dans la pièce où il l'avait laissée, il commença à s'inquiéter.

Ses affaires étaient toujours dans sa chambre, la porte ouverte. Par conséquent, elle ne devait pas être bien loin.

Il explora le reste de la maison, vérifia que la voiture se trouvait au garage. Comme souvent dans cette région montagneuse, le temps avait brusquement changé et la pluie tombait maintenant à verse. Si elle était allée se promener, elle devait déjà être trempée. Ou s'était perdue.

Au moment d'enfiler sa veste imperméable pour partir à sa recherche, Viktor l'aperçut sur la véranda, pelotonnée dans l'un des grands fauteuils en rotin.

D'un mouvement gracieux, elle se leva soudain et rentra dans la maison, son carnet de croquis sous le bras, un mug vide à la main et l'air absorbé. Dès qu'elle aperçut Viktor, elle le dévisagea en silence.

Si elle jouait la comédie, elle était vraiment très douée. Elle réussit même à rosir avant de baisser les yeux.

— Il commence à faire froid, dit-elle d'un ton crispé.

— Tu as passé tes coups de fil ?

— Je ne sais pas quoi leur dire, fit-elle avec un haussement d'épaules.

— Dis-leur que tu as rencontré quelqu'un et que tu restes pour voir comment cette relation évolue.

Ce n'était pas faux.

— Nous *attendons*. Nous n'avons pas de *relation*.

— Nous faisons les deux. Ma mère ne pourra se rendre à Venise comme prévu. Nous irons à sa place. Nous partirons demain matin.

— Je ne peux pas quitter la Hongrie.

— Par un vol commercial, cela risquerait d'être compliqué, en effet. Mais avec moi, il n'y aura aucun problème.

— Jouer les vedettes, ce n'est pas vraiment mon style, Viktor. Et puis, si nous nous affichons ensemble, ça risque de faire jaser, non ?

— Les rumeurs ne me dérangent pas. Au contraire. Le nom de Trudi cessera définitivement d'être associé au mien.

— Vas-y avec une autre de tes petites amies, alors.

— Pourquoi réagis-tu de façon aussi négative ? Nous devons anticiper les événements. Si tu es enceinte, il faudra que ta grossesse ait l'air d'avoir été planifiée, dans le cadre d'une relation existante et bien établie. Tu n'es pas interchangeable avec n'importe quelle autre femme.

La vérité contenue dans ces paroles le frappa si profondément, il y avait quelque chose de si inéluctable dans ce constat, qu'il ne put réprimer un tressaillement.

— Tu n'auras qu'à sourire en écoutant un ministre ou un autre nous féliciter de restituer le tableau qui n'aurait jamais dû quitter Venise.

Viktor baissa les yeux sur le carnet de croquis.

— L'art, c'est ton domaine, non ? Par conséquent, tu seras en terrain familier.

Les yeux brillants, elle serra farouchement son carnet contre sa poitrine.

— Tu crains que je ne te le prenne ? Tu n'as pas confiance en moi ? demanda-t-il, interdit.

Pourquoi cette pensée le choquait-il, bon sang ?

— Tu en serais bien capable, déclara-t-elle avec dédain. À supposer que tu sois intéressé par les sujets qui me passionnent, ce qui n'est pas le cas, j'en suis convaincue.

— Pourquoi es-tu sur la défensive ? Craindrais-tu les critiques ?

— Je ne suis pas susceptible, murmura-t-elle en lui tendant son carnet.

Elle s'avança pour poser son mug sur un guéridon.

— Avant de passer à la réalisation d'un projet, je montre souvent mes croquis à Gizi et à mon oncle pour leur avoir leur avis. Mais la plupart des dessins qui sont dans ce carnet ne sont pas destinés à être vus. Je dessine quand j'ai besoin de réfléchir.

— C'est une sorte de journal ? questionna-t-il avec curiosité.

Pour toute réponse, il eut droit à un nouveau haussement d'épaules.

Ouvrant le carnet, Viktor découvrit des croquis de champignons, de paysages, d'oiseaux. Certains n'étaient que des esquisses, d'autres, plus aboutis, la préfiguration d'un éventuel bijou. Il contempla les ébauches audacieuses de broches, de pendentifs, de boucles d'oreilles et de bracelets, aux formes et motifs inspirés de la nature, tout en contrastes ou complémentaires.

Sur les dernières pages s'étalaient des paysages vus de la véranda. La brume flottait au-dessus du lac, le nimbant d'une aura mystérieuse. Ensuite, il eut la surprise de voir son propre profil, esquissé en quelques traits austères qui firent frémir quelque chose en lui.

Alors qu'il cherchait à connaître la vraie Rozalia, elle l'avait mis à nu en quelques coups de crayon.

Incapable d'exprimer ce qu'il avait ressenti devant son travail, Viktor lui rendit le carnet.

— Tu es très douée.

— Ce ne sont que des gribouillages. Et cette fois, dessiner ne m'a pas aidée. Quoi que je lui dise, ma mère ne comprendra pas que je puisse envisager de développer une relation avec un homme vivant aussi loin de New York.

Elle glissa son carnet sous son bras et demanda :

— Comment s'est passée ta conversation avec la tienne ? Comment va ta grand-tante ?

— Elle s'est tordu la cheville en jardinant. C'est moins grave que nous ne le craignions : une entorse et quelques bleus.

— Elle a l'air d'être encore très active. Elle a à peu près le même âge que ma grand-mère, non ? Mamie a quatre-vingt-un ans.

— Bella Néni aussi et, oui, elle est très alerte pour son âge. Elle a quelques employés de maison, mais les années ne semblent pas exercer de prise sur son dynamisme. Elle est aussi autonome que moi, conclut-il avec humour.

Il faisait allusion au fait que, rien que pour ce chalet, il employait probablement plus de personnel que sa grand-tante, pourtant bien plus âgée que lui.

— Je pourrais la rencontrer ?

— Pourquoi ?

— Parce que je suis venue en Hongrie pour en savoir davantage sur l'histoire de ma famille. J'aimerais aussi parler avec ta mère, si elle veut bien. Surtout maintenant que tu as accusé ma grand-mère d'avoir volé les boucles d'oreilles. Je tiens absolument à éclaircir cette affaire.

Viktor n'hésita pas longtemps.

— Change ton billet d'avion et accompagne-moi à Venise. Je t'emmènerai voir Bella dès que notre emploi du temps le permettra.

7

Un éclair zébra le ciel, suivi d'un coup de tonnerre retentissant. Rozalia resserra le plaid sur sa poitrine mais ne quitta pas la véranda.

Qu'est-ce que la nature cherchait à lui dire ?

Idéaliste, elle voulait croire que tout irait bien, qu'il y avait de la bonté en chacun des êtres qui l'entouraient. Elle *devait* le croire, sinon elle aurait été incapable de faire face à la cruauté et à la rudesse de ce monde impitoyable.

Cependant, elle n'aurait jamais imaginé se retrouver là avec Viktor. Et elle se serait encore moins attendue à devoir peut-être envisager de l'épouser. Elle avait toujours compté se marier par amour. Elle désirait avoir des enfants et les élever dans un environnement stable et confortable. Elle avait toujours souhaité qu'ils ne manquent de rien. Mais sans jamais espérer se marier avec un homme comme Viktor, dont l'immense fortune ne remplacerait jamais l'amour d'un mari.

Si elle était enceinte de lui, elle devrait renoncer à ses rêves de mariage d'amour, ce qu'elle avait du mal à accepter. Allaient-ils vivre une version revue et corrigée de l'histoire d'Istvan et d'Eszti ?

Viktor finirait-il par l'aimer ?

Quelle idiote ! Un nouvel éclair illumina le ciel d'encre avant de laisser à nouveau la place à la noirceur. Était-ce un avertissement ? Une injonction à renoncer à ses illusions ?

Viktor n'était pas méchant, mais ténébreux, fermé. Et il ne paraissait pas prêt à ouvrir son cœur. Depuis leur étreinte passionnée, il ne lui avait témoigné que de la méfiance. Et il ne changerait peut-être jamais. Dans ces conditions, elle ne pouvait pas l'épouser.

Mais si elle portait son enfant, aurait-elle le choix ?

Et dans le cas contraire, si elle n'était pas enceinte, repartirait-elle à New York sans aucun espoir de jamais le revoir ?

— Tu te sens bien ici.

La voix profonde et familière la fit sursauter, et lorsque Viktor vint s'arrêter à côté d'elle, Rozalia frissonna tout entière. De désir, pas de froid.

J'aurais au moins cela, songea-t-elle. Mais la passion, le sexe, ce n'était pas de l'amour. Cela ne suffisait pas à construire une union solide.

S'apercevant qu'il tenait une torche électrique à la main, elle lui demanda :

— Il y a une panne de courant ?

— Oui, acquiesça-t-il avant d'éteindre la torche.

Nouvel éclair. Nouveau coup de tonnerre. Si violent que Rozalia tressaillit et se rapprocha d'instinct de Viktor.

— N'aie pas peur, dit-il tranquillement en lui passant le bras autour des épaules pour l'attirer contre lui. Nous ne craignons rien, ici.

Sa chaleur virile la rassurait. Avec Viktor, elle se sentait effectivement en sécurité.

— Tu crois au destin ?

— Non, pas du tout, répondit-il sans hésitation. Je crois aux opportunités. Il faut être vigilant et savoir les saisir parce qu'on ne peut pas savoir si elles se représenteront une seconde fois.

Poussée par le vent, la pluie les atteignit, mouillant le visage de Rozalia en même temps que le tonnerre résonnait au loin.

— Si je suis enceinte, ce bébé ne sera jamais pour moi une *opportunité*, déclara-t-elle fermement. J'ai toujours souhaité que mes enfants soient le fruit de l'amour. Pas toi ?

Viktor était-il seulement capable d'aimer ?

Quand il exhala un long soupir, Rozalia comprit qu'elle n'allait pas apprécier sa réponse.

— J'ai pensé autrefois me marier par amour. Je connaissais une jeune femme pour laquelle j'éprouvais des sentiments.

Une douleur vive lui traversa la poitrine, lui laissant une sensation de déchirure dans le cœur. Ce fut si soudain et si intense qu'elle dut faire un effort pour écouter Viktor.

— Elle est morte dans l'accident de voiture qui a coûté la vie à mon frère. C'est à cette occasion que j'ai appris qu'ils entretenaient une liaison. Sa sœur m'a dit au cours des obsèques que c'était moi qu'elle préférait, mais que, jugeant plus sage d'épouser l'héritier, elle avait commencé à fréquenter Kristof derrière mon dos.

— Et lui, ça ne le dérangeait pas ? s'exclama Rozalia, choquée.

— Non. Ma mère l'y a encouragé.

Comment avaient-ils pu faire une chose pareille ? Tous les trois, la jeune femme, le frère et la mère, tous ligués contre Viktor ? Pas étonnant qu'il ne croie ni à l'amour ni à la loyauté. Qu'il n'ait confiance en personne.

— Je suis désolée, Viktor. C'est horrible.

Elle voulut se tourner vers lui, mais le bras passé autour de ses épaules se resserra, l'empêchant de bouger.

— Pourquoi serais-tu désolée ? répliqua-t-il du même ton détaché. Tu n'y es pour rien. Je t'expliquais pourquoi je pense que tout le monde agit par intérêt, même nos proches.

— Tu ne me verras jamais autrement que comme une femme intéressée, réalisa-t-elle à voix haute.

Cette fois, elle réussit à se dégager et se renveloppa dans la couverture.

— Alors que je suis tout sauf ça ! Je te crois lorsque tu dis que tu veux te conduire en homme d'honneur et m'épouser. Mais je ne suis pas éblouie par ton attitude au point de ne pas me rendre compte que tu as beaucoup plus de ressources que moi, et que si tu décidais un jour que je ne suis pas la femme qui te convient et réclamais la garde de notre enfant...

— Je ne ferais jamais cela, coupa-t-il sèchement.

— Viktor, j'apprécie que tu veuilles assumer tes responsabilités, mais un enfant devrait être désiré. Or tu ne veux pas vraiment du bébé dont je suis peut-être enceinte. Je le vois bien.

Il ne voulait pas *d'elle*.

— C'est vrai que, jusqu'à cet... incident, avoir des enfants représentait surtout pour moi une obligation à laquelle je devrais me plier tôt ou tard, après avoir conclu un mariage avantageux.

Rozalia entendit un petit clic en même temps que la torche projetait son faisceau lumineux.

— Viens, rentrons, dit-il. Il fait plus que frais, à présent.

Une fois dans la grande pièce à vivre, il se dirigea vers la cheminée, gratta une allumette, et des petites flammes se mirent aussitôt à danser dans l'âtre.

— Dans le seul but d'étendre l'empire des Rohan ?

Quelle tristesse, songea Rozalia.

— Oui, répondit-il en se redressant. Mais quoi que je fasse, ma mère sera à l'aise jusqu'à la fin de ses jours. Bella est fortunée elle aussi. Par conséquent, je suis libre de prendre les décisions que je veux en ce qui me concerne.

Il se tenait devant le feu, le dos tourné.

— Et je ne ressens aucun désir – dans tous les sens du terme – de procréer avec une femme qui partagerait mon lit uniquement parce qu'elle correspond aux critères établis par ma mère, sur le plan financier et social. Nous n'avons pas les mêmes goûts.

Il tourna la tête vers Rozalia, l'air presque... malicieux.

— Comme c'est étonnant..., rétorqua-t-elle avec une pointe d'ironie. Mais néanmoins, tu ne veux pas de moi.

— Ah... ? fit-il en plissant les yeux.

— Je ne parlais pas de sexe, murmura Rozalia.

Viktor déposa une plus grosse bûche sur le feu, puis se passa les mains sur les cuisses avant de se retourner vers elle.

— Moi non plus. Ou du moins, pas seulement. Ma mère ne s'est pas souciée d'élever ses enfants. Ni de leur éducation. Elle laissait cela aux gouvernantes. Depuis que j'ai atteint l'âge adulte, elle et moi entretenons ce que j'appellerais une relation d'affaires. Celle que j'ai eue avec mon père était du même acabit. Il s'intéressait à mes résultats scolaires dans la mesure où il y voyait ma capacité à réussir dans son monde – celui des affaires –, mais sans jamais en retirer aucune fierté.

— Et ton frère ?

— Je le croyais mon meilleur ami, répondit Viktor après un léger silence.

Jusqu'à ce que Kristof lui prenne sa fiancée et meure avec elle dans un tragique accident, songea Rozalia, le cœur serré.

Tirant deux chaises devant la cheminée et les plaçant dos à dos, elle déploya la couverture sur ce séchoir improvisé, puis alla s'installer sur le divan.

— Je ne serais pas comme ta mère, commença-t-elle. Ma famille est très unie. Je ne pourrais jamais envisager de ne pas m'impliquer totalement dans la vie de mes enfants.

— Je sais. C'est pour cela que je laisse faire les choses.

— Mais je veux une vie épanouissante, insista Rozalia. Avec un homme que j'aime et qui désire avoir des enfants autant que moi.

— Je m'efforcerais d'être un meilleur père que celui que j'ai eu, Rozalia.

Il était si tendu, tout à coup, si raide, qu'elle s'attendrit malgré elle. Au fond, c'était elle la plus riche des deux, comprit-elle soudain.

Ce constat la terrifia et l'exalta. Parce qu'elle prenait conscience de posséder un trésor dont il avait besoin. Un cœur. Et son éducation ne pouvait que la pousser à l'ouvrir à Viktor. À le lui offrir.

— Il y a du réseau ? demanda-t-elle.

— La ligne fixe fonctionne.

— Je vais appeler ma mère.

Plus tard dans l'après-midi, Viktor entra dans la suite avec terrasse du *palazzo* qui donnait sur le Grand Canal et toqua à la porte de la chambre.

— Je suis rentré. Tu veux boire quelque chose, Rozi ?

Durant le voyage, elle était demeurée pensive. Lui aussi avait gardé le silence. La veille, il s'était livré bien plus qu'il n'en avait eu l'intention. Mais peut-être que ces confidences avaient contribué à persuader Rozalia de prolonger son séjour et à l'accompagner à Venise sans plus protester. Elle avait même exprimé de l'intérêt pour la peinture qu'il restituait au musée, avant de décliner sa proposition de faire venir un styliste, préférant choisir elle-même une robe parmi celles que Viktor avait sélectionnées pour elle. Ensuite, ils pourraient *s'afficher* ensemble. Quelle médiocre expression pour traduire la relation complexe qu'ils avaient développée en si peu de temps.

— Je ne peux pas boire d'alcool tant que je ne sais pas si je suis enceinte ou non, lui rappela-t-elle en ouvrant la porte.

— Tu es déjà prête, dit-il, stupéfait.

Et elle s'était préparée avec le plus grand soin, constata Viktor avec un sentiment d'orgueil. Non qu'il ait jamais été attiré par les femmes tirées à quatre épingles. Il appréciait les décolletés et les hauts talons, certes, mais à ses yeux les robes haute couture et les maquillages sophistiqués, les coiffures extravagantes, constituaient davantage une armure... nécessitant des heures de préparation.

— Je viens d'une famille de six enfants et nous avions une seule salle de bains. Je sais me préparer en un temps record.

En effet... La robe mauve n'avait vraiment rien d'extraordinaire, mais elle mettait en valeur sa silhouette mince et ses douces rondeurs féminines, ainsi que sa personnalité. Rozalia avait lissé ses cheveux en arrière sur le dessus de la tête et les tempes, les laissant tomber en une cascade de boucles brunes sur une épaule, dévoilant une délicate oreille ornée d'un anneau d'or. Côté maquillage, elle avait choisi des nuances sobres et naturelles pour les paupières, et du gloss couleur chair pour les lèvres, les rendant ainsi encore plus charnues et sensuelles. Et plus désirables.

Elle ne ressemblait ni de près ni de loin aux créatures sophistiquées qu'il fréquentait d'habitude. Elle était une femme bien vivante, chaude, vibrante et fascinante. Et si elle n'avait paru aussi embarrassée, craignant sans doute sa désapprobation, il n'aurait pu résister au désir de la toucher.

— Tu es ravissante, dit Viktor avant de se détourner pour aller se verser un whisky.

— Merci, murmura-t-elle en le rejoignant, un petit sac brodé de paillettes argentées à la main. Il n'est pas l'heure de partir ?

— Je prévois toujours une marge, mes partenaires habituelles étant beaucoup moins rapides que toi à se préparer..., fit-il avec humour.

Il versa du jus d'orange dans un verre et le lui tendit.

— Et puis, cela nous laisse le temps d'aller échanger cette petite chose si elle ne te plaît pas, enchaîna-t-il en sortant de sa poche un écrin recouvert de velours grenat.

— Cela vient de la boutique d'en bas ? demanda-t-elle en plissant le front, l'air pas ravi du tout. C'est un prêt, j'espère ?

Sa réaction le désarçonna. Il se montrait toujours généreux et était accoutumé à des réactions plus... enthousiastes.

— Je l'ai achetée. Ils ont très bonne réputation.

Elle soupira, l'air excédé.

— Tu sais bien que, dans un endroit comme celui-ci, tu paies le double de sa valeur réelle la moindre bagatelle, non ? Promets-moi que, quoi qu'il arrive entre nous, tu demanderas maintenant l'avis de Barsi on Fifth avant de faire ce genre d'achat, OK ?

Quand elle souleva le couvercle, elle laissa échapper un son qui le fit tressaillir intérieurement.

— Je leur ai dit que nous sortions et que je voulais quelque chose qui ne passe pas inaperçu.

Il voulait que le monde entier sache qu'elle comptait pour lui. Et qu'elle aussi le sache. Mais manifestement il avait raté son coup en ce qui concernait Rozalia.

— Et je pensais sincèrement qu'il t'irait bien, ajouta-t-il.

— Ce type de bijou irait bien à n'importe qui. À un mannequin, dans une vitrine.

Sur ce commentaire peu flatteur, elle sortit sa loupe de son sac et pencha la tête.

— Tu te balades avec ça ?

— Smartphone, carte de crédit, loupe, baume à lèvres, passe

pour le bus, énuméra-t-elle. Côté taille et pureté, c'est pas mal. Mais ça pourrait être mieux. Ça *devrait* l'être.

Elle redressa la tête.

— Je peux aller leur parler ?

Décidément, elle réussissait toujours à le surprendre...

— Tu comptes faire une scène ? s'enquit Viktor avant de boire une gorgée de whisky.

— Quand je passe un savon à quelqu'un, je le fais si gentiment que l'on s'en rend à peine compte.

Rozalia sortit de la boutique de luxe du palace vingt minutes plus tard, ravie de son beau et très intéressant collier de platine serti d'améthystes.

Viktor lui en voulait-il ? Se sentait-il offensé par son rejet du collier de diamants choisi pour elle ? Impossible à dire.

Il leva les yeux de son smartphone, fixa le collier, puis soutint son regard, l'air impassible.

— Je suis d'accord, dit-il d'un ton neutre.

Ce paternalisme agaça quelque peu Rozalia, mais elle s'abstint de le lui montrer. D'autant que le directeur de la boutique arriva sur ces entrefaites et présenta ses excuses à Viktor, lui assurant qu'il serait intégralement remboursé pour son achat et qu'il ne lui devait rien pour le nouveau collier choisi par Mlle Toth.

Dès que l'homme affable se fut éclipsé, Viktor demanda à Rozalia :

— Ne me dis pas que tu as payé ce collier ?

— Nous avons passé un accord. Je t'expliquerai dans la voiture.

Une fois installée à côté de lui à l'arrière de la limousine noire, elle tourna la tête vers Viktor.

— Je lui ai promis de le mettre en relation avec mon oncle. Ils pourraient s'arranger pour que celui-ci lui fasse parvenir quelques-unes des plus belles pièces de notre collection. Barsi on Fifth est toujours ravie d'étendre sa réputation au-delà des frontières – et prête à saisir les *opportunités* qui se présentent lorsque celles-ci sont intéressantes, acheva-t-elle en souriant.

— Que lui as-tu dit pour qu'il s'excuse après avoir perdu une vente qui aurait payé son bail pendant des mois ?

— Oh ! je lui ai expliqué que c'était ta faute, que tu aurais dû parler de mon lien avec la famille Barsi, et que je ne doutais pas un seul instant que, s'il avait su que nous nous rendions à une soirée ayant lieu dans un musée, il t'aurait présenté quelque chose de plus artistique et de moins onéreux.

Viktor baissa les yeux sur le collier.

— C'est l'œuvre d'une jeune créatrice locale, poursuivit Rozalia. Elle démarre, mais elle a réussi un équilibre pas évident du tout. La chaîne ne glissera pas, en dépit de l'asymétrie du collier qui fait qu'il supporte presque toutes les pierres du même côté. Je suis très impressionnée et dirai à tout le monde que notre cher directeur a vraiment l'œil pour repérer les nouveaux talents.

— Il a l'œil, ou c'est toi qui lui as fait remarquer le talent de cette jeune créatrice ?

— Tu m'en veux, Viktor ? Les diamants, ce n'est pas pour moi. J'aurais eu l'impression d'être un mannequin de cire et je n'aurais pas su quoi dire aux gens qui se seraient extasiés devant eux. Ce n'était pas un caprice de diva gâtée.

— Je ne te crois pas gâtée. Ou si, peut-être un peu, dit-il en inclinant légèrement la tête de côté. Je n'avais encore vu personne refuser une petite fortune sous la forme d'un collier de diamants. Mais je dois reconnaître que depuis l'instant où tu es montée dans ma voiture sans même me connaître, tu n'as cessé de me surprendre.

— Tu te moques de moi ? demanda Rozalia, rosissant de plaisir. Autant te le dire tout de suite : je suis une affreuse snob, quand il s'agit de bijoux. Mais, à mon avis, ça me donne confiance en moi.

— Tu viens de remettre à leur place deux hommes qui se croyaient dans le vrai. Et tu dis que tu manques de confiance en toi ?

— Je parlais de mon physique, et de l'impression que je donne aux autres. Côté intellectuel, ça va. Je ne me laisse pas intimider quand je suis sûre de ce que je dis ou pense.

— Qui critique ton physique ? Tu es belle.

Elle secoua la tête, se maudissant d'avoir laissé transparaître son sentiment d'insécurité. Elle s'était résolue à prolonger son séjour jusqu'à ce qu'ils sachent si elle était enceinte ou pas, mais ignorait ce que cela impliquait pour eux en tant que couple. Tout était si incertain, si flou…

Heureusement, ils étaient arrivés à destination, lui évitant de devoir parler de ce qui la préoccupait.

— Je me sens un peu nerveuse, c'est tout, murmura-t-elle.

— Tu te débrouilleras très bien, j'en suis certain, répliqua Viktor en lui prenant la main.

Si seulement elle avait pu partager sa certitude…

— Tu m'as menti, dit Viktor en entraînant Rozalia sur la petite piste de danse circulaire. Tu prétends ne pas vouloir attirer l'attention, mais tu aimes faire de nouvelles connaissances et bavarder avec eux. Et tu as l'air très à l'aise.

— Oh ! dès qu'il s'agit d'art, je peux parler jusqu'à en soûler ceux qui m'écoutent ! répliqua-t-elle avec modestie.

C'était loin d'être le cas. Les différentes personnes avec qui elle avait discuté avaient paru suspendues à ses lèvres.

Curieuse de nature, elle savait poser de vraies questions, écouter la réponse avec une attention et un intérêt sincères. Et, de toute évidence, elle se fichait bien du rang social de ses interlocuteurs et interlocutrices.

On les regardait, les épiait. Viktor en avait l'habitude. Son physique et sa position faisaient de lui une cible de choix. Les femmes le dévoraient littéralement des yeux, prêtes à répondre à la moindre invite. Cependant, avec Rozalia à ses côtés, il se sentait détendu alors que d'ordinaire il se tenait en permanence sur ses gardes. Elle aussi attirait les regards, notamment à cause de son rire chaleureux, mais ne paraissait pas le remarquer. Sans être timide, elle s'effaçait rapidement devant les autres. Cela tenait probablement au fait qu'elle venait d'une famille nombreuse. De son côté, il trouvait très agréable d'être en compagnie d'une femme qui ne soit pas obsédée par les compliments et les marques de reconnaissance. Rozalia était qui elle était, telle qu'elle était, et ne cherchait pas à plaire à quiconque.

Incapable de résister au désir de sentir sa peau sous ses doigts, il les laissa glisser sous les boucles soyeuses et se pencha pour lui mordiller l'oreille.

— Viktor, arrête..., murmura-t-elle en frémissant contre lui.

Il redressa la tête et vit une adorable roseur colorer ses pommettes, puis un petit pli creuser son beau front lisse.

— J'ai besoin de savoir, reprit-elle, l'air sérieux, presque sévère. Tu as souhaité que nous nous affichions ensemble, mais s'agit-il uniquement d'une comédie destinée à...

À préparer le terrain si tu es enceinte, acheva Viktor en son for intérieur.

— Destinée à donner le change, poursuivit-elle à la hâte. Cela ne me dérange pas. Je comprends le but de l'opération, mais j'ai besoin de savoir ce que tu envisages... pour notre vie privée.

— C'est à toi d'en décider, répliqua-t-il avec calme. Rien n'est déterminé d'avance, tout est en suspens.

— Oui, je le pense aussi, acquiesça-t-elle avec un petit rire nerveux. D'où ma question. Ton intérêt pour moi n'est que passager, alors je ne veux pas me tromper sur le sens de ton comportement et de ta générosité envers moi.

— Passager ?

Son intérêt pour elle frisait plutôt l'obsession.

— Allons poursuivre cette conversation dans un endroit plus intime, enchaîna Viktor.

Il la désirait. Rozalia le voyait à l'expression tendue du beau visage viril, à la lueur farouche éclairant les yeux gris.

La perspective de se retrouver seule avec lui la rendait nerveuse, mais elle acquiesça d'un hochement de tête avant de le suivre vers leur table pour prendre son petit sac brodé.

Ils n'échangèrent plus un mot avant d'avoir regagné leur suite.

Dès qu'il eut refermé la porte, Viktor se dirigea vers le minibar, avant de se retourner vers Rozalia.

— J'oublie tout le temps que tu ne peux pas boire d'alcool.

— Mais toi, tu peux. Alors vas-y, cela ne me dérange pas.

— Ce n'est pas indispensable. J'ai agi par réflexe. Pour me donner une contenance.

Il enfonça les mains dans ses poches, comme pour se rassurer, en effet. Ou rassembler son courage.

— Je n'ai pas l'habitude de me tromper à ce point. J'ai essayé de t'expliquer comment j'avais été amené à croire que tout le monde avait des arrière-pensées, mais je regrette de m'être conduit aussi maladroitement avec toi le premier soir, quand je t'ai emmenée à Kastély Karolyi. Tu as le droit de m'en vouloir à cause de ce que je t'ai dit. Je suis désolé.

— Il ne s'agit pas seulement de cela, Viktor, soupira Rozalia. Je... Merci. J'avais besoin que tu me le dises. Mais parfois j'aimerais bien être aussi cynique que toi. Il m'était déjà arrivé d'être blessée, après avoir compris qu'un homme que je croyais sincère ne l'était pas du tout.

— Qui ? demanda-t-il, l'air presque menaçant.

Pour un peu, elle l'aurait cru jaloux.

— En fait, il y en a eu plusieurs, dit-elle avec un haussement d'épaules. J'ai déjà fait allusion au fait que Gisella attirait tous les regards. Elle n'encourage jamais les hommes à la flatter ou à s'extasier devant elle, mais c'est ce qu'ils font. Plus d'un s'est servi de moi pour l'approcher et je ne m'en suis rendu compte qu'après coup.

Rozalia baissa les yeux, honteuse de s'être confiée ainsi.

— J'essaie de ne pas l'envier, continua-telle. Mais j'ai toujours été un peu jalouse d'elle. Surtout quand nous étions plus jeunes. Gizi est fille unique, ses parents ont de l'argent, alors elle pouvait s'offrir tout ce dont elle avait envie. L'ironie de l'histoire, c'est que si elle était là, Gizi dirait qu'*elle* m'a toujours enviée. Ses parents ont divorcé et je t'ai dit qu'elle s'était toujours sentie un peu à part. Nos mères sont demi-sœurs, mais ne se ressemblent en rien. La mienne est très affectueuse, elle nous soutient toujours ;

ma tante Alisz est plus distante et les effusions n'ont jamais été son fort. En fait, j'adore Gizi et de toute façon je ne voudrais pas être à sa place – et je crois que c'est réciproque –, mais j'ai vite constaté que les hommes ne voyaient qu'elle et ne faisaient pas attention à moi.

— Ils m'ont l'air bien superficiels, ces hommes que vous fréquentez, toi et ta cousine.

— Certains, oui. Mais j'ai appris à être prudente. C'est entre autres pour cela que j'étais encore vierge lorsque nous nous sommes rencontrés. Et que j'ai été aussi... déçue après ma première fois.

— Déçue, répéta-t-il, les mâchoires crispées. Je comprends pourquoi tu m'as accusé d'avoir profité de ta stupidité.

— C'est l'impression que tu m'avais donnée, répliqua Rozalia en lui effleurant le bras du bout des doigts.

Il tiqua. Tourna les yeux vers le bar, puis fit une grimace.

— C'est vrai que je pensais que notre relation se limiterait à une soirée, voire une nuit. Et je n'imaginais certes pas que j'allais envisager de t'épouser quelques jours plus tard.

— Je sais. Moi non plus, je n'envisageais rien de tel. Mais surtout je ne m'attendais pas à passer à tes yeux pour une créature bassement intéressée.

Un tressaillement parcourut Viktor. Il ferma brièvement les paupières avant de la regarder en fronçant les sourcils.

— Tu as compris que si nous nous retrouvons dans cette situation, c'est parce que j'ai été submergé par la passion autant que toi, n'est-ce pas ?

Le cœur de Rozalia fit un petit bond. Elle voulait le croire. Elle en avait *besoin*.

— J'ai oublié d'utiliser un préservatif, poursuivit-il. Ce qui ne m'arrive *jamais*.

Il s'interrompit un instant avant d'ajouter :

— Mais tu as raison, j'aurais dû te dire que tu es une femme incroyable. Parce que c'est vrai.

Une vague de plaisir l'envahit, en même temps qu'une petite voix l'enjoignait de ne pas se laisser étourdir par ce compliment inattendu. De ne pas céder à son optimisme à toute épreuve. De se protéger.

— Ensemble, *nous* sommes incroyables, Rozi, déclara Viktor, presque solennel.

Quand il prit son visage entre ses mains, il y avait de la douceur et de la révérence dans son geste.

— Si tu ne crois pas le reste, crois-moi si je te dis que je n'oublierai jamais les instants merveilleux que nous avons partagés cette nuit-là. Quelles qu'en soient les conséquences, ils ne seront jamais anodins pour moi. J'aurais dû te le dire aussitôt après notre fabuleuse étreinte. J'aurais dû…

Lentement, il pencha la tête et, avec une infinie délicatesse, lui caressa les lèvres avec les siennes.

Rozalia était très sensible. Et elle avait toujours préféré le pardon à la rancune. Sans réfléchir, elle s'abandonna à la merveilleuse chaleur de Viktor, s'offrit tout entière à lui, tandis qu'il laissait échapper une plainte étouffée contre sa bouche.

De chaste, le baiser devint passionné. Enfouissant les doigts dans les cheveux épais de Viktor, elle enlaça sa langue à la sienne avec fièvre, le faisant gémir à nouveau.

Il répondit aux caresses de ses lèvres et de sa langue avec la même fièvre, avant de redresser soudain la tête, le souffle court.

— Tu es sûre de toi ? demanda-t-il, la voix rauque de désir. Parce que si tu continues à m'embrasser comme ça, je vais encore perdre la tête.

Rozalia n'était sûre de rien, mais elle voulait croire en lui. Croire dans cette force qui les attirait l'un vers l'autre. Et si jamais Viktor n'avait que cela à lui offrir, si jamais il ne lui ouvrait jamais son cœur, elle aurait au moins le souvenir de cette passion partagée. Parce que le désir qu'il éprouvait pour elle finirait inévitablement par s'éteindre.

Mais dans l'immédiat…

Se haussant sur la pointe des pieds, elle lui passa les bras autour du cou et l'embrassa. À pleine bouche. La sensation de la puissante érection appuyée contre son ventre la grisait, exacerbait son impatience.

Elle ferma les yeux et gémit contre ses lèvres. Il répondit par une nouvelle plainte rauque, puis la prit par les hanches et la souleva comme si elle ne pesait rien du tout...

— Tu as l'air de savoir ce que tu fais..., murmura-t-il en la serrant contre lui avant de traverser le salon à grands pas.

8

— On en utilise un, cette fois-ci ? demanda-t il en ouvrant le tiroir de la table de nuit.

Rozalia se redressa et s'appuya sur un coude.

— Tu avais pensé à tout, je vois..., murmura-t-elle.

— Je suis parfois capable d'optimisme, répliqua-t-il. Je les ai mis dans le tiroir tout à l'heure.

Il ôta sa chemise et la laissa choir dans un fauteuil, avec ce mélange d'assurance et de grâce qui le caractérisait.

Fascinée, elle contempla la peau hâlée, les pectoraux et les abdominaux parfaits...

— J'aimerais être sculptrice, chuchota-t-elle.

— Je préfère que tu me caresses avec tes mains, tes lèvres, plutôt que tu m'examines sous tous les angles d'un œil critique. Et je veux te caresser moi aussi. Partout. Te goûter, te savourer.

Des frissons brûlants parcoururent Rozalia, la faisant fondre. Elle se mit à trembler de la tête aux pieds au souvenir de la volupté qu'il lui avait fait découvrir, l'art avec lequel il l'avait explorée, au plus intime de sa féminité...

— Mais d'abord je veux te voir tout entière, ajouta-t-il d'une voix rauque. Et si je suis trop brutal ou te fais mal, dis-le-moi, surtout.

— J'ai mal quand tu t'arrêtes, susurra-t-elle en rosissant.

— Ne me dis pas des choses pareilles...

Se penchant vers elle, il la souleva de nouveau dans ses bras avant de la reposer sur ses pieds devant lui. Puis il referma les mains sur sa taille et l'attira vers lui en reprenant sa bouche avec passion.

C'était si bon, si fabuleux... Rozalia se laissa entraîner dans le tourbillon de volupté qui se déployait en elle. Elle laissa glisser ses doigts sur les épaules musclées, le dos, le creux des reins.

Lorsque Viktor entreprit de lui ôter sa robe, elle l'y aida, les mains tremblantes de désir et d'impatience. Puis elle se tint devant lui, en soutien-gorge bandeau et petite culotte de soie, portant toujours ses escarpins à hauts talons et son collier d'améthystes.

Il recula et promena son regard incandescent sur sa gorge, son buste, s'arrêta sur son ventre avant de descendre plus bas, jusque ses cuisses...

Rozalia ôta les pinces retenant ses cheveux, puis, gagnée par une audace insensée, elle dégrafa son soutien-gorge et le laissa tomber sur le tapis, à côté de sa robe.

Mon Dieu, la façon dont Viktor la dévorait des yeux, comme hypnotisé... Mais il émergea vite de sa torpeur et referma les paumes sur ses seins offerts, en titilla les pointes durcies sous ses pouces, la faisant haleter.

— C'est trop ? demanda-t-il, les mâchoires crispées. Ou pas assez ?

Il descendit une main sur son ventre, s'arrêta à la lisière de la petite culotte. Les doigts experts se faufilèrent sous la soie, jusqu'au lieu secret où elle se consumait pour lui. Rozalia écarta les jambes pour mieux s'offrir aux ensorcelantes caresses et creusa les reins en fermant les yeux.

La bouche affamée couvrit la sienne, recueillant les gémissements qui montaient de sa gorge, lorsque soudain, une marée de sensations souleva Rozalia. Émerveillée, elle renversa la tête en arrière et s'abandonna à la jouissance en poussant un cri.

Viktor l'embrassa dans le cou, doucement, tendrement. Il lui mordilla l'oreille.

— Tu es déterminée à me faire perdre la tête, hein ? chuchota-t-il.

— *Moi ?* Je *te* fais perdre la tête ?

C'était plutôt l'inverse, non ?

— Je te désire tellement que j'ai un mal fou à me contrôler, avoua-t-il. Alors que je n'ai pas fait le dixième de ce que j'aimerais te faire.

— Je ne sais pas si je pourrais en supporter davantage, répliqua-t-elle d'une voix rauque.

— On va vérifier ça... Allonge-toi.

— Non, j'ai quelque chose à faire avant, murmura Rozalia.

Sans détacher le regard du sien, elle déboutonna la ceinture du pantalon et fit glisser la fermeture Éclair, ravie de voir un éclat sauvage incendier les beaux yeux gris.

Elle fit descendre le pantalon et le caleçon sur les hanches étroites, et baissa les yeux sur la splendide érection. Le simple fait de la regarder l'excitait, l'enivrait.

Doucement, elle caressa la peau fine et douce comme de la soie.

— Viktor, je veux te sentir en moi...

— Tu n'es pas encore prête. Je pourrais te faire mal.

Un petit rire tremblant échappa à Rozalia.

— Je suis plus que prête, au contraire ! Je n'en peux plus d'attendre !

Avec une plainte sourde, il se débarrassa de son pantalon et de son caleçon et s'assit sur le bord du lit.

— Viens là, alors.

Il prit un préservatif et l'enfila, puis installa Rozalia à califourchon sur lui. Un bras passé autour de sa taille, il aspira goulûment ses mamelons l'un après l'autre, en même temps qu'il lui caressait le clitoris.

— Viktor ! Je t'en supplie... Prends-moi, maintenant...

Une sorte de folie s'empara de tous ses sens, son désir réclamait, exigeait l'assouvissement.

— J'ai *besoin* de toi !

Un sourire carnassier dévoila les dents blanches et régulières tandis qu'il la soulevait par les hanches. Rozalia passa la main entre leurs deux corps et guida la puissante érection en elle, puis se laissa glisser lentement...

Cette fois, il n'y eut aucune douleur, seulement la sensation incroyable de l'avoir en elle. Viktor l'emplissait. Ils ne faisaient plus qu'un.

Tout en l'embrassant, il lui caressa le dos, les reins, avec une douceur exquise. Rozalia instaura un rythme régulier, en harmonie avec le battement de leurs cœurs qui semblaient résonner en écho.

Mais, lorsqu'elle voulut accélérer la cadence, Viktor lui posa fermement les mains sur les hanches.

— Pas encore, chuchota-t-il contre sa bouche.

Il lui caressa les lèvres du bout de la langue, la rendant folle de plaisir, lui donnant envie de hurler. Puis une sensation inconnue l'envahit. Une sorte de félicité, de joie immense, physique et mentale.

Ces instants étaient uniques. Rozalia eut envie de le lui dire, mais toute parole aurait été superflue. Dans les yeux aux reflets argentés, elle lisait le même abandon, le même émerveillement.

Ils vivaient la même expérience, réalisa-t-elle, sidérée. Ils ondulaient ensemble dans une harmonie, un bonheur parfaits. Ils ne faisaient plus qu'un.

La jouissance les emporta en même temps. Les vagues grimpèrent jusqu'à des sommets inouïs tandis qu'ils gémissaient à l'unisson. Éblouie par un flot de lumière blanche, Rozalia poussa un cri et s'accrocha aux épaules de Viktor qui la serra farouchement contre lui en murmurant son prénom.

Quand il redescendit sur terre, Viktor se rendit compte qu'il tenait toujours Rozi serrée contre lui. Il sentit les frémissements qui la parcouraient et lui caressa le dos, tandis que lui-même s'efforçait de reprendre son souffle.

Il avait trouvé leur première étreinte fabuleuse, mais celle qu'ils venaient de partager avait été plus incroyable encore. Plus intense. Avec Rozalia, il perdait tout contrôle, ce qui ne lui était jamais arrivé auparavant. Avec aucune de ses maîtresses, même les plus passionnées et les plus expertes.

Basculant sur le dos, il roula sur le côté en la serrant toujours dans ses bras. Du bout des doigts, elle lui caressa la joue avec une telle douceur qu'il ferma les yeux, savourant la sensation en même temps qu'il renversait Rozalia sur le dos et se retrouvait allongé sur elle. Puis il l'embrassa langoureusement jusqu'au moment où il dut se retirer.

— Ne bouge pas, chuchota-t-il contre ses lèvres. Je reviens tout de suite.

Lorsqu'il sortit de la salle de bains quelques minutes plus tard, elle était étendue sur le côté, son corps à la peau claire baigné par la lumière dorée de la lampe de chevet.

Viktor resta immobile, troublé par la beauté du tableau vivant qui s'offrait à ses yeux. Mais la façon dont elle fouilla soudain son regard le fit tressaillir intérieurement. Le désir qu'il lisait dans les yeux noisette dépassait le pur domaine du sexe.

Et ça, c'était *vraiment* inquiétant. Même avant la trahison de son frère, Viktor n'avait jamais été porté sur les émotions, surtout dans ses rapports avec les femmes. Il n'était pas fait pour ce genre d'intimité, tout simplement.

S'asseyant à côté d'elle, il lui caressa la hanche et pencha la tête pour l'embrasser dans le creux de l'épaule. Rozalia laissa échapper un petit soupir et lui referma la main sur la nuque, dissipant la tension qui l'avait envahi. Impossible de ne pas désirer retrouver une telle complétude, une telle harmonie, décida-t-il en reprenant la belle bouche pulpeuse.

Cependant il ne pourrait lui offrir ce qu'elle attendait de lui. Et cette contradiction, Viktor ne voyait pas comment la résoudre.

— Gisella vient de m'apprendre que tu avais envoyé de l'argent à Kaine.

En fait, Gizi lui avait posé des tas de questions auxquelles Rozalia n'avait su que répondre. Pour couper court à leur conversation, elle avait annoncé à sa cousine qu'elle se rendait à Visegrád avec Viktor, pour aller voir Bella Néni. Ce qui était vrai. Tôt ou tard, pourtant, elle serait bien obligée de tout raconter à Gizi.

Lui annoncer qu'elle avait couché avec Viktor ne serait déjà pas facile, mais quand elle ajouterait qu'elle avait pris le risque de se retrouver enceinte, Gisella chercherait aussitôt à la protéger. Elle serait même capable de sauter dans le premier avion pour venir la rejoindre.

— Tu as dit que tu ne voulais pas qu'elle doive quoi que ce soit à Kaine Michaels, lui rappela Viktor. Alors je me charge des honoraires de ton avocate. C'est le moins que je puisse faire, puisque c'est à cause de moi que tu as été arrêtée.

— Je comprends, mais je suis inquiète. Gisella semble passer beaucoup de temps avec lui. Elle était si furieuse quand il a obtenu la boucle d'oreille lors de cette vente aux enchères. Et il ne la lui a même pas montrée. Je m'en veux terriblement de ne pas t'avoir demandé si je pouvais lui envoyer une photo de celle qui est en ta possession.

— Eh bien, tu pourras l'examiner à loisir à notre retour. Et prendre toutes les photos que tu voudras.

— Merci, Viktor. C'est vraiment gentil.

Il était si déroutant. Dès que Rozalia avait l'impression qu'il commençait à se désintéresser d'elle, il lui démontrait le contraire. Ils venaient de passer deux jours à Vienne, dans le superbe appartement qu'il y possédait. La journée, il travaillait dans son bureau, l'encourageant à aller en ville et à s'acheter de nouveaux vêtements et accessoires.

Non seulement elle avait suivi son conseil, mais en avait profité pour aller jeter un coup d'œil au célèbre Opéra et à divers monuments.

Ensuite, Viktor lui avait fait la surprise d'organiser une croisière privée sur le Danube pour faire le trajet Budapest-Visegrád. Une fois à bord, il s'était remis à travailler depuis son ordinateur portable, disparaissant à intervalles réguliers pour passer des appels-conférences, mais s'arrangeait pour passer du temps avec elle.

C'était un peu comme une lune de miel. Sans alliance ni déclaration d'amour.

Qu'éprouvait Viktor pour elle ? De son côté, impossible de

se leurrer plus longtemps – elle était bel et bien tombée amoureuse de lui.

Mais qu'avait-elle à lui offrir ? Hormis une bague dans laquelle elle mettrait tout son amour et s'efforcerait de traduire la personnalité complexe de cet homme mystérieux, de cet amant attentionné et généreux ? Rien. Elle était une femme ordinaire, banale.

À la fin de la journée, le château apparut au loin, perché au sommet de la colline dominant Visegrád.

— Tu fais vraiment tout pour me donner l'impression de vivre un conte de fées ! s'exclama Rozalia en se tournant vers Viktor.

— Lorsque je vais en Amérique, je suis toujours amusé de constater qu'ils font visiter avec fierté un monument historique datant de *plus d'un siècle* !

— Eh oui... En tout cas, je suis impatiente de faire la connaissance de ta tante, même si je regrette que notre voyage se termine déjà. J'ai adoré ces deux jours passés à Vienne et notre petite croisière sur le Danube. Merci, Viktor.

— Ravi de t'avoir fait plaisir, fit-il, les yeux brillants.

Sans doute songeait-il comme elle à leurs nuits viennoises. Aux nouveaux plaisirs qu'il lui avait fait découvrir. Elle avait appris à se servir de sa bouche autrement... Rozalia rougit au souvenir des réactions de Viktor, à ses plaintes rauques tandis qu'il la suppliait de ne pas s'arrêter...

Elle s'appuya contre lui et ferma les yeux, se délectant de sa force, sa chaleur. Avant d'être traversée tout à coup par un frisson désagréable.

Et s'il avait raison à propos d'Eszti ? Si sa grand-mère avait volé les boucles d'oreilles comme il l'en accusait ? Elle refusait toujours d'y croire, mais s'inquiétait à la perspective d'apprendre d'autres détails susceptibles de menacer le lien qui se développait entre eux. Ce lien était si fragile, si nouveau, qu'il pourrait se briser facilement.

Sa mère aurait dû être repartie à Budapest, mais dès qu'elle avait su qu'il venait chez Bella avec Rozalia, elle avait évidemment décidé de rester afin de faire elle aussi la connaissance de *cette Américaine*, ce qui n'arrangeait pas du tout Viktor. La situation commençant à se stabiliser entre Rozi et lui, il aurait préféré que sa mère ne s'immisce pas dans ses affaires, et qu'elle ne fasse rien qui puisse intimider ou incommoder Rozi.

— Elle te plaît ? demanda cette dernière en apparaissant tout à coup devant lui.

Il contempla la robe dos nu, l'étoffe aux motifs floraux déclinant des tons pastel. Une robe toute simple, mais qui lui allait à ravir – et que Mara Rohan trouverait bien sûr trop *bohème*. Voire trop *hippie*. Avec ses cheveux bouclant sur ses épaules, son léger hâle doré pour tout maquillage, Rozalia était exactement l'opposé des femmes sophistiquées que sa mère jugeait appropriées pour lui.

— Tu es ravissante, répondit-il en souriant.

Une demi-heure plus tard, alors qu'ils approchaient de la villa en passant par le petit vignoble, elle murmura :

— Que c'est charmant...

Au fil des années, Bella avait restauré et modernisé le vieux manoir, transformant celui-ci en une demeure accueillante n'ayant plus rien à voir avec la bâtisse lugubre où Viktor était venu enfant.

Sa mère et sa grand-tante étaient installées sous la pergola dans les grands fauteuils en osier, non loin de la fontaine et son doux chuchotis.

Bella aimait le calme et la solitude, mais, tout en menant une vie retirée, elle n'avait rien perdu de son charme et de son élégance. Ce jour-là, elle portait une jupe couleur lavande et un chemisier gris perle, ses cheveux blancs comme neige étant rassemblés en un petit chignon sur la nuque. Quant à la mère de Viktor, elle arborait l'un de ses habituels tailleurs Chanel dont la teinte rose orangé faisait ressortir ses yeux verts.

— Vous avez un jardin magnifique ! dit bientôt Rozi à Bella

avec sa spontanéité coutumière. C'est l'endroit idéal pour se détendre et se reposer. J'espère que votre cheville va mieux ?

— Oui, beaucoup mieux, merci, répondit sa grand-tante, manifestement conquise par la chaleur de Rozi.

Quant à sa mère, elle le regarda en fronçant imperceptiblement les sourcils. De toute évidence, elle le désapprouvait d'avoir parlé de la santé de Bella à une *étrangère*.

Tout en sirotant son apéritif sans alcool et en dégustant les délicieux petits pâtés en croûte faits maison, l'étrangère en question interrogea Bella à propos de telle et telle fleur. Pas pour faire la conversation. Comme à son habitude, elle s'intéressait *vraiment* à ce que disait la vieille dame.

Sa mère attendit qu'ils soient passés à table pour reprendre le contrôle de la conversation.

— J'ai été fort surprise d'apprendre qu'en Amérique, quelqu'un revendiquait sa parenté avec notre famille. Après toutes ces années de silence, c'est surprenant...

— Vous êtes parente avec nous ? demanda Bella en dévisageant Rozi avec surprise.

Sa nièce n'avait bien sûr pas jugé bon de la prévenir.

— Nous ne savons pas encore si c'est effectivement le cas, déclara celle-ci avec un sourire glacial.

— De toute façon, il ne s'agit pas de moi, expliqua Rozi à Bella. C'est ma cousine Gisella qui aurait dû venir en Hongrie. Nous pensons que sa mère, Alisz, est votre nièce.

Elle se tourna vers la mère de Viktor.

— Et par conséquent votre cousine. Pour nous, elle a toujours été la fille d'Istvan. C'est sans doute de lui qu'elle a hérité sa brillante intelligence – ma tante Alisz est une universitaire réputée et très respectée pour ses travaux.

— Istvan était un garçon très intelligent, acquiesça Bella, à la fois émue et perplexe.

— Il faudra un test ADN pour savoir si votre tante est réellement la fille d'Istvan, rappela Mara, guindée. Si c'est bien le cas, on serait en droit de s'étonner qu'elle ne soit pas venue se présenter plus tôt.

— Mon grand-père, Benedek, l'a toujours traitée comme sa fille. Il est le seul père qu'elle ait connu, si bien qu'elle a toujours pensé qu'il aurait été indélicat de rechercher la famille de son géniteur du vivant de celui qu'elle avait toujours considéré comme son père. Plus tard, au moment de la mort de celui-ci, elle avait perdu toute curiosité envers ce côté de sa famille. Et si Gisella et moi n'étions pas devenues obsédées par les boucles d'oreilles, vous n'auriez sans doute jamais entendu parler de nous.

— Les boucles d'oreilles qui ont été volées, fit remarquer la mère de Viktor. Dois-je comprendre que votre cousine se trouve à San Francisco en ce moment même, et qu'elle tente d'acquérir ce qui nous appartient ?

— Kaine Michaels a acheté cette boucle d'oreille de façon tout à fait légale, intervint Viktor.

Même si Michaels l'avait pris de vitesse en achetant la maison aux enchères avec tout son contenu – dont faisait partie la satanée boucle d'oreille.

— Je ne crois vraiment pas que ma grand-mère les ait volées, dit Rozi avec calme. Parce que ce n'est pas son style. Je ne sais pas comment l'histoire a pu être dénaturée ainsi.

— L'histoire me vient directement de ma mère, répliqua Mara, froide et déterminée. Elle-même la tenait directement de sa propre mère. Les boucles d'oreilles ont été volées par une jeune femme qui prétendait entretenir une liaison avec Istvan. Elle en a vendu une à Budapest pour pouvoir partir en Amérique avec son mari. Cette boucle d'oreille a fini par revenir entre les mains de ma belle-mère, qui me l'a offerte comme cadeau de mariage. La seconde a été vendue en Amérique et a fait partie d'une collection privée pendant des années, jusqu'à ce qu'elle réapparaisse il y a quelques mois. J'ai alors chargé Viktor de l'acheter pour moi.

— Ce n'est pas cela du tout ! s'écria Rozi. Ma grand-mère n'était pas mariée quand elle est partie en Amérique ! Elle a épousé mon grand-père *après* la naissance d'Alisz. Istvan lui a offert les boucles d'oreilles et elle en a vendu une pour financer sa traversée. Quand elle s'est retrouvée sans argent plus tard, elle a vendu la seconde à Benedek. Elle était seule avec un bébé et lui, il ouvrait sa boutique. Ils ont décidé de se marier et d'ouvrir la boutique ensemble. Mais elle n'avait pas volé ces boucles d'oreilles. Istvan les lui a données comme gage d'amour. Il comptait la rejoindre en Amérique et l'épouser là-bas.

— Vous vous *trompez*, commença la mère de Viktor.

— Eszti est votre grand-mère ! s'exclama Bella d'une voix tremblante.

Viktor se reprocha de ne pas avoir fait suffisamment attention à elle. Il s'était concentré sur sa mère, craignant que celle-ci ne malmène Rozi. Or Bella était maintenant d'une pâleur inquiétante.

— Oui ! acquiesça Rozi en souriant. Eszti Miska, avant d'épouser Benedek Barsi. Vous vous souvenez d'elle ?

— Mon Dieu…, murmura Bella avec un sourire tremblant. Bien sûr que je me souviens d'elle ! Elle était si charmante, si chaleureuse… J'avais tout de suite compris pourquoi Istvan était tombé fou amoureux d'elle. Comment va-t-elle ?

— Très bien. Elle a été malade cet hiver, mais elle s'en est bien remise. Mais elle nous a fait peur, et c'est pour cela que Gisella et moi avons redoublé nos efforts pour retrouver ses boucles d'oreilles. Elle aimait vraiment votre frère. Et elle sera si heureuse de récupérer enfin le précieux cadeau qu'il lui avait offert.

— Il ne lui a jamais donné les boucles d'oreilles, insista Mara, péremptoire.

— Non, en effet, acquiesça lentement Bella, le visage décomposé. C'est moi, qui les ai données à Eszti.

9

— Je ne comprends pas, commença Mara en fronçant les sourcils.

Rozalia posa doucement la main sur celle de Bella.

— Je suis vraiment désolée de vous faire de la peine. Ce doit être si douloureux de repenser à cette époque.

— Oui, très douloureux, acquiesça faiblement la vieille dame. J'ai été obligée de mentir, mais aujourd'hui il vaut mieux révéler la vérité.

Elle regarda sa nièce.

— Ta mère n'a jamais su ce que notre mère avait dit à notre père. Ce week-end-là, Irenke était chez des amis.

Irenke était la sœur de Bella et Istvan, et la mère de Mara.

— On lui a demandé de revenir d'urgence lorsque la mort d'Istvan a été confirmée. Il avait été tué au cours d'une manifestation.

Un tel chagrin se lisait dans les yeux de Bella que Rozalia resserra les doigts autour des siens dans l'espoir de lui apporter un peu de réconfort.

— Je voulais lui dire ce qui s'était réellement passé, poursuivit Bella, mais Irenke était toujours si franche, si spontanée... J'ai eu peur qu'elle ne s'en prenne à notre père et, si elle avait osé lui tenir tête à ce moment-là, il aurait été capable de la tuer. C'était un homme dur. Rigide. Lui et Istvan avaient des disputes terribles. Je n'ai jamais vraiment su si mon frère avait participé aux manifestations par conviction personnelle ou tout bonnement pour défier notre père.

Elle souleva son verre d'eau d'une main tremblante et en but une longue gorgée.

— Nos parents étaient sortis, ce soir-là. Ils venaient de rentrer lorsque Eszti est arrivée. Entendant des cris, je suis montée à l'étage. Mère pleurait. Père devait avoir giflé Eszti car elle pleurait aussi et se tenait la joue. Il l'a traitée de menteuse, lui a lancé toutes sortes d'insultes. Puis il l'a mise à la porte. Ensuite, il a dit à Mère d'arrêter de pleurer. « Il n'est pas mort, a-t-il déclaré. C'est impossible. »

S'interrompant, la grand tante de Viktor reposa son verre sur la table et posa la main sur sa poitrine.

— Mère est sortie et a descendu l'escalier. De mon côté, j'avais déjà regagné le rez-de-chaussée. Quand j'ai vu son regard... j'ai compris qu'Istvan était mort. J'ai cru mourir moi aussi. « Cette jeune fille a affirmé qu'elle portait son enfant », m'a-t-elle dit en ôtant ses boucles d'oreilles. Puis elle les a glissées dans ma main et m'a demandé de rattraper Eszti. De lui dire d'emmener le bébé d'Istvan dans un endroit où il serait en sécurité. Je l'ai rattrapée au moment où elle franchissait les grilles. Il pleuvait. Nous pleurions toutes les deux. Elle l'aimait tellement. Je l'ai serrée dans mes bras, mais il fallait que je rentre avant que mon père ne s'aperçoive de mon absence. Je ne l'ai jamais revue.

Elle reprit son verre d'eau, but une nouvelle gorgée.

— Ma mère n'a pas eu l'occasion de porter ses boucles d'oreilles avant une soirée qui a eu lieu après les obsèques d'Istvan. Elle a alors dit à mon père qu'elle les avait ôtées en entrant dans la maison, les avait laissées sur la petite table de l'entrée et qu'Eszti devait les avoir prises. Ce n'est que lorsque Dorika est venue voir nos parents pour arranger ton mariage que j'ai appris qu'Eszti en avait vendu une pour pouvoir partir en Amérique, expliqua-t-elle à Mara. Je me suis toujours demandé si elle était vraiment enceinte.

— Je vais vous montrer des photos de tante Alisz et de Gisella, répliqua Rozalia en sortant son smartphone de son sac.

Elle choisit une photo où on les voyait toutes les deux et tendit l'appareil à Bella.

— Oh ! regarde, Mara…, murmura-t-elle en tendant à son tour le téléphone à Mara. Tu ne reconnais pas tes yeux ?

La mère de Viktor ne put dire le contraire. Elle avait exactement les mêmes yeux que Gisella et Alisz.

Après ces douloureuses confidences, l'atmosphère se détendit un peu et le déjeuner se déroula sans anicroche. Bella posant toutes sortes de questions à Rozalia sur la boutique, elle lui montra sa bague.

— C'est Gisella qui l'a créée pour moi. Elle a énormément de talent.

Mara se montra moins enthousiaste et garda son air froid et distant – faisant ainsi tellement penser à Alisz que Rozalia faillit éclater de rire.

— Montre-leur celle que tu as faite pour Gisella, intervint Viktor.

— C'est vous qui avez réalisé cette bague ? demanda sa mère en baissant les yeux sur le petit écran. Elle ne passe pas inaperçue.

En matière de compliment, il y avait mieux… Mais la réaction de Mara fit plaisir à Rozalia.

Après le café, Bella annonça qu'elle souhaitait se reposer.

— Viktor va t'accompagner jusqu'à ta chambre, répliqua aussitôt sa nièce.

Mara désirait s'entretenir avec elle en tête à tête, devina Rozalia.

— Vous restez pour la nuit, n'est-ce pas ? lança Bella en s'arrêtant sur le pas de la porte. J'aimerais que vous me parliez davantage de votre tante et de votre cousine.

— Avec plaisir. Si Viktor est d'accord, bien entendu.

Dès qu'elles se retrouvèrent seules, Mara la regarda droit dans les yeux.

— Quelles sont vos intentions, exactement ? demanda-t-elle sans autre préambule.

— Au départ, mon but était d'acheter la boucle d'oreille de ma grand-mère. Je me rends compte maintenant que cela ne ferait sans doute que raviver son chagrin. Mais ce n'est pas ce qui vous préoccupe, n'est-ce pas ? Vous voulez savoir quelles sont mes intentions concernant Viktor.

— C'était en effet le sens de ma question.

Elle était *vraiment* comme la tante Alisz !

— Dans la famille, nous disons pour plaisanter que c'est Alisz qu'il faut aller voir quand on a besoin d'un conseil que l'on n'a pas envie d'entendre. Elle vous le donne sans la moindre émotion – et sans ménagement –, mais cela ne l'empêche pas de toujours agir dans l'intérêt de la famille.

— C'est Bella qui manifeste de l'intérêt envers votre tante et votre cousine, lui rappela Mara avec un sourire froid.

— C'était une façon détournée, et courtoise, de vous répondre, expliqua Rozalia, le plus gentiment possible. Mon intention est de laisser Viktor libre de prendre la décision qu'il voudra en ce qui concerne notre relation. Et je pense qu'il vaudrait mieux que vous fassiez la même chose, si vous souhaitez améliorer votre relation.

Une expression offusquée passa sur les traits de Mara Rohan, suivie d'une ombre de culpabilité, puis de tristesse, mêlée de suspicion.

— Vous faites allusion à l'incident provoqué par Trudi ? Je suis en partie responsable de sa méprise quant aux intentions de Viktor vis-à-vis d'elle. Je n'aurais jamais soupçonné qu'elle puisse se conduire de façon aussi puérile. Et je regrette que son attitude vous ait causé des désagréments.

— C'est elle qui me doit des excuses, pas vous, répliqua Rozalia, magnanime. Et je peux comprendre qu'après avoir perdu un fils, vous teniez à assurer l'avenir de Viktor. Et que, comme toute mère, vous souhaitiez le voir marié et père de famille. D'autre part, vous vous sentez peut-être obligée de l'aider à trouver l'épouse idéale à cause de ce qui s'est passé autrefois.

Mara se raidit et tourna la tête.

— Je vois qu'il s'est confié à vous...

— Nous disons aussi, à propos d'Alisz, qu'elle ne montre jamais ses vraies émotions, mais que cela ne signifie pas pour autant qu'elle n'ait pas de cœur.

— Eh bien, je suis certaine que Viktor ne dirait pas la même chose de moi.

Elle souleva la carafe et se versa un verre d'eau.

— Après la mort de son père, j'ai vécu des moments difficiles. Son frère avait du mal à être à la hauteur et à prendre le relais. J'ai cru qu'avec une épouse solide à ses côtés, il s'en sortirait mieux. Et j'ai pensé que cette jeune femme serait parfaite pour Kristof. Si j'avais pu prévoir que Viktor ne me le pardonnerait jamais, j'aurais agi différemment.

Inutile de dire à Mara que c'était le moment ou jamais de changer d'attitude vis-à-vis de son fils. Elle était assez intelligente pour le comprendre toute seule.

Un peu avant le dîner, Viktor réussit à se retrouver seul avec sa mère. Il versa un verre de vin et le lui tendit, puis attendit les inévitables commentaires désapprobateurs qui allaient pleuvoir sur lui.

— Tu ne m'accompagnes pas ? demanda-t-elle.

— J'attendrai Rozi. Elle est montée se changer.

— Elle m'a promis de me mettre en contact avec un horloger qui saurait réparer la montre de ta grand-mère. Ce serait bien, j'aimerais la porter de nouveau.

Sans lui laisser le temps de répliquer quoi que ce soit, elle enchaîna :

— Elle est différente de tes petites amies habituelles.

— Si tu penses à Trudi, ou aux autres femmes que tu as sélectionnées pour moi, oui. Rozalia est très différente d'elles.

Elle n'avait en outre rien de commun avec la jeune femme dont il s'était entiché autrefois. Héritière d'une riche famille, celle-ci avait été éduquée dans un pensionnat suisse où elle avait acquis le charme et la sophistication garantis par ce genre d'établissement. Avec le recul, Viktor ne comprenait plus comment il avait pu se croire amoureux d'elle. Il se rappelait uniquement avoir été anéanti en apprenant la trahison de son frère et le rôle joué par leur mère qui avait persuadé la jeune femme de jeter son dévolu sur son aîné.

Si jamais elle osait se mêler à nouveau de sa vie privée...

— Je ne dirais pas qu'elle représente le parti le plus avantageux, naturellement. Mais je ne serais pas *malheureuse* si tu décidais d'officialiser ta relation avec elle.

— Pas d'épanchements, mère. Tu nous embarrasserais tous les deux.

Sa grand-tante arrivant sur ces entrefaites, il lui versa un verre de vin et monta voir ce qui retenait Rozi.

Il la trouva assise sur le bord du lit, habillée pour le dîner, mais le visage blême et le regard terrifié.

— Quelque chose ne va pas ? Tu as reçu une mauvaise nouvelle ?

— J'ai vomi, dit-elle d'une voix blanche. Je me sentais bien et ça m'est tombé dessus sans prévenir.

— Ce ne peut pas être une intoxication alimentaire, nous avons mangé la même chose.

Viktor lui tâta le front. Il était moite, mais pas plus chaud que le sien.

— Je ne sais pas, murmura Rozi.

— Une nausée matinale ? demanda-t-il en s'asseyant à côté d'elle. À cette heure-ci ? Quand les premiers symptômes se manifestent-ils, en général ?

— Je n'en sais rien, répondit-elle, l'air perdu. Je sais seulement que le premier trimestre est souvent le pire. Je ferai une recherche tout à l'heure. C'est sûrement autre chose.

Viktor lui prit la main, aussi moite que son front.

— Tu préfères rester ici et te reposer ?

— Non non. Je me sens tout à fait bien, maintenant. Mais si c'est un virus ? Je ne voudrais pas que Bella tombe malade à cause de moi.

— Je crois que nous savons tous les deux qu'il ne s'agit pas d'un virus. Sinon, j'aurais les mêmes symptômes.

— Oui, acquiesça-t-elle faiblement.

— Tu devrais manger quelque chose. Si tu y arrives.

Elle hocha la tête et le suivit docilement, tandis que Viktor sentait ses instincts protecteurs se réveiller de plus belle.

La soirée fut agréable. Rozi, apparemment détendue, raconta toutes sortes d'anecdotes à propos de sa tante et sa cousine, au grand ravissement de Bella. Même sa mère parut intéressée lorsque Rozi décrivit leur travail à l'atelier.

De son côté, Viktor ne l'écoutait qu'à moitié, réorganisant déjà sa vie et la sienne à la pensée qu'ils allaient peut-être devenir parents. Mais, curieusement, il ne se sentait pas du tout terrifié à la perspective de devoir renoncer à son célibat et à sa liberté – *si* la grossesse était confirmée.

— Tu avais l'air préoccupé, durant le dîner, dit Rozi quand ils se retirèrent dans leur chambre.

— Je pensais à ton travail. Tu as l'intention de continuer, si tu es enceinte ?

— Je n'y ai même pas pensé ! s'exclama-t-elle, l'air de nouveau paniqué.

— Ce serait possible ? Tu utilises des produits chimiques ?

— Je porte un masque, principalement pour me protéger de la poussière, mais aussi des émanations toxiques lorsque je fais des soudages. Et l'atelier doit être correctement ventilé.

Elle se passa le dos de la main sur le front.

— Si je suis enceinte, il faudra que je fasse le tour des joailleries de Budapest pour voir s'ils ont besoin de quelqu'un. Mais je préfère ne pas y penser pour l'instant, Viktor. Il est trop tôt – rien n'est certain.

— Cela ne nous empêche pas d'en discuter. Je peux t'aider à aménager un atelier à Kastély Karolyi, ou quelque part en ville. Tu crois qu'en la transformant, la serre pourrait te convenir ? De toute façon, tu as des tas de possibilités.

— Non, au contraire ! C'est ça qui me fait paniquer !

En fait, elle n'avait pas cru à une grossesse, réalisa Viktor.

Il prit le visage de Rozalia entre ses mains et l'embrassa,

doucement, pour lui faire comprendre qu'elle n'avait rien à craindre. Qu'il s'occuperait d'elle. La protégerait.

Le comprit-elle ? En tout cas, elle fondit comme à chaque fois qu'il l'embrassait et gémit en se pressant contre lui. Avant de reculer vivement, les yeux exorbités.

— Qu'est-ce que tu as, bon sang ?

— Mes seins sont douloureux ! répondit-elle en posant les mains sur sa poitrine. C'est un autre symptôme, Viktor !

— Rozi, répliqua-t-il en l'attirant délicatement dans ses bras. Nous ne sommes pas forcés de faire l'amour, si tu...

— Mais j'en ai envie ! l'interrompit-elle avec force. Je ne veux pas avoir mal aux seins, c'est tout !

Incapable de retenir un sourire, Viktor enfouit le visage dans les cheveux bouclés pour ne pas lui faire penser qu'il se moquait d'elle.

Redressant la tête, il s'assit sur le lit et l'installa sur ses genoux.

— Si tu veux faire l'amour, je trouverai d'autres moyens, ne t'inquiète pas, promit-il en lui caressant le bout du nez avec le sien. Tu sais à quel point j'adore tes seins. Cela me manquera de ne plus mordiller leurs beaux mamelons roses, mais ce ne sont pas les seuls endroits que j'aime cajoler avec mes lèvres.

Les yeux noisette s'assombrirent.

— Dis-moi ce que tu veux, ordonna-t-il en laissant glisser sa bouche sur la gorge à la peau satinée.

— Tu le sais, murmura-t-elle.

Elle caressa son érection à travers le tissu.

— Fais-moi l'amour avec ta bouche, tes mains et *ça*.

Viktor s'exécuta volontiers. Il la fit trembler et gémir, haleter, crier, jusqu'à ce qu'elle s'envole dans l'extase en poussant les adorables petits cris qu'il aimait tant et qui décuplaient son propre désir.

Après une légère hésitation, il enfila un préservatif, tout en étant convaincu qu'ils n'avaient pas besoin de contraception. Rozi était à lui, à présent.

Il s'installa entre ses jambes et la pénétra en restant appuyé sur les mains pour protéger les beaux seins devenus encore plus sensibles. Au plaisir et à la douleur.

— Oui, oui…, susurra-t-elle en se léchant les lèvres. Continue… Ne t'arrête jamais…

Toujours en appui sur les mains, il s'immobilisa au-dessus d'elle, les mâchoires crispées, et la regarda dans les yeux.

— Tu es à moi. Dis-le.

— Je suis à toi, Viktor. Toute à toi.

Une sensation inconnue se répandit en lui, l'ébranlant au tréfonds de son être. Il donna un nouveau coup de reins, grisé par les halètements entrecoupés de gémissements qui s'échappaient des lèvres de Rozalia.

Fermant les yeux, Viktor accéléra le rythme et l'intensité de l'enivrant va-et-vient, jusqu'à ce que la jouissance les emporte tous les deux. Il rouvrit les yeux et cria son prénom, à l'instant même où Rozi criait le sien.

Rozalia avait été certaine, *archi*-certaine, de ne pas être enceinte. Lorsque Viktor avait parlé de l'épouser, elle n'avait pas songé un seul instant qu'il puisse être sérieux.

Car elle avait beau être romantique, elle avait les pieds sur terre et n'avait jamais eu la folie des grandeurs.

Même lorsque, le lendemain matin, elle bondit du lit et se précipita à la salle de bains pour vomir, elle refusa de croire à une grossesse.

Viktor insista néanmoins pour qu'elle consulte un médecin de Visegrád le matin même et resta sourd à ses protestations.

— Un résultat négatif n'est pas fiable à cent pour cent, dit le praticien en apprenant qu'elle n'était pas encore en fin de cycle. Mais un faux positif est aujourd'hui très rare.

Lorsqu'il s'assit quelques instants plus tard derrière son bureau, il déclara en souriant :

— Vous êtes enceinte.

Rozalia continua de penser qu'elle avait peut-être une gastro-entérite.

Après lui avoir prodigué quelques conseils élémentaires, le médecin lui prescrivit des vitamines, et Viktor promit de lui trouver une gynécologue à Budapest pour assurer le suivi de sa grossesse.

Pouvait-il suffire d'un unique rapport sexuel non protégé pour tomber enceinte ? se demanda Rozalia en se mordillant la lèvre.

Ils quittèrent Bella et la mère de Viktor – laquelle avait décidé de rester auprès de sa tante jusqu'à ce que celle-ci soit complètement rétablie – sans leur annoncer la nouvelle, évidemment.

Une fois installés à l'arrière de la voiture, Viktor lui prit la main et enlaça les doigts aux siens.

— Arrête de triturer ta bague, tu vas te blesser.

— Je ne pensais vraiment pas que cela arriverait.

— Tu n'es pas heureuse d'être enceinte ?

— Je suis *inquiète* !

Elle se força à le regarder et découvrit une tension nouvelle empreignant les traits virils. Un éclat farouche luisait dans les yeux gris, comme si Viktor contenait une excitation secrète qu'il avait du mal à contrôler.

— Toi, tu es heureux, dit-elle, stupéfaite.

— Oui.

— Mais maintenant, tu vas devoir m'épouser.

— Oui. Et tu vas devoir m'épouser aussi.

Une bouffée de joie lui monta à la tête.

— Tu le désires ?

— Oui, affirma-t-il tranquillement.

— Quand ? demanda Rozalia d'une voix tremblante.

Du bout du pouce, il essuya doucement une larme solitaire qu'elle n'avait pas sentie couler.

— J'ai fait mes petites recherches de mon côté, tu sais. Je dois m'attendre à des changements d'humeur. Et à voir ma compagne subir des chamboulements intérieurs et extérieurs.

— Tout va changer, acquiesça Rozalia.

— Exact. Alors un grand mariage à préparer te demanderait

trop d'énergie. Et il va aussi te falloir réorganiser ta vie. Si tu veux que je t'aide, dis-le-moi et je ferai tout ce que tu me demanderas. Personnellement, je serais pour un mariage civil le plus tôt possible. Mais je sais que tu es très attachée à ta famille, alors nous en reparlerons dans quelques jours, quand tu auras eu le temps de t'habituer à la nouvelle. Mais ne t'inquiète pas, Rozi. Tout ira bien.

Elle sourit, commençant à le croire. À accepter l'immense émotion qui enflait en elle. C'était de l'amour. Trop timide encore pour être exprimé à voix haute. Surtout que les sentiments de Viktor étaient enfouis très profondément.

Pour l'instant, elle se contenterait de la lueur argentée couvant dans les yeux gris et reflétant la tendresse qui frémissait dans son propre cœur.

10

Une heure plus tard, alors qu'ils venaient à peine d'arriver à Kastély Karolyi, Rozalia apprit l'affreuse nouvelle qui bouleversait à nouveau son existence, et qui allait sans aucun doute mettre en péril sa relation avec Viktor.

Après lui avoir expliqué la situation au téléphone, Gisella lui envoya par mail un article relatant le terrible *aveu de fraude massive*. Elle en achevait la lecture lorsque Viktor apparut, sa propre tablette à la main.

Il affichait une expression si hostile, si froide, qu'elle frémit douloureusement. Disparu, le futur mari prévenant et attentionné. Elle retrouvait l'homme hautain et distant rencontré devant les bureaux de Rika Corp.

— Je n'en savais rien, je te le jure.

Les mâchoires crispées, il se contenta de la regarder en silence, l'air furieux.

— Je n'ai aucun lien avec l'entreprise de Benny, Viktor.

Benny était l'aîné des enfants de l'oncle Ben, et le responsable, en partie, de la catastrophe.

— Mon cousin est géologue et a créé Barsi Minerals, filiale de Barsi on Fifth qui permet à l'entreprise familiale de proposer aux clients d'investir dans les métaux rares et précieux.

— Vous ne touchez pas de dividendes ?

— Lorsque Benny a lancé son entreprise, ma grand-mère a acheté des actions pour tous ses petits-enfants. C'était sa façon à elle de lui apporter son soutien. Alors, oui, je touche quelques dividendes, mais cela ne représente pas des sommes faramineuses.

Hélas, ce qu'elle considérait comme un petit matelas de sécurité allait fondre complètement.

— Viktor, notre réputation compte énormément pour nous. Gisella dit que Benny assume sa responsabilité dans cette affaire d'escroquerie, mais son erreur a été de faire confiance à la mauvaise personne. Ce n'est pas lui personnellement qui a falsifié les échantillons de minéraux.

— Et c'est une pure coïncidence si Kaine Michaels a d'abord été accusé d'avoir commis cette *erreur*.

— J'ignore comment il s'est retrouvé impliqué dans cette histoire.

Rozalia avait cru comprendre, même si Gisella ne le disait pas franchement dans son mail, que celle-ci entretenait une liaison avec Kaine. Ou en *avait* entretenu une, avant que l'affaire n'éclate et ne les sépare.

Kaine Michaels se détournait d'eux en bloc, laissant les Barsi affronter l'enquête et les poursuites pénales qui risquaient de s'ensuivre. Gisella était terriblement inquiète et craignait que la boutique n'y survive pas. Quant à Eszti, elle devait être anéantie, non seulement par la perte de la chère entreprise à laquelle elle avait consacré toute sa vie, mais à cause de ce qui arrivait à son petit-fils et à toute la famille.

— J'ai des intérêts dans l'acier, dit Viktor. Étais-je le prochain imbécile visé ?

Cette accusation lui transperça le cœur.

— Non !

— Nous ne pouvons pas nous marier dans ce contexte. Je n'associerai pas le nom de ma famille à une vile escroquerie, décréta-t-il avec dédain en jetant sa tablette sur le sofa.

Rozalia soutint son regard sans ciller.

— Très bien.

— Et ne compte pas sur moi pour vous tirer d'affaire.

— Je te l'ai demandé ?

— Tu es suffisamment intelligente pour ne pas le faire. Je vais travailler.

Les deux jours suivants, Rozalia le vit à peine, ce qui ne la dérangea pas plus que ça. Elle était dans un état épouvantable, avait des nausées tout le temps, se sentait exténuée, inquiète et souffrait terriblement de ne pas être auprès des siens. Mais, en rentrant à New York, elle se serait retrouvée impliquée dans le scandale, ce qui n'aurait avancé à rien. Même sa mère, malade d'inquiétude, lui disait de rester à l'écart jusqu'à ce que le calme soit revenu.

Comme Rozalia ne pouvait partager ses soucis avec Viktor, elle s'isolait et se retranchait dans le silence. Le soir, elle se retirait de bonne heure dans sa chambre avec une collation, préférant manger en regardant la télévision plutôt que de dîner avec Viktor.

Jusqu'à ce que, morte d'inquiétude, elle craque et appelle Gisella, et que toutes deux se parlent franchement pour la première fois depuis son départ.

— Si tout est réglé depuis une semaine, pourquoi es-tu encore en Hongrie ? s'étonna bientôt Gisella.

— J'aimerais bien rentrer, vraiment. Mais… Tu ne le dis pas à maman, d'accord ? Je suis enceinte, Gizi.

— *Quoi ?* s'exclama sa cousine, stupéfaite.

— Oui, je sais. Viktor disait qu'il voulait m'épouser, mais c'était *avant*…

— Avant Benny.

— Oui. Maintenant, nous ne pouvons rien faire sans qu'il y ait des retombées sur sa famille et ses affaires. Comment ça va, de votre côté ?

— Mal, soupira Gisella.

— Je ne peux pas demander à Viktor…

— Nous nous débrouillons, ne t'en fais pas. Et nous nous en sortirons. Ce ne sera pas drôle, nous devrons peut-être tous nous installer chez tes parents, mais bon, ça nous rapprochera !

Rozi retint ses larmes à grand-peine.

— Vous me manquez tellement… Et je me sens si mal, Gizi.

J'ai des nausées épouvantables le matin et je me sens tellement coupable de ne pas être avec vous. Je n'ai qu'une envie : me coucher, me rouler en boule et pleurer.

— Tu veux que je vienne ?

— Tu ne peux pas, Gizi... Le prix d'un billet...

— Et surtout, répliqua sa cousine, cela pourrait éveiller des soupçons, donner l'impression que je fuis les États-Unis... On nous surveille. Mon téléphone est probablement sur écoute. C'est un vrai cauchemar, Rozi. Tu as raison, reste à l'écart, le plus longtemps possible.

— Je me sens quand même très mal. Et le fait de cacher ma grossesse à maman... Mais je suis obligée, elle voudrait venir alors qu'en ce moment ils ne peuvent vraiment pas se le permettre. De toute façon, vous ne pourriez rien faire ici, ni elle ni toi.

— Je pourrais te préparer des infusions de gingembre...

— Tu parles..., soupira-t-elle en tournant les yeux vers la fenêtre.

— Tu es avec Viktor ? demanda Gisella. Il est là ?

— Non. Il travaille.

— Rozi... Tu as l'air...

Sa cousine s'interrompit un instant avant de demander :

— Tu l'aimes ?

Rozi ferma les yeux, serra les paupières.

— C'est arrivé comme ça. Je ne voulais pas tomber enceinte. Nous avions fait le serment de...

— Arrête, Rozi ! Je ne te juge pas ! J'ai couché avec Kaine, alors je sais exactement comment ça arrive. C'était stupide, ce serment que nous avons fait autrefois. Ce que je veux dire, c'est que... Si tu n'es pas amoureuse de lui... On n'est plus à l'époque de mamie. Tu peux revenir parmi nous et nous nous occuperons de toi, tu le sais.

— Et vous ferez *comment* ? s'exclama Rozi en levant les yeux au ciel. Barsi on Fifth est en train de sombrer.

Elle renifla et reprit plus calmement :

— Viktor et moi avons des projets. Pour le bébé – et pour mamie –, je dois essayer le mariage, voir ce que ça donne. Elle aussi, elle a épousé papy par nécessité, non ? Alors, ça peut fonctionner.

Elle *devait* y croire.

— Il faut aussi qu'on parle des boucles d'oreilles, Rozi.

— Oui, je sais, mais je crois que je vais encore vomir... Je dois te laisser. Je suis désolée de te raconter toutes mes histoires et de te demander de ne rien dire à personne. J'avais besoin de t'en parler, mais je préfère que tout le monde croie que je suis coincée ici...

— C'est à toi de décider, Rozi. Je t'embrasse très fort. Tu me manques.

— Moi aussi, je...

Terrassée par la nausée, Rozi mit brutalement fin à l'appel sans pouvoir achever sa phrase et se précipita une fois de plus à la salle de bains.

Au fond, Viktor n'était pas surpris. Il s'était attendu à un événement de ce genre, aussi ne se sentait-il même pas trahi. Comme s'il savait que la duplicité de Rozi serait confirmée tôt ou tard, le confortant ainsi dans sa vision du monde. Il pourrait conserver son cynisme. Sa supériorité. Et demeurer convaincu qu'il vaut mieux se protéger d'émotions malvenues dont l'on peut très bien se passer.

Mais, en suivant ce raisonnement, il ne prenait pas en compte la personnalité de Rozi qui, une fois de plus, réagit de façon inattendue. Elle ne lui demanda pas d'aider financièrement sa famille, alors que l'entreprise de son cousin coulait à pic, et que sa chère boutique avait été contrainte de fermer pendant que les enquêteurs passaient la comptabilité au crible. Sans parler des médias qui s'acharnaient évidemment sans pitié sur les Barsi.

De toute évidence, Rozi vivait très mal la catastrophe qui frappait sa famille. Quand il la voyait, c'est-à-dire rarement, Viktor était impressionné par son air abattu.

Elle ne quittait la maison que pour se rendre à ses rendez-vous médicaux et refusait catégoriquement d'utiliser la carte de crédit qu'il lui avait donnée. Pas la moindre virée de shopping en ville. Elle ne lui demandait jamais de l'emmener visiter tel ou tel site touristique.

Mais si elle avait mauvaise mine, c'était aussi à cause de sa grossesse. Car si une réalité n'avait pas changé, c'était bien celle-ci : Rozi était enceinte. De *son* enfant à lui. Et pour l'instant, elle vivait mal cette grossesse.

Comme ils ne dormaient plus ensemble, Viktor avait insisté pour qu'elle l'appelle en cas de besoin, mais il avait eu droit à un regard indigné accompagné d'un « Je peux très bien me débrouiller toute seule ».

Voyant que ces nausées ne cessaient pas, il l'avait emmenée chez un spécialiste, lequel avait dit que cela n'avait rien d'anormal à ce stade de la grossesse, et prescrit une solution électrolytique.

Pas vraiment rassuré, Viktor prit rendez-vous chez un autre spécialiste et, rentrant de bonne heure pour y emmener Rozi, il la trouva installée sur la véranda, sa tablette sur les genoux et pleurant tout son soûl.

— Qu'est-il arrivé ?

Surprise, elle bondit de son fauteuil, faisant tomber la tablette dont l'écran se brisa sur les pavés.

— Oh non ! gémit-elle, l'air complètement désespéré. Il ne manquait plus que ça !

— Je t'en rachèterai une, promit-il aussitôt.

En fait, il était tellement inquiet pour sa santé que peu lui importaient désormais les éventuels pièges et complots.

— De combien ta famille a-t-elle besoin ? demanda-t-il en la regardant se pencher vers la tablette. Je m'en occuperai dès aujourd'hui.

Elle se redressa, le regard confus.

— Pourquoi... ? Non.

— Comment cela, *non* ? Le stress auquel est soumise ta famille t'affecte beaucoup trop, c'est évident.

— Je ne veux pas de ton argent ! se récria-t-elle, les yeux étincelants. Je ne veux pas que tu aides ma famille, ni que tu m'achètes une tablette. Je ne veux rien de toi. *Rien !*

— Calme-toi, tu trembles de la tête aux pieds. Que se passe-t-il ? Quelqu'un t'a appelée ?

Durant quelques instants, elle contempla l'écran fendillé de la tablette en silence.

— Gisella et Kaine Michaels se sont fiancés. *Il* a aidé ma famille.

Viktor n'eut pas le temps d'assimiler la nouvelle ni de savoir ce qu'il en pensait, car Rozi éclata d'un rire dur.

— Tu vois, Gisella avait bien choisi sa cible – nous n'avons plus besoin de toi ! Ma cousine a séduit, de sang-froid, un milliardaire qui nous a tous tirés d'affaire. Je me suis fait faire un enfant par toi pour rien, tu...

— Arrête.

— C'est ce que tu penses ! cria-t-elle sauvagement. Mais heureusement pour toi, tu es plus intelligent que Kaine. Il est tellement stupide qu'il est tombé amoureux !

Le visage soudain livide, elle s'interrompit et se posa la main sur les lèvres.

Mais pas à cause d'un nouvel accès de nausée. Elle luttait contre une émotion, une souffrance si intense qu'elle ferma les yeux et se mit à respirer par à-coups pour pouvoir la supporter.

Une terreur inconnue s'empara de Viktor.

— C'est le bébé ? demanda-t-il en lui prenant le bras.

Elle se dégagea d'un geste brusque.

— Il ne s'agit pas de douleur *physique*.

Quand elle referma les bras autour de son buste, il réalisa qu'elle avait maigri. Son jean était trop large. Ses pommettes ressortaient davantage. Évidemment, elle mangeait à peine, et le peu qu'elle mangeait, elle le vomissait.

Il fallait agir. Vite.

— Je suis rentré plus tôt pour t'emmener chez le spécialiste.

— Tu dois être heureux – je suis punie ! grommela-t-elle sans le regarder.

— Comment peux-tu penser une chose pareille ? protesta-t-il, choqué. Le fait que tu n'ailles pas bien ne me rend pas heureux, bon sang !

Il y avait une telle expression de détresse sur les traits de Rozalia que Viktor ne put le supporter.

— Viens, dit-il en lui tendant les bras.

— Je ne suis pas devenue une autre parce que Kaine a aidé ma famille, répliqua-t-elle avec un haussement d'épaules. Ce n'est pas parce que je refuse ton argent que je ne suis plus la sale opportuniste que tu tiens tant à haïr.

— Je ne te *hais* pas !

Il se passa la main dans les cheveux en soupirant.

— Cesse de te faire du mal, Rozi. Tu vas te rendre encore plus malade...

La voyant se détourner, il prit le plaid posé dans un fauteuil et l'en enveloppa sans qu'elle ne proteste, puis la força à s'asseoir.

Pourquoi pensait-elle qu'il la *haïssait* ?

Il se protégeait, certes, mais n'avait pas songé un seul instant que son retrait puisse affecter Rozi.

Quant à sa réaction par rapport à l'attitude de Kaine Michaels...

Décidément, il aurait dû rester plus attentif à ses besoins, se reprocha à nouveau Viktor.

— Le rendez-vous, dit-elle, crispée.

— Je crois qu'il vaudrait mieux que tu te reposes.

— Je veux y aller, déclara-t-elle en se levant.

Elle se détourna et se dirigea vers la porte.

— Rozi, je sais que ta grossesse n'était pas délibérée. Je ne suis pas heureux de te voir malade. Je désire que tu...

— Dans ce cas, allons voir ce qu'en pense ce spécialiste, l'interrompit-elle sans se retourner.

Le médecin prescrivit un médicament anti-nausée qui lui donnait envie de dormir, si bien que Rozalia se mit à piquer du nez à table. Viktor avait en effet *exigé* qu'elle prenne de vrais repas, et ce soir-là ils dînaient ensemble, ce qui ne se produisait pas souvent. Heureusement.

— C'est impossible ! s'exclama-t-il en la regardant bâiller.

Je vais appeler le spécialiste pour lui demander si l'on peut diminuer la dose.

— Tu avais dit que tout irait bien. C'est à toi, qu'on ne peut pas faire confiance, répliqua-t-elle.

Mais elle accepta néanmoins d'aller se coucher et le laissa l'aider à regagner sa chambre. Elle avait à peine posé la tête sur l'oreiller qu'elle se sentit sombrer dans le sommeil.

Quand elle se réveilla, Rozalia repensa aux paroles de Viktor. Il avait raison, c'était impossible. Ils ne pouvaient pas continuer ainsi. *Elle* ne pouvait pas. Quand elle avait lu le mail de Gisella, elle avait senti son cœur se briser. Pas parce que Kaine avait aidé sa famille alors qu'au départ Viktor s'y était refusé. Elle ne s'était pas attendue à ce qu'il vienne à leur secours pour la simple raison qu'elle portait son enfant.

En apprenant que Kaine était tombé amoureux de Gisella, elle avait été folle de joie pour celle-ci, et de désespoir pour elle-même. Gizi avait obtenu ce qu'elle, Rozalia, désirait : elle allait se marier par amour, et quand elle et Kaine auraient un enfant, celui-ci serait le fruit de leur amour partagé.

Tandis qu'elle-même se retrouvait liée à un homme qui passerait son existence à se méfier d'elle.

Elle devait épouser Viktor, pour le bien de leur enfant, mais elle serait incapable de supporter sa méfiance. Dans ces conditions, l'avenir qui l'attendait était sombre, lugubre, et sans espoir.

De son côté, Viktor ne comptait peut-être plus se marier avec elle. Ils n'en avaient plus jamais reparlé, depuis le jour où le « scandale Benny » avait éclaté.

Plus elle y songeait, plus Rozalia se disait qu'elle ne pouvait pas l'épouser. Elle aurait pu élever un enfant avec un homme qui ne l'aimait pas, mais vivre avec lui, dormir avec lui, et endurer sa souffrance en silence, ça, elle s'en sentait incapable.

Elle fut presque tentée de fuir lâchement et de rentrer à New York sans en parler à Viktor, mais cela n'aurait fait que redoubler sa méfiance à son égard.

Après avoir organisé son départ, Rozalia demanda au chauffeur de la déposer devant le siège de Rika Corp. Là, elle fut conduite directement au bureau de Viktor, où la jeune hôtesse la pria de s'installer, expliquant que M. Rohan était en réunion mais qu'il allait venir la rejoindre dans un instant.

Viktor apparut en effet une minute plus tard, l'air inquiet.

— Que se passe-t-il ? demanda-t-il en refermant la porte derrière lui.

Déterminée à ne pas lui montrer qu'elle était terrifiée, Rozalia croisa les mains sur ses genoux. Elle devait avoir l'air calme et résolu.

— Je retourne à New York. Pour les fiançailles de Gisella.

— Quand ? s'enquit-il en haussant les sourcils.

— Le chauffeur m'attend en bas. Je pars à l'aéroport.

— Et tu me préviens maintenant ?

Il tourna les yeux vers la porte.

— Je ne peux pas...

— Je ne te demande pas de m'accompagner. En fait...

Le regard gris s'assombrit, devint presque noir.

— Je ne m'enfuis pas, Viktor. J'ai pris un billet aller-retour. J'envisage de revenir dans une semaine. À moins que tu ne préfères que je reste là-bas.

— Bien sûr que non ! s'exclama-t-il en levant les yeux au ciel. Si tu m'en avais parlé plus tôt, je me serais arrangé pour t'emmener moi-même à bord du jet. Accorde-moi une heure et...

— Je désire y aller seule.

Il eut un mouvement de recul, comme si elle l'avait giflé.

— Je veux que tu restes ici et que tu me croies quand je dis que je reviendrai, poursuivit Rozalia, le cœur battant à tout rompre. Je veux te prouver que je suis digne de confiance. Si nous voulons avancer, c'est le seul moyen, quelles que soient les dispositions que nous prendrons par la suite.

Il la dévisagea un instant en silence.

— Et quelles dispositions envisages-tu de prendre ? questionna-t-il sèchement.

— J'ai trouvé un appartement.

Un gouffre s'ouvrit en elle. Abyssal.

— Et je suis certaine de trouver du travail. Je ne te demande pas ton aide. Nous réfléchirons à la façon de nous partager la garde de notre enfant.

Rêvait-elle, ou Viktor avait-il pâli sous son hâle ?

— Qui punit qui, à présent ? lâcha-t-il lentement, la voix rauque.

— Ce n'est pas de cela qu'il s'agit, répliqua Rozalia, le cœur serré. Je sais que tu désires ce bébé autant que moi. Mais moi aussi, j'ai besoin d'être désirée.

— Cela fait un moment que tu n'es pas bien.

— Je ne parle pas de désir sexuel ! Tu ne veux pas de moi, Viktor. Sinon, tu ne te méfierais pas de moi au moindre prétexte. Tu ne *veux* pas avoir confiance en moi. Tu as trop peur de souffrir, alors tu t'interdis toute émotion, mais tu voudrais que moi, je vive avec toi en supportant tes accusations. Eh bien, je ne veux pas. Je veux me marier par amour et tu n'en as pas à m'offrir.

Il tressaillit, pinça les narines.

— L'amour est un leurre. Un mensonge. Je refuse de te mentir. Sois reconnaissante de pouvoir *me* faire confiance.

— L'amour existe ! Il est réel !

Rozalia posa la main sur son cœur.

— Je le sais parce que je le vis. Mais je commence à me demander si je mérite d'être aimée.

Elle secoua la tête, refusant de céder au désespoir.

— C'est pour cela que je dois rentrer à New York. J'ai besoin d'être entourée de gens qui m'aiment et qui ont confiance en moi. Ne serait-ce que quelques jours, pour reprendre des forces avant de me retrouver face à toi.

Cette fois, Viktor devint blanc comme un linge. Mais, quand elle franchit le seuil, il ne tenta pas de la retenir.

11

Une dizaine de minutes après le départ de Rozi, Viktor appela son assistant pour le prévenir qu'il ne retournerait pas à la réunion et lui donna quelques directives pour conduire la discussion.

Ensuite, il se versa un whisky, se dirigea vers la fenêtre et demeura immobile un long moment à regarder dehors sans rien voir, jusqu'à ce que le ciel s'obscurcisse petit à petit.

Le jour allait disparaître et laisser place à la nuit. Comme Rozi avait disparu en laissant le vide derrière elle.

Il aurait dû l'empêcher de partir.

« J'ai besoin d'être entourée de gens qui m'aiment. »

Quand elle avait prononcé ces mots, il aurait dû comprendre qu'il devait faire quelque chose. Qu'ils avaient besoin de changement. De redémarrer à zéro.

« C'est à toi, que l'on ne peut pas faire confiance. »

Ces paroles le hantaient. Rozi était-elle dans cet état d'esprit depuis le jour où ils avaient appris ce qui était arrivé à sa famille ? Cette pensée l'emplissait de dégoût envers lui-même.

Le pire, c'est qu'il n'avait pas cherché à l'éviter comme elle le croyait. Il n'avait jamais voulu la punir. Il était resté au bureau tard parce qu'il avait des projets importants à finaliser avant de pouvoir prendre une semaine de congé.

Il désirait retourner au chalet avec Rozi. Elle avait semblé s'y plaire. Là-bas, elle se remettrait peut-être à dessiner. Viktor n'aurait su l'expliquer, mais il pressentait que son travail de créatrice faisait partie d'elle-même. Qu'elle en avait *besoin* pour vivre.

La nuit, seul dans sa chambre, il avait épié le moindre bruit, prêt à bondir vers elle si elle avait besoin de lui.

Tournant la tête, il contempla l'oreiller, la place vide à côté de lui. Rozalia lui manquait cruellement. Il aurait voulu la serrer dans ses bras, lui faire l'amour, mais pas seulement. Pour pouvoir se détendre, il lui fallait savoir si elle dormait paisiblement et ne souffrait pas de ses fichues nausées.

« Je veux que tu me croies quand je dis que je reviendrai. »

Il se versa un nouveau whisky, posa le verre sur son bureau, puis enfonça les mains dans ses poches.

Elle reviendrait, en effet. Viktor n'en doutait pas un instant. Elle était prête à tous les sacrifices pour lui prouver qu'il pouvait avoir confiance en elle.

Mais ce qu'elle ne comprenait pas, c'était qu'il ne savait pas *comment* lui offrir ce qu'elle voulait.

Pourquoi était-ce aussi difficile, aussi douloureux, de devenir celui dont elle avait besoin ?

« Je commence à me demander si je mérite d'être aimée. »

C'était cet aveu qui lui causait la plus grande souffrance. Viktor n'avait jamais éprouvé ce type de douleur morale.

Parce qu'il avait beau ne pas croire à l'amour, il était persuadé que si quelqu'un méritait d'être aimé, c'était Rozi.

Et lui, il avait besoin d'elle. Il ne pouvait vivre sans elle.

Le regard embué, Viktor contempla le plafond et poussa une plainte qui lui déchira le cœur.

Il *devait* faire quelque chose. Mais quoi ?

Moins d'une heure après son arrivée chez ses parents, Rozalia avait tout raconté à sa mère, hormis les détails intimes concernant sa relation avec Viktor.

— Tu l'aimes ? demanda doucement sa mère.

— Comme une folle, répondit-elle, les larmes aux yeux. Et

je comprends qu'il ait du mal à me faire confiance, mais je ne peux pas passer ma vie avec un homme qui se méfie de moi.

— Oh ! ma chérie, murmura sa mère en la reprenant dans ses bras pour lui masser affectueusement le dos.

Rozalia ferma les yeux. La bienveillance de sa mère ne résolvait rien, mais elle lui faisait tellement de bien...

Lorsque son père rentra et apprit qu'elle attendait un enfant, il la souleva dans ses bras et tourna sur lui-même comme autrefois, quand elle était petite.

Rozalia leur fit néanmoins promettre de ne parler de sa grossesse à personne.

— Je ne veux pas voler la vedette à Gisella. Ce soir, nous fêtons ses fiançailles, pas mon retour ni ma grossesse !

Après avoir fait la sieste, elle se prépara avec soin et partit avec le reste de la famille chez la tante Alisz où avait lieu la petite fête.

Comme elle s'y attendait, Rozalia fut accueillie avec des cris de joie.

— Tu es venue seule ? demanda Gisella après l'avoir serrée dans ses bras. Tout va bien ?

— Je repars à Budapest dans une semaine. J'avais besoin de vous voir tous, d'expliquer la situation à maman. Tu ne dis rien à personne, d'accord ?

Rozalia se tourna vers Kaine.

— Bonjour, je suis Rozi, dit-elle en souriant.

— J'ai beaucoup entendu parler de vous.

Le fiancé de Gizi était *somptueux*, surtout quand il souriait ainsi avec chaleur.

— Comment allez-vous ? reprit-il.

De toute évidence, Gisella lui avait parlé de sa grossesse. Elle partageait beaucoup de choses avec Kaine parce qu'elle avait confiance en lui. Ils étaient profondément épris l'un de l'autre, leur amour irradiait d'eux.

Refusant de s'apitoyer sur son propre sort, Rozalia alla s'asseoir à côté de sa grand-mère. Elle n'avait pas l'intention de faire allusion aux boucles d'oreilles, mais Eszti dit avec calme :

— Vous auriez dû m'en parler.

Elle pouvait faire allusion à son arrestation ou à leurs tentatives de retrouver les boucles d'oreilles, ou encore à la vérité qu'elle avait toujours gardée pour elle.

— Nous t'aimons, mamie, répliqua-t-elle en prenant une main fine entre les siennes. J'espère que tu le sais. Mais c'est vrai, nous t'avons caché des choses, Gizi et moi. Je peux aller te voir demain pour tout t'expliquer ?

— Nous avons le temps. Tu viens à peine d'arriver.

Et elle ne resterait pas longtemps, aussi devrait-elle avouer rapidement à sa grand-mère qu'elle allait donner sa démission à l'oncle Ben et sous-louer son appartement.

— Oh ! mon Dieu ! murmura soudain Eszti en blêmissant.

— Qu'est-ce..., commença Rozalia, suivant son regard.

Son cœur fit un bond dans sa poitrine, un frisson la parcourut.

— Ce n'est pas un fantôme, mamie ! enchaîna-t-elle à la hâte. C'est Viktor.

— L'homme qui t'a fait arrêter ?

— Et m'a fait libérer, la rassura Rozalia.

Mais sa grand-mère était surtout frappée par la ressemblance de Viktor avec son cher Istvan, comprit-elle.

De son côté, elle ne pouvait détacher les yeux de l'homme superbe en costume gris clair. Les ombres soulignant ses yeux ne faisaient que rehausser son charme ténébreux.

Un nouveau frisson la traversa. Glacé.

Inutile de se demander pourquoi il était venu la rejoindre.

Il n'avait pas confiance en elle.

Viktor comprit son erreur dès l'instant où son regard croisa celui de celle qu'il cherchait parmi les invités. Il y lut de la surprise, un reproche muet, et une profonde déception.

La souffrance qui l'étreignait s'accrut. Il n'était pas venu pour la surveiller. Depuis l'instant où il avait compris qu'il aimait Rozalia, il n'avait plus eu qu'une pensée : aller la retrouver.

Au moment où il la rejoignit, la jeune fille qui lui avait ouvert la porte – de toute évidence la benjamine de Rozi, vu leur ressemblance – vint se planter devant sa sœur et se posa les mains sur les hanches.

— Viktor Rohan m'a dit qu'il venait voir sa *fiancée*. Maman est au courant ?

— Je t'ai dit que je te raconterais tout plus tard, Bea ! s'exclama Rozi, l'air exaspéré. C'est la soirée de *Gisella* !

Elle se tourna vers Viktor, un sourire tremblant aux lèvres.

— Tu connais déjà ma sœur.

Puis elle se pencha pour aider une vieille dame à se lever de son fauteuil.

— Mamie, je te présente Viktor Rohan, le petit-neveu d'Istvan. Viktor, ma grand-mère, Eszti Barsi.

La grand-mère de Rozi dévisagea Viktor en silence, puis leva sa main fine et lui effleura la joue.

— Vous lui ressemblez tellement, dit-elle avec un sourire triste.

Rozi avait hérité de ses yeux. Bien qu'atténuée par les années, la même lueur vivace brillait aux fond des yeux noisette d'Eszti Barsi. Mais ce n'était pas lui que voyait la vieille dame. C'était le souvenir de celui qu'elle avait aimé autrefois.

— Vous allez épouser notre Rozi ?

Elle tourna la tête vers celle-ci.

— Vous m'avez caché *beaucoup* de choses, les filles.

— C'est une longue histoire, mamie. Nous irons te voir demain et je t'expliquerai tout, promit Rozi. Mais pour l'instant, il faut que je présente Viktor à papa et maman.

Elle l'emmena à la cuisine où sa mère préparait des amuse-gueule, puis dehors, où son père s'occupait du barbecue. Tous les deux se montrèrent surpris et chaleureux. Apparemment, Rozi les avait mis au courant pour le bébé.

Dès que ce fut possible, elle l'entraîna un peu à l'écart, dans le jardin.

— D'habitude, j'aime beaucoup ces odeurs, mais pas aujourd'hui, dit-elle en posant la main sur ses lèvres.

— Tu as pris ton anti-vomitif ?

— Oui, mais de bonne heure, pour être en forme ce soir.

— Tu veux t'en aller ?

— Non, déclara-t-elle, l'air blessé.

— Je ne suis pas venu pour t'emmener, dit-il, crispé. Il était temps que je fasse la connaissance de ta famille.

Il fouilla son regard, ne sachant comment sauver leur relation. Leur couple. Il avait cru qu'en allant la rejoindre...

— Rozi ! appela une femme derrière eux.

Grande et élancée, et main dans la main avec Kaine Michaels, Gisella repoussa une mèche de cheveux châtain derrière son oreille et inclina légèrement la tête de côté.

Tu viens me raconter, pour la boucle d'oreille ? traduisit Viktor avant de tourner les yeux vers Rozi.

Puisque tu as fait tout ce chemin..., commença-t-elle d'un ton ironique, ... autant te présenter Gizi et mes autres cousins et cousines.

Viktor se montra charmant et poli avec chacun, mais Rozalia était au supplice et ne parvenait pas à se détendre. Il fallait qu'il fasse la connaissance de sa famille, en effet, mais elle ne pouvait s'empêcher de douter de sa sincérité. Il se disait inquiet pour elle alors qu'en réalité il était inquiet pour sa *santé*. Et pour celle du bébé.

Après l'avoir présenté à Alisz, elle les laissa bavarder ensemble au prétexte qu'elle devait s'absenter cinq minutes et alla se réfugier dans le petit cabinet de toilette du rez-de-chaussée pour souffler un peu.

Quand elle rejoignit les invités, Viktor discutait avec Gisella. Évidemment. Les hommes étaient toujours attirés par sa cousine, plus féminine et plus sophistiquée qu'elle. Mais cette fois ce constat fut particulièrement douloureux.

— Comment vous êtes-vous débrouillée, pour la boucle d'oreille ? demanda Kaine en la rejoignant.

— Oh ! comme je l'ai dit à Gisella, ce n'est ni le moment ni le lieu de comparer nos expériences. Et je ne veux pas incommoder mamie, surtout après le choc causé par l'apparition de Viktor.

Kaine sourit, puis se tira le lobe de l'oreille.

— Je voudrais m'entretenir avec vous en privé. J'ai quelque chose à vous demander.

— Vous devez beaucoup compter pour Gizi, si elle vous a confié notre code secret ! répliqua Rozalia en riant.

Elles avaient mis ce petit système au point autrefois, et l'utilisaient encore de temps en temps quand elles avaient besoin de s'échapper d'une situation pour une raison ou une autre.

Kaine lui avait à peine expliqué ce qu'il attendait d'elle, que Viktor et Gisella vinrent les rejoindre.

— Nous sommes invités à prendre le brunch demain, dit Gisella en prenant son fiancé par le bras.

— À votre hôtel, ajouta-t-elle en souriant à Rozalia. Je pensais aller te retrouver chez toi demain matin, pour t'aider à emballer tes affaires.

Rozalia regarda Viktor.

Tu vois ? J'ai bien l'intention de repartir à Budapest !

Quant au fait qu'il ait décidé qu'elle logerait avec lui à l'hôtel, elle ne se donna pas la peine de protester. À quoi bon, de toute façon...

Mais elle avait bien l'intention de lui en reparler plus tard.

— Nous devrions dire au revoir à tout le monde, commença-t-elle d'un ton neutre. Je préfère m'en aller pendant que je tiens encore debout.

Une ombre passa dans les yeux gris.

— Si tu es sûre de vouloir partir...

Il sortit son smartphone de sa poche.

— Je vais appeler le chauffeur.

Gisella la serra affectueusement dans ses bras, puis Rozalia annonça à sa mère qu'elle partait avant d'aller embrasser les autres. Quelques instants plus tard, elle quittait la maison avec Viktor.

Son sac était chez ses parents, mais après avoir discuté avec Viktor, elle n'aurait qu'à prendre un taxi pour aller le chercher, se dit-elle en s'installant à côté de lui à l'arrière du véhicule. Ensuite, ils restèrent silencieux durant tout le trajet.

Viktor avait choisi un hôtel cinq étoiles, bien entendu. Rozalia fit le tour de la suite avec terrasse en prêtant à peine attention au luxe qui l'entourait. Il y avait deux chambres, chacune possédant un lit immense et une salle de bains entièrement pavée de marbre clair.

Après avoir regagné le salon, elle s'avança vers lui, immobile devant la baie vitrée donnant sur le faîte des arbres de Central Park.

— Que penses-tu d'Alisz et de Gisella ? demanda-t-elle.

— Nous n'avons pas besoin de test ADN. Alisz ressemble bien trop à ma mère.

— J'ai pensé la même chose en faisant la connaissance de Mara. C'est ce qui me l'a rendue sympathique.

— De quoi parliez-vous, Kaine et toi ?

Rozalia le regarda, interloquée.

— Ça alors ! s'exclama-t-elle avec dédain. Tu me soupçonnes vraiment d'avoir voulu faire du charme au fiancé de Gisella ? Alors que c'est *elle* qui a toujours attiré le regard des hommes ? Et toi, de quoi parlais-tu avec elle, pendant que j'avais le dos tourné ?

— Je ne te ferais jamais ce genre d'affront, se défendit-il, l'air choqué. Jamais !

Sans doute était-il sincère, mais Rozalia ne pouvait s'empêcher de lui en vouloir.

— J'ai confiance en toi ! reprit-il en se pinçant l'arête du nez. C'est pour te le dire, que je suis venu te retrouver.

— Ah... Et tu espères m'en convaincre en commençant par me demander de quoi je parlais avec Kaine ? Il voulait que je fasse une bague et une alliance pour Gisella. Sans le lui dire, pour qu'elle ait la surprise.

Il la dévisagea un instant en silence.

— J'ai demandé la même chose à Gisella.

— De faire une bague de fiançailles et une alliance pour moi ? répliqua Rozalia, abasourdie. Pourquoi ?

— Parce que tu es trop mal en point pour t'en occuper. Qu'as-tu répondu à Kaine ?

— Que j'étais trop mal en point. Et que je n'avais pas d'atelier où travailler. Et aussi que Gisella souhaitait probablement s'en occuper elle-même, surtout s'il veut une alliance assortie à la sienne.

— C'est ce que tu souhaites toi aussi ?

— Viktor..., soupira-t-elle.

— Je ne peux pas aller t'acheter tes bagues dans une boutique, n'est-ce pas ? Tu irais les reporter.

Il se passa la main dans les cheveux, l'air découragé.

— Mais, je t'ai dit...

— Ne me dis pas que tu ne veux plus m'épouser, l'interrompit-il en fermant les yeux. Ne m'annonce pas que tu ne reviens pas avec moi à Budapest.

— Tu ne me laisserais pas rester à New York, rétorqua Rozalia.

Le cœur battant, elle attendit qu'il acquiesce. Qu'il déclare qu'il ne repartirait pas sans elle. Qu'il l'aimait et ne pouvait supporter d'être séparé d'elle.

Mais Viktor ne dit rien de tout cela. La petite flamme qui s'était allumée dans le cœur de Rozalia s'éteignit. Son dernier espoir l'abandonna.

— Je ne sais plus quoi faire, maugréa-t-il tout à coup.

Se détournant, il se dirigea vers le sofa en cuir blanc cassé, le contourna et posa les mains sur le dossier.

— Cela faisait des semaines que je ne t'avais pas vue sourire. Et ce soir... Tu étais radieuse. Je ne te regardais pas d'un air *soupçonneux*, quand tu bavardais avec Kaine. J'étais jaloux, oui, mais pour une tout autre raison.

Il s'interrompit un bref instant, les yeux brillants.

— Les hommes te remarquent, Rozi. Tu ne passes vraiment pas inaperçue, je t'assure. Tout le monde te regarde, t'apprécie. Je n'ai jamais pensé que tu flirtais avec le fiancé de Gisella. J'étais jaloux parce que tu lui souriais. Et que tu ne me souris plus jamais. Je le mérite peut-être. Je t'ai fait du mal, je sais. Mais c'est pour cela que je t'ai demandé de quoi vous parliez. J'étais curieux de savoir ce qui t'avait fait sourire. Je voulais mendier quelques miettes de la partie de ta vie qui n'a pas souffert à cause de moi.

— Oh ! Viktor, murmura Rozalia en se laissant choir dans un fauteuil. Ce n'est pas toi qui m'as fait souffrir.

Je me suis fait souffrir toute seule, en tombant amoureuse de toi, alors que tu m'avais prévenue que tu n'avais pas d'amour à m'offrir.

— Ne dis pas n'importe quoi ! Je croyais que tu avais perdu ton éclat à cause de tes nausées. Ou à cause de ce qui était arrivé à ta famille. Mais je me trompais. Le responsable, c'est moi.

L'air accablé, il se passa à nouveau la main dans les cheveux.

— Je te tue à petit feu. Je m'en suis rendu compte ce soir et cela m'a anéanti. Pourtant, je ne peux pas imaginer de rentrer à Budapest sans toi.

— À cause du bébé ? demanda-t-elle dans un souffle. Je t'ai promis de revenir et je tiendrai ma parole. Tu pourras voir…

— C'est *toi*, que je veux, coupa-t-il, le regard flamboyant. Dans mon lit, dans ma vie. Tous les jours. Mais je ne sais pas comment te garder sans te détruire.

Rozalia ne pouvait supporter de le voir souffrir ainsi. Cela l'affectait encore plus que sa propre souffrance.

En proie à un vertige, elle ferma les yeux.

— Ne pleure pas. Je t'en supplie.

Rouvrant les yeux, elle le regarda s'asseoir en face d'elle.

— Je ne pleure pas, Viktor. Je…

— Chut…, l'interrompit-il en se penchant vers elle. Tu veux bien me donner tes mains ?

Il lui tendit les siennes. Rozalia referma ses doigts tremblants autour des siens.

— Je sais que tu as de bonnes raisons de me haïr, Rozi…

— Je ne te hais pas. Je t'ai…

— Chut. Écoute-moi. Je n'aurais pas dû réagir comme je l'ai fait le jour où tu as découvert les ennuis auxquels était confrontée ta famille. J'ai honte d'avoir attendu aussi longtemps pour réagir. Au lieu de t'accuser, j'aurais dû t'aider, te soutenir. Je te promets de ne plus jamais me conduire de façon aussi irresponsable, de ne plus jamais te laisser tomber si tu as besoin de moi.

— Je vivrai avec toi, si c'est ce que tu désires.

Un sourire incertain aux lèvres, il serra ses mains entre les siennes.

— Je vais le dire en premier, pour te prouver que j'ai vraiment confiance en toi, dit-il, le regard soudé au sien. Je t'aime, Rozi. Et je veux que tu m'aimes. Je crois que tu m'as aimé, mais je crains d'avoir tué ton amour. J'espère cependant que si j'arrive à te garder assez longtemps...

Elle se jeta dans ses bras.

— Ma chérie ! souffla-t-il en la serrant contre lui.

— Aimer, ça fait mal, chuchota Rozalia en savourant la sensation de la joue un peu rugueuse contre la sienne.

— Oui, murmura-t-il dans ses cheveux. Mais vivre sans toi, c'est mille fois plus douloureux... J'ai besoin de toi, Rozi. Cela me terrifie de le reconnaître... De savoir que je ne peux pas me passer de toi. C'est pour cela que j'ai lutté contre mes sentiments.

— Je sais. Moi aussi, je t'aime. Tu m'as tellement manqué...

Quelques heures plus tard, alors qu'ils reposaient sur le grand lit, nus et enlacés, Rozalia prit le visage de Viktor entre ses mains.

— Ce n'est pas une boucle d'oreille, que je cherchais, murmura-t-elle, émerveillée par sa découverte. C'était une âme sœur. Et je l'ai trouvée. Je *t'ai* trouvé.

— Bien sûr que j'accepte ! s'exclama Gisella en battant des cils, manifestement émue. J'avais toujours pensé que je serais ta demoiselle d'honneur.

Elle serra Rozi dans ses bras.

— Et c'est parfait, comme timing, puisque tout le monde est à New York en ce moment. Cela n'arrive pas si souvent !

— Vous ne voulez pas nous attendre ? lança Kaine en adressant un sourire complice à Gisella.

— Ça aurait été avec plaisir, dit Viktor. Mais nous préférons ne pas trop tarder.

— Si nous attendions pour organiser quelque chose de plus

important, je serais trop grosse, fit remarquer Rozi. Et j'aurais du mal à tenir dans une robe de mariée.

Quand elle se leva, Viktor l'imita aussitôt.

— Je me sens bien, le rassura-t-elle en souriant. Je veux juste prendre mon téléphone.

— Mara pourra venir ? demanda Gisella à Viktor. Ma mère est impatiente de faire sa connaissance.

— Oui, je lui ai parlé ce matin. Elle viendra avec Bella. Elles prennent l'avion dans quelques heures.

— Mamie va être drôlement contente ! affirma Gisella. Vous vous rendez-compte ? La petite-fille d'Eszti va épouser le petit-neveu d'Istvan ! C'est presque comme si le destin avait œuvré pour que vous vous rencontriez...

— Viktor ne croit pas au destin, dit Rozi en lui prenant la main.

Il porta la sienne à ses lèvres et en embrassa la paume.

— Je n'y *croyais* pas, corrigea-t-il. Mais maintenant, j'ai changé d'avis.

Épilogue

Sa fille dans les bras, Viktor sortit de voiture et se dirigea vers Barsi in Budapest. Dès son ouverture, la boutique avait attiré une foule de clients et son succès ne s'était pas démenti depuis.

Il sourit à Ester qui lui passait ses petits bras potelés autour du cou. Il adorait sa fille. Autant qu'il aimait et admirait sa femme. La boutique avait ouvert ses portes quelques jours avant l'accouchement de Rozi, aussi avait-elle embauché deux jeunes créateurs, un homme et une femme, et une vendeuse supplémentaire, de façon à pouvoir travailler à mi-temps et s'occuper de leur fille.

Et passer du temps avec lui.

— Notre petite fureteuse préférée est là, dit l'une des vendeuses en souriant à Ester.

Dès que Viktor posa celle-ci sur ses pieds, elle trottina vers la porte sécurisée de l'atelier et passa la tête entre deux barreaux.

— Maman !

Le rire gai et chaleureux de Rozi répondit à son appel.

— J'arrive tout de suite, mon trésor !

Quelques instants plus tard, elle soulevait Ester dans ses bras.

— Papa a été sage, aujourd'hui ? demanda-t-elle avec malice à sa fille.

— Comme une image ! affirma Viktor.

Désireux d'être un meilleur père que celui qu'il avait eu, il s'arrangeait toujours pour passer régulièrement la journée avec Ester.

— Regarder ? demanda la petite fille en désignant les vitrines.

— Oui, tu peux regarder, mais pas toucher, répondit Rozi en la reposant sur ses pieds.

En fait, Ester pouvait à peine voir le contenu des vitrines, même en se haussant sur la pointe de ses petits pieds, mais cela ne l'avait pas empêchée un jour de glisser la main dans un tiroir alors que sa mère s'occupait d'une cliente. Rozalia était arrivée juste à temps pour lui retirer un bracelet de la bouche.

— À son âge, j'étais exactement comme elle, murmura Rozi en s'appuyant contre lui. Oh ! J'allais oublier ! Gizi m'a appelée et je lui ai dit que nous envisagions d'aller voir le bébé. Elle va en discuter avec Kaine pour que nous puissions fixer une date.

— Tiens-moi au courant et je m'arrangerai pour me libérer. Cela fait un moment que tu n'as pas vu ta famille. Ils doivent te manquer.

Elle se tourna vers lui et lui enlaça la taille.

— Excuse-moi, mon chéri, mais je suis avec ma famille *tous les jours*, déclara-t-elle avant de l'embrasser.

Viktor la serra contre lui et lui caressa les cheveux.

— Et je t'en suis reconnaissant chaque jour, susurra-t-il.

— On rentre à la maison ?

— Oui, si nous arrivons à emmener ta fille sans qu'elle ne fasse une scène...

— Je crains hélas que de ce côté-là aussi, elle me ressemble...

— Dans ce cas, je suis impatient de porter l'une de ses créations. Dans une dizaine d'années, tu crois ?

Ester réalisa son premier collier de nouilles peintes deux ans plus tard. Le lendemain, son père le porta fièrement pour aller au bureau et le garda toute la journée.